BARBARA ERLENKAMP

Strandkorbsommer

Weitere Titel der Autorin:

Das kleine Café an der Mühle
Winterzauber im kleinen Café an der Mühle
Frühlingsglück im kleinen Café an der Mühle
Glückssterne über dem kleinen Café an der Mühle
Weihnachten im kleinen Café an der Mühle
Sommerzauber auf der kleinen Insel
Der Sommer hat doch Meer zu bieten

Über die Autorin:

Andreas J. Schulte ist freier Journalist und Autor. Christine Schulte hat bereits in ihrer Schulzeit zusammen mit einer Freundin ihren ersten Roman verfasst und arbeitet heute als technische Redakteurin. Das Ehepaar lebt mit seinen beiden Söhnen seit 25 Jahren in einer alten Scheune zwischen Andernach und Maria Laach. Unter dem Pseudonym Barbara Erlenkamp schreiben sie zusammen moderne, humorvolle Frauen- und Unterhaltungsromane. 2018 ist ihr erster Bestseller-Roman »Das kleine Café an der Mühle« erschienen.

Barbara Erlenkamp

Strandkorbsommer

lübbe

Dieser Titel ist auch als E-Book erschienen

Die Bastei Lübbe AG verfolgt eine nachhaltige Buchproduktion. Wir verwenden Papiere aus nachhaltiger Forstwirtschaft und verzichten darauf, Bücher einzeln in Folie zu verpacken. Wir stellen unsere Bücher in Deutschland und Europa (EU) her und arbeiten mit den Druckereien kontinuierlich an einer positiven Ökobilanz.

MIX
Papier | Fördert gute Waldnutzung
FSC® C014496

Vollständige Taschenbuchausgabe
der bei Bastei Lübbe erschienenen E-Book-Ausgabe

Titelmotive: © iStockphoto: Andy Nowack | Rike | venakr | Chiyacat | Frank Fichtmüller
Umschlaggestaltung: Guter Punkt, München
Satz: 3w+p GmbH, Rimpar
Gesetzt aus der Adobe Caslon Pro
Druck und Verarbeitung: GGP Media GmbH, Pößneck
Printed in Germany
ISBN 978-3-404-18974-8

5 4 3 2 1

Sie finden uns im Internet unter luebbe.de
Bitte beachten Sie auch: lesejury.de

Mit diesem Roman ziehen wir den Hut vor allen, die Kinder unterrichten oder unterrichtet haben.

»Man muss vom Weg abkommen, um nicht auf der Strecke zu bleiben.«

Hans Zaugg

Prolog

»Wahnsinn!«

»Was?«

»Ich sagte Waahn-sinn!«

Kim lachte und hob beide gestreckten Daumen. Katja schüttelte angesichts ihrer partyfreudigen Freundin nur den Kopf. Wahrscheinlich hat Kim kein Wort verstanden, dachte sie. Wie auch, bei der lauten Musik. Bis vor einer Viertelstunde hätte Katja noch jeden Eid geschworen, dass niemand mehr in den Keller des Studentenwohnheims passen würde. Dann hatte irgendjemand *Coldplay* laut aufgedreht. Aus dem Boxen dröhnte *A Sky Full of Stars.* Der Song sorgte dafür, dass sich noch mehr Partygäste durch die Doppeltür in den Raum drängten. Coldplay hat gut singen, ein Himmel voller Sterne wäre jetzt nett, dachte Katja. Stattdessen gab es einen Keller voller angetrunkener Kommilitonen. Wie trostlos konnte es denn noch werden?

Katja tippte ihrer Freundin, die mit geschlossenen Augen im Rhythmus der Musik mit dem Kopf wippte, auf die Schulter. »Ich bin mal kurz draußen!«

Irgendwie gelang Kim das Kunststück, zwischen dem Musikwippen noch ein zustimmendes Nicken einzubauen. Auch eine Superkraft, dachte Katja und schob sich resolut durch die Gäste in Richtung Ausgang.

Draußen atmete sie erst einmal tief durch, etwas frische Luft hätte dem Keller da unten ganz gutgetan. Obwohl an diesem Samstagabend offenbar halb Köln auf den Beinen war, erschien ihr der kleine Platz vor dem Wohnheim wie eine Oase der Stille. Katja setzte sich auf eine der Holzbänke vor dem

Haus, streckte die Arme rechts und links auf der Lehne aus und legte den Kopf in den Nacken. Zwischen den Juli-Wolken am Nachthimmel blitzte ein einzelner Stern auf. Nur einer, und der war nicht mal sehr hell, aber er erinnerte Katja daran, dass sie in diesem Sommer nicht ans Meer fahren würde. Sie konnte nicht am Strand faulenzen. Sie würde nicht den Sternenhimmel beobachten, das leise Plätschern der Wellen im Ohr, und sie würde nicht den feinen, sonnenwarmen Sand unter den nackten Füßen spüren. In diesem Sommer würde sie ihre Abschlussarbeit schreiben und für die Prüfungen büffeln. Sie seufzte laut.

»Okay, das ist Köln, aber so schlimm ist die Domstadt auch wieder nicht.«

Die Stimme direkt hinter ihr klang amüsiert und sanft zugleich. Katja zuckte zusammen, sie hatte gedacht, sie wäre alleine. Aber sie ließ sich ihr Erschrecken nicht anmerken. Die Stimme klang stocknüchtern und irgendwie nett, zwei Pluspunkte. Unten im Partykeller waren alle mehr oder weniger betrunken, und sie hatte auch während des ganzen Abends niemanden getroffen, der ihr besonders sympathisch gewesen wäre. Während sie weiter unbewegt in den Nachthimmel blickte, erwiderte sie: »Köln ist nicht perfekt, aber es ist vollkommen, es ist vollkommen Köln.«

»Wow, das ist tiefsinnig.« Die Stimme war jetzt links neben ihr.

Nun wurde sie doch neugierig und schielte kurz zur Seite. »Heinrich Böll soll das gesagt haben.«

»Wow, tiefsinnig und auch noch von Böll, da muss ich einfach fragen: Du bist doch ganz sicher nicht dieses Fabelwesen, von dem alle in der Fachschaft Informatik sprechen?«

Katja drehte den Kopf zur Seite, um beim Licht der Laternen einen Blick auf ihren Gesprächspartner zu werfen. Der Mann war ungefähr in ihrem Alter, wohl Mitte zwanzig, hatte ziemlich wilde lockige braune Haare, eine schwarze Hornbrille und einen Vollbart, der ihm wirklich gut stand. Ein ansehnliches Exemplar der Gattung Mann, warum also nicht weiterplaudern, dachte sie und schaute wieder in den Nachthimmel. Bloß nicht hinsehen, allzu leicht würde sie es ihm nicht machen. Sie sagte: »Was erzählt man sich denn von diesem Fabelwesen?«

»Es ist hübsch und klug, sagt man. Und obwohl es Informatik studiert, steht es mit beiden Beinen im Leben und kann sich sogar über Dinge unterhalten, ohne daran zu denken, dass jede Anwendung zur Informationsverarbeitung aus Algorithmen besteht, die den Verarbeitungsablauf beschreiben. Wie gesagt, ein Fabelwesen. Kommt direkt hinter Big Foot und dem letzten Einhorn.«

Katja war sich hundertprozentig sicher, dass der Mann neben ihr an der Bank breit grinste, dafür musste sie nicht mal hinschauen.

»O nein, das ist jetzt so traurig. Mach dich gefasst auf eine große Enttäuschung. Denn nach deinem Fabelwesen wirst du weitersuchen müssen. Ich studiere nicht Informatik.«

»Ha, dachte ich es mir doch. Der Böll hat dich verraten. Germanistik?«

»Nicht jeder, der das Zitat von Böll über Köln kennt, muss Germanistik studieren.«

»Touché. Aber Kernphysik ist es auch nicht – oder? In der Physik-Fachschaft gibt es nämlich auch die Mythen von einer hübschen Frau, die an einem Sommerabend alleine …«

Katja fing an zu lachen. »Schon klar, ich hab's kapiert und mach's dir ein bisschen einfacher. Lehramtsstudium, bin gerade beim Master-Abschluss. Mein Wahlfach ist übrigens Sport. Im September beginne ich mit dem Referendariat, und anschließend kommt das Staatsexamen.«

»Und dann?«

»Grundschule, ich würde gerne an einer Grundschule arbeiten.«

»Klare Ziele, da ziehe ich meinen Hut.«

Katja setzte sich gerade hin und schaute ihren unbekannten Gesprächspartner auffordernd an.

»Okay, du bist dran. Welchen Grund gibt es, sich mitten in der Nacht an eine junge Frau heranzuschleichen und sie auszufragen?«

»Das klingt jetzt creepy. Also, um allen böswilligen Gerüchten vorzugreifen: Ich hab mich nicht angeschlichen.«

»Geschenkt. Ich will Antworten, sonst stehe ich auf und verschwinde in der Nacht.«

»Gott bewahre, nur das nicht. Darf ich mich hinsetzen?«

Sie nickte und er ließ sich am anderen Ende der Bank nieder.

»Also gut. Benne, offiziell Benedikt, Groß. Abschluss in BWL, ein paar Semester Informatik, deshalb haben mich auch ein paar alte Kumpels zu der Fete dort unten eingeladen. Vielleicht war es aber auch nur Mitleid, und die Einladung soll dafür sorgen, dass ich hier in Köln wieder Anschluss finde. Ich bin nämlich eben erst aus London zurückgekommen, weil ich dort an der Imperial College Business School meinen Abschluss in Marketing gemacht habe. Ich bin fünfundzwanzig, ledig, stubenrein und kann kleinere Arbeiten im Haushalt selber erledigen.«

Katja prustete los, dann erwiderte sie in gespieltem Ernst: »Für viele Frauen ist das eine verlockende Kombination: stubenrein und kleine Arbeiten im Haushalt. Damit wirst du sicher nicht lange allein bleiben.«

»Und?«

»Und was?«

»Na ja, ich habe dir gerade meine Vita zu Füßen gelegt und kenne nicht mal deinen Namen.«

»Katja. Katja Hollenhorst, vierundzwanzig Jahre alt, den Rest kennst du ja bereits.«

»Stimmt, die klaren Ziele. Respekt, finde ich bewundernswürdig.«

»Im Ernst jetzt, Benne?«

»Im Ernst, Katja. Ich weiß nämlich noch nicht, was ich mit meinen Abschlüssen tun soll. Aber was denkst du, jetzt, wo wir uns schon so gut kennen: Da können wir doch mal sehen, ob es nicht noch irgendwo ein kaltes Bier gibt, oder?«

Benne sprang auf, hielt ihr die Hand hin, Katja griff zu und ließ sich von der Bank hochziehen. Der Schwung brachte sie näher an Benne, als sie beabsichtigt hatte. Sein Aftershave roch nach Holz und Orangen, und sein Lächeln war so einladend, dass sie nicht den geringsten Wunsch nach mehr Abstand hatte.

»Gegen ein kaltes Bier hätte ich nichts einzuwenden«, flüsterte sie.

Vier Jahre später

»Wollen wir doch mal sehen, ob es hier nicht noch irgendwo ein kaltes Bier gibt.«

Die Stimme aus der Küche ließ Katja kurz innehalten. Benne war also endlich zu Hause.

»Wie sieht es mit dir aus?«

»Gegen ein kaltes Bier hätte ich nichts einzuwenden«, rief sie zurück. »Du musst aber zum Anstoßen herkommen, ich brauch noch ne halbe Stunde, um die Arbeitseinheit Mittelalter für morgen fertig zu machen.« Sie zog die Strickjacke enger um sich.

So richtig hatte sie sich mit dieser Wohnung nie angefreundet. Hell war sie, großzügig und sehr stilvoll und modern eingerichtet. Der geräumige Loft befand sich in einem ehemaligen Industriegebäude. Die schiere Größe ihrer Wohnung und dazu noch die Lage im angesagten Stadtteil Ehrenfeld konnten sie an guten Tagen begeistern. Es gab aber auch einen Nachteil: Es war eigentlich immer zu kalt. Die prächtigen alten Eisenfenster schlossen nicht richtig, es zog permanent, und die moderne Fußbodenheizung reichte nicht wirklich aus, um die hohen Räume zu erwärmen. Aber genau deswegen konnten sie sich diese Wohnung so gerade eben leisten. Wenn dieses Haus irgendwann den Besitzer wechselte, würde die Miete sicherlich auf das Doppelte ansteigen.

Katja hörte ihren Freund in der Küche rumoren, Gläser klirrten.

Es dauerte ein paar Minuten, bis er in ihr gemeinsames Arbeitszimmer kam. Erst als Katja von ihren Unterlagen hochschaute, sah sie, dass er statt der Biergläser zwei Gläser Sekt in den Händen hielt.

»Sekt statt Bier? Gibt es einen besonderen Anlass?«

Benne lächelte breit. »Das hier in den Gläsern ist nicht einfach nur Sekt, das ist Champagner. Um genau zu sein, Taittinger Brut Reserve. Die Flasche hat mich fünfunddreißig Euro gekostet, aber der Champagner hat auch jede Menge Falstaff-Punkte – wehe, das schmeckt man nicht.«

Benne reichte ihr ein Glas und stieß mit ihr an. Der Champagner war kalt, prickelnd, fruchtig und kitzelte irgendwie in der Nase, fand sie.

»Fünfunddreißig Euro die Flasche – das klingt aber definitiv nach besonderem Anlass. Also, warum hast du unsere Haushaltskasse geplündert?«

»Von einer Plünderung kann keine Rede sein, das habe ich mir vom Munde abgespart.« Benne zwinkerte ihr zu.

»Und im Ernst jetzt?«

»Wir haben einen Investor, der mit acht Millionen für fünfundvierzig Prozent der Unternehmensanteile einsteigen will.«

Katja stieß einen kleinen Freudenschrei aus, stellte das Glas auf den Tisch und fiel ihrem Freund um den Hals. »Wahnsinn, Benne, ihr habt es geschafft.«

Sie küsste ihn. Es wurde ein langer, leidenschaftlicher Kuss. Sie umfasst seinen Nacken, zog ihn noch dichter zu sich heran. Sie liebte es, mit beiden Händen durch seine lockigen Haare zu fahren. Er trug sie zwar inzwischen ein bisschen kürzer als früher, aber immer noch üppiger als die meisten Geschäftspartner, mit denen er jetzt zu tun hatte. Er fand, in seiner Position als Marketingmanager und Kreativer konnte er sich einen etwas lässigeren Haarschnitt durchaus erlauben. Seine Hand streichelte ihren Rücken, suchte sich einen Weg unter ihr T-Shirt. »Mhmm«, Katja genoss die zärtliche Berührung. »Ich muss das Arbeitspapier aber wirklich noch fertig kriegen«, murmelte sie zwischen zwei Küssen. »Und Hunger habe ich auch.«

»Vielleicht nach dem Essen?«

»Ganz sicher nach dem Essen.« Katja trennte sich nur widerwillig von Benne. »Ich glaube, es ist noch ein Rest Lasagne im Kühlschrank, Benne. Den könntest du schon mal warm machen.«

»Und ich glaube, wir sollten heute lieber das Chicken Masala genießen, das«, Benne schaute auf seine Armbanduhr, »in ungefähr zehn Minuten von unserem Lieblingsinder geliefert wird.«

Bei der Aussicht auf ihr absolutes Leibgericht lief Katja das Wasser im Mund zusammen, und ihr Magen gab ein vernehmliches Grummeln von sich. »Noch besser. In zehn Minuten bin ich locker fertig. Deck du doch schon mal den Tisch, und ich mache das hier inzwischen zu Ende.«

Gerade, als der Drucker das Arbeitspapier ausspuckte, klingelte es an der Tür. Katja zuckte zusammen. Der durchdringende aufsteigende Dreiklang des Türgongs ging ihr jedes Mal auf die Nerven, egal, wie leise sie ihn einstellte. Wenn es möglich war, Töne digital zu erzeugen, warum gelang es den Herstellern dann nicht, einen wohlklingenden Klingelton zu entwickeln? Musste er sich denn anhören wie ein schlecht gestimmtes Musikinstrument, nur lauter und von einem Anfänger gespielt? Katja hörte, wie Benne öffnete und Augenblicke später zurück in die Küche ging. Schnell verstaute sie die Ausdrucke in einer Mappe. Morgen früh würde sie alles im Sekretariat der Grundschule kopieren. Sie freute sich auf die Schulstunde. Ritter und Burgfräulein kamen bei den Drittklässlern immer gut an.

In der Küche hatte Benne das gelieferte Essen inzwischen auf zwei Teller verteilt. Auf dem Esstisch lag zur Feier des Tages eine dunkelgraue Tischdecke aus schwerem Baumwollsatin, Benne hatte Kerzen angezündet, die Champagnergläser waren aufgefüllt und aus den Lautsprechern klang Ella Fitzgerald. Unglaublich altmodisch, aber eine von Katjas Lieblingssängerinnen. Noch ein Grund, warum ich Benne liebe, dachte sie, er steht auf Metal und erträgt einen gemeinsamen Abend mit Ella.

Katja setzte sich. »Jetzt erzähl mal«, forderte sie Benne auf.

»Du weißt ja, wir hatten zwei Interessenten, und heute hat sich die Investorengruppe aus den USA mit einem Angebot gemeldet, das wir – wie heißt es immer so schön – nicht ablehnen können. Mit den Investoren im Rücken können wir endlich auch andere Märkte ins Auge fassen. Wir können jetzt das ganz große Ding drehen.«

Katja sah seine Begeisterung, und sie gönnte ihm den Erfolg. Schon zwei Monate, nachdem sie sich auf der Studentenparty kennengelernt hatten, waren sie zusammengezogen. Benne hatte kurz vorher mit zwei Freunden ein eigenes kleines Unternehmen gegründet. Alexander und Gerald waren geniale Programmierer, und Benne war ein wirklich guter Marketingfachmann, der genug von Informatik verstand, um auf Augenhöhe mit Programmierern und Kunden sprechen zu können. Die drei begannen an einer Softwarelösung für Videokonferenzen zu arbeiten, die auch bei niedrigen Datengeschwindigkeiten stabil lief. Heraus kam schließlich ein Gesamtpaket, das mittels Laserprojektion nicht einmal mehr einen Monitor benötigte. Anfangs hatten sich nur zwei große Unternehmen für die Idee interessiert, doch dann war es Benne gelungen, einen Hersteller zu finden, der die eingesetzte Hardware günstig produzierte. So günstig, dass das Ganze auch für private Anwender interessant geworden war.

»Der Trend zum Homeoffice zeichnet sich in den Staaten schon seit Langem ab. Und die Amis wollen unser System jetzt noch einmal verkleinern. Wenn das alles läuft, werden Kamera, Mikrofon und Laserprojektion nur noch so große wie zwei Zigarettenschachteln sein. He, vielleicht gehen wir sogar mal in die 3-D-Projektion.« Bennes Gesicht bekam einen verträumten Ausdruck. Katja kannte seine Begeisterung für die *Star-Wars*-Filme.

»Schon klar, demnächst wird das Bild vom Chef bei einer Konferenz frei über dem Schreibtisch schweben. Mal ehrlich, es gibt Chefs, da wäre das gar nicht wünschenswert.«

»Ich sehe schon, an dir ist unsere fortschrittliche Technologie verschwendet«, neckte Benne sie und lachte. »Aber im Ernst, je mehr Menschen erkennen, dass man für ein einstündiges Meeting nicht den halben Tag mit dem Flugzeug oder der Bahn unterwegs sein muss, umso größer sind unsere Chancen.«

»Ich gönne euch den Erfolg.«

»Der leider auch seine Schattenseiten hat.«

»Wieso?«

»Wir werden in der nächsten Zeit richtig ranklotzen müssen, die erwarten hundertprozentigen Einsatz für ihre Millionen.«

Katja legte die Gabel zur Seite. »Dann sollten wir den Nachtisch besser auf später verschieben. Wer weiß, wann du das nächste Mal so früh zu Hause bist.« Sie strich sich eine Haarsträhne hinter das Ohr und lächelte ihn mit einem großen Augenaufschlag an.

K wie Katja

»Okay, Kinder, wir machen jetzt mit unserem Wörterbuch weiter. Gestern hatten wir den Buchstaben ›J‹ wie Jogurt, dann ist heute dran? Ja, Anna?«

»Das ›K‹, Frau Hollenhorst. K wie Kamel.«

»Super, genau. Also holt eure Blöcke und die Buntstifte raus und malt für euer großes Buchstabenbuch etwas, das mit dem Buchstaben ›K‹ beginnt.«

»Was sollen wir denn malen, Frau Hollenhorst?«

»Na, vielleicht etwas, das ihr besonders mögt. Da fällt euch doch sicher genug ein.« Sie fragte in die Klasse hinein: »Wer will etwas sagen?«

»Kuchen!«

»Kekse!«

»Katze!«

»Karussell!«

»Schön, das sind schon ein paar tolle Ideen. Dann fangt mal an. Malblöcke und Stifte raus, alle dürfen malen, was sie möchten.« Die dreiundzwanzig Kinder des ersten Schuljahres kramten in ihren Schultaschen herum. Doch schon Augenblicke später hörte das Rascheln und Klappern auf, und im Klassenraum herrschte eine konzentrierte Stille.

Katja schaute sich um und genoss den kurzen ruhigen Moment. Diese Klasse war ihr in den letzten Monaten wirklich ans Herz gewachsen. Ja, es war an vielen Tagen anstrengend, und sie musste sich wirklich bemühen, alle bei der Stange zu halten. Manche von den Kleinen waren im ersten Schuljahr noch sehr verspielt, da musste sie besonders aufpassen, sie nicht zu überfordern. Auf der anderen Seite ist das hier die

Schule und nicht der Kindergarten, dachte Katja, sie sind schließlich hier, um etwas zu lernen. Zum Glück hatte bislang alles gut geklappt. Elke Pfeifer, die Rektorin, hatte sie erst kürzlich dafür gelobt, wie zügig sie mit dem Lernstoff durchgekommen war. Als Abschlussprojekt arbeiteten die Erstklässler jetzt an ihren großen Buchstabenbüchern. Jeder Buchstabe bekam ein eigenes Bild, und die Bilder sollten zum Abschluss des Schuljahres dann gebunden werden. Katja seufzte leise bei dem Gedanken an das Ende des Schuljahres. Sie musste gleich in der Pause noch mal Elke ansprechen, ob sie schon was Neues wusste.

Der Rest der Schulstunde verging wie im Flug. Während sie immer wieder einen schnellen Blick auf die Wanduhr warf, wanderte Katja langsam zwischen den Tischen umher und begutachtete die Zeichnungen. Schon an der ersten Tischgruppe sah sie drei große Geburtstagskuchen. Eine Tischgruppe weiter gab es Kühe – gut an den schwarz-weißen Flecken und einem überdimensionierten Euter zu erkennen –, ein Korb mit Kirschen und …

»Du, Tim, ich fürchte, du malst da das falsche Bild. Ein Clown wird mit einem ›C‹ geschrieben.«

Tim, ein ziemlich vorwitziger Junge mit rotblonden Haaren und zahllosen Sommersprossen, schaute zu ihr hoch. »Bist du sicher, Frau Hollenhorst?« Tim klang dabei so ernst, als würde er ihr den kleinen Fehler auch jederzeit verzeihen.

Gutmütig spielte Katja mit und tat so, als ob sie nachdenken würde. »Doch schon, also, wenn ich so überlege, gibt es keinen Zweifel. Clown wird eindeutig mit ›C‹ geschrieben.«

Tim kniff ein Auge zu und dachte angestrengt nach, dabei schob sich seine Zungenspitze zwischen die Lippen. Am Ende seiner Überlegungen glitt ein zufriedenes Grinsen über sein Gesicht. »Weißt du, Frau Hollenhorst, das ist gar kein Clown, das ist ein Komiker.«

»Ein Komiker?«, fragte Katja. Manche Kinder hatten wirklich einen erstaunlichen Wortschatz. »Weißt du auch, was das ist?«

»Klar«, erklärte Tim. »Das sagt Mama zu Papa, wenn er vergessen hat anzurufen und zu sagen, dass er später kommt. Sie sagt dann immer: ›Ralf, du bist wirklich ein Komiker. Wie soll ich das Essen denn eine halbe Stunde lang warm halten?‹ Mein Papa heißt nämlich Ralf. Und dann sagt Papa: ›Entschuldigung, Liebes, aber ich hab dir Blumen mitgebracht.‹ Liebes, das ist meine Mama. Und dann lacht Mama und sie umarmen sich. Also, ich glaube, ein Komiker, das ist so ein Mann, der lustige Sachen sagt. Und …«

»Du hast recht«, beeilte sich Katja zu versichern. »Komiker ist ein sehr gutes Wort mit ›K‹. Male ruhig einen Komiker.« Wenn die Kinder in der ersten Klasse einmal ins Erzählen kamen, war es manchmal gar nicht so einfach, sie zu stoppen. Wenn die Eltern wüssten, was ihre Kinder alles von Zuhause erzählten …

Ein Tisch weiter saß Ari. Anders als Tim war die Kleine am Anfang sehr still gewesen und immer darauf bedacht, nicht groß aufzufallen. Katja hatte mit Ari in den letzten Wochen intensiv gearbeitet, und diese Arbeit zeigte inzwischen Erfolg. Ari war selbstbewusster geworden, hatte neue Freundinnen gefunden und arbeitete gut im Unterricht mit. Es sind die Kinder wie Ari, die meine Hilfe brauchen, und das ist der Grund, warum ich hier arbeite, dachte Katja, während sie sich zu Aris Zeichnung herunterbeugte.

Das Mädchen hatte eine Frau gemalt. Mittellange braune Haare und ein knielanges Kleid mit kleinen roten Blümchen.

»Hm, Ari, du hast ein Mädchen gemalt …«

»Eine Frau, das ist eine erwachsene Frau.«

»Okay, also eine Frau, aber …«

Ari drehte den Kopf, lächelte breit und offenbarte dabei eine Zahnlücke, weil ihr erst letzte Woche wieder ein Milchzahn ausgefallen war. »Ich weiß schon, was du sagen willst.

Frau ist ein Wort mit einem ›F‹. Aber wir sollten doch was malen, was wir besonders mögen, und das bist du, in deinem Sommerkleid. Das Kleid mit den Blumen, das du beim Ausflug anhattest. Das da auf dem Bild ist eine Katja und die wird mit ›K‹ geschrieben. K wie Katja.«

Für einen Moment wusste Katja nicht, was sie sagen sollte. Sie schluckte.

»Gefällt dir das Bild nicht?«

Katja ging neben dem Tisch in die Knie und schaute Ari direkt ins Gesicht. Sie lächelte. »Das ist ein tolles Bild geworden. Mich hat noch nie jemand gezeichnet. Meinst du, ich dürfte mir das Bild bis zur nächsten Stunde ausleihen? Ich würde es mir gerne kopieren.«

In diesem Moment ertönte der Gong, die Stunde war zu Ende.

»Klar«, sagte Ari, »nimm es ruhig mit. Ich würde später gerne für mein Buch noch ein paar Bäume und Wolken dazumalen, aber du bist auf dem Bild schon fertig.«

»Gut, dann pack schnell ein und flitz in die Pause, ich mache mir inzwischen eine Kopie.«

***

Während die Kinder draußen auf dem Schulhof herumtobten, ging Katja zum Farbkopierer, der in einer Ecke des Lehrerzimmers stand. Sicherheitshalber machte sie gleich zwei Kopien von der Zeichnung. Gerührt betrachtete sie noch einmal die Ausdrucke.

»Ach, das ist aber hübsch geworden, hat bestimmt ein Mädchen gemalt – oder?«

Neben ihr stand Elke Pfeifer.

»Ari Samala, erste Klasse.«

»Die kleine Schüchterne, deren Bruder ich in der Vierten habe?«

»Ganz genau.«

»Zeichnen kann sie, das steht mal fest. Übrigens: Deine Arbeitseinheit Mittelalter in der Dritten ist riesig angekommen. Ich war danach ja in der Klasse, die Kinder waren noch ganz begeistert.«

»Lieben Dank, das ist aber auch ein tolles Thema. Ich meine, welches Kind findet Ritter nicht interessant?«

»Trotzdem, es kommt schon darauf an, wie man das Ganze umsetzt. Wahnsinn, was du dir für eine Mühe mit den neuen Arbeitsblättern gemacht hast.«

Katja wollte ihrer Schulleiterin nicht widersprechen. Wenn sie eines gelernt hatte, dann, dass man ein Lob auch einfach annehmen konnte, ohne es kleinzureden. Sie hätte natürlich auch sagen können, dass sie die Arbeitseinheit Mittelalter schon an mehreren Grundschulen in der dritten Klasse durchgenommen hatte. So ganz neu, wie Elke dachte, waren die Arbeitsblätter nicht mehr. Schließlich war sie, seit sie ihr Studium abgeschlossen hatte, immer wieder an anderen Schulen eingesetzt worden. Es war leicht, etwas scheinbar Neues zu bieten, wenn man nie länger als ein Schuljahr blieb.

Jetzt aber galt es, die Gelegenheit zu nutzen. Da war etwas, das sie schon seit Wochen beschäftigte. »Sag mal, Elke, hast du schon was in Bezug auf meinen Antrag gehört?«

»Nein, es tut mir leid. Ich werde heute mal nachfragen, aber ich fürchte, die werden dir erst einmal kündigen, um dich dann nach den Ferien wieder einzustellen. Ich verstehe es auch nicht, so kann man doch keine Fachkräfte halten, aber mir sind die Hände gebunden.«

»Weiß ich doch, Elke. Das sind Entscheidungen der Schulbehörde, du kannst nichts dafür.«

»Mir passt es auch nicht, wie das läuft. Man informiert mich immer erst im letzten Moment, wie das Kollegium im kommenden Schuljahr besetzt wird.« Elke Pfeifer seufzte. »Aber lass mich offen zu dir sein: Für dich sieht es hier nicht gut aus. Ich habe gestern erfahren, dass unsere Kollegin Tina Brothaupt nun doch früher aus der Elternzeit zurückkommen will. Im schlimmsten Fall wirst du uns und deine Schüler hier an der Schule nie wiedersehen. Glaub mir, ich finde diese Regelung bei den befristeten Verträgen auch unmöglich.«

»Jedenfalls ist es nett, dass du noch mal nachfragen willst.«

»Ist doch selbstverständlich, gerade bei so engagierten Kolleginnen wie dir.« Elke legte Katja mitfühlend die Hand auf den Arm und wandte sich zum Gehen.

Wie betäubt blieb Katja am Kopierer stehen. Also eine weitere Sommerpause ohne Gewissheit, wie es weitergehen wird, dachte sie verbittert. Natürlich hatte es in den letzten Jahren immer geklappt. Man stellte sie wieder ein, sie bekam einen neuen befristeten Vertrag und dann fing am Ende eines Schuljahres alles wieder von vorne an. Sie hatte das schon mehrmals durchgemacht und wünschte sich endlich mehr Sicherheit. Bei dem Gedanken, erneut die Schule zu wechseln und vor allem Kinder wie Tim und Ari, »ihre« Kinder, nicht durch die gesamte Grundschulzeit begleiten zu können, wurde ihr das Herz schwer.

»Das ist eine Katja. Ari hat gemalt, was sie besonders mag«, murmelte sie und schaute mit brennenden Augen auf die bunte Zeichnung in ihren Händen.

Verliebt, verlobt, verheiratet?

Größer hätte der Unterschied zur Selma-Lagerlöf-Grundschule nicht sein können. Die Fenster in der hellen, mit Marmor verkleideten Fassade leuchteten warm in der Abenddämmerung. Immer wieder wechselten die Farbtöne, aber so langsam, dass man es nicht sofort bemerkte. Von dunklem Pink über warmes Camparirot bis hin zu einem sensationell strahlenden Violett. Durch die teils geöffneten Fensterflügel drangen Lachen und Gespräche nach draußen, man hörte Gläser klingen und von irgendwoher erahnte man leichte Jazzmusik.

Die exklusive Kunstgalerie am Hohenzollernring war an diesem Abend nur für geladene Gäste geöffnet. Benedikt und seine Geschäftspartner hatten die komplette Galerie für einen Abend gemietet, um den vierten Geburtstag ihrer gemeinsamen Firma zu feiern. Aber Benne wäre nicht Benne gewesen, wenn er nur Mitarbeiter und Freunde dazu eingeladen hätte. Er wollte den Abend natürlich auch nutzen, um Kunden und potenzielle Geschäftspartner zu umwerben.

Die Glastüren schwangen auf. Ein in dezentes Schwarz gekleideter Security-Mitarbeiter geleitete Katja zur Empfangstheke.

»Ihr Name, bitte?«, erkundigte er sich höflich.

»Hollenhorst. Katja Hollenhorst.«

Sein Zeigefinger glitt über den Tablet-Computer, während er die Gästeliste prüfte. »Ah ja, natürlich, Frau Hollenhorst. Darf ich Ihnen dieses VIP-Armband anlegen?«

Lächelnd hielt Katja ihm das linke Handgelenk hin. Was für ein Tag! Bis vor wenigen Minuten, ja, noch in dem Moment, als sie draußen vor der Galerie gestanden hatte, war sie müde und ausgelaugt von einem langen anstrengenden Unterrichtstag gewesen. Sie war entschlossen, die schöne Feier voll und ganz zu genießen. Der Schultag, oder besser gesagt die Aussicht auf einen erneuten befristeten Vertrag, war ihr auf den Magen geschlagen. Jetzt aber waren die Müdigkeit und die schlechte Stimmung wie weggeblasen. Sie war zwischendurch zu Hause gewesen und hatte sich umgezogen. Katja hatte für den Abend extra neue High Heels gekauft. Mattschwarzes Leder mit einem weinroten, zehn Zentimeter hohen dünnen Absatz. Ihr war klar, dass sie in diesen Schuhen allenfalls würdevoll dahinschreiten konnte – mal schnell durch die Stadt laufen wäre mit diesen Absätzen lebensgefährlich. Aber die Schuhe sahen fantastisch zu dem schlichten schwarzen Etuikleid aus. Für den Abend hatte sie ihre langen braunen Haare hochgesteckt, sie trug die Perlenohrringe ihrer Oma und um den Hals eine schmale Silberkette mit einer einzigen großen Zuchtperle. Die Kette hatten ihr ihre Eltern zum Abschluss des Studiums geschenkt.

Wie mühelos sie mittlerweile zwischen ihren beiden Rollen wechseln konnte! Tagsüber war sie die energiegeladene, begeisterte Grundschullehrerin, die sie immer hatte sein wollen. Kaum zu glauben, dass es erst vier Jahre her war, dass sie sich noch aufgeregt hatte, weil da eine Abschlussarbeit zu schreiben gewesen war.

Abends und am Wochenende begleitete sie Benne in edle Restaurants und zu Geschäftstreffen. Auch diese Rolle war ihr mittlerweile zur zweiten Natur geworden. Ein wunderbares Leben hatten sie sich zusammen aufgebaut, fand sie. Es war ihr schon immer leichtgefallen, auf andere zuzugehen, sie war eine brillante Zuhörerin, und es gelang ihr, die Gesprächspartner aus der Reserve zu locken. »Du bist meine Geheimwaffe«, pflegte Benedikt liebevoll zu sagen. Ja, Benedikt, so wollte er jetzt von allen genannt werden. Wann hatte sie aufgehört, ihn öffentlich Benne zu nennen? Wenn sie beide allein waren, tat sie es immer noch, aber nie, wenn jemand anderes es hören konnte.

Ein Blick auf die Armbanduhr sagte ihr, dass sie noch eine gute halbe Stunde Zeit hatte, bevor sie sich Benne anschließen würde. Mit ihm hatte sie ausgemacht, dass er zu Beginn der Veranstaltung allein herumwandern und die Gäste begrüßen würde. Viel hing bei solchen Anlässen davon ab, die richtigen Personen gleich zu Anfang zusammenzubringen. Jeder der geladenen Gäste sollte sich willkommen und geschätzt fühlen, niemand sollte allein herumstehen und sich langweilen.

Im Foyer stehend ließ sie den Blick über die offenen Galerien in der ersten und zweiten Etage des Gebäudes wandern. Hinter den glänzenden Edelstahlgeländern konnte sie sehen, dass es oben kleine Skulpturen gab, die auf verschieden hohen weißen quadratischen Säulen präsentiert wurden. Sie beschloss, in der ersten Etage zu beginnen. Langweilig würde es ihr in der nächsten halben Stunde sicher nicht werden. Die ausgestellten Objekte wirkten schon aus der Ferne apart, hielten aber auch bei näherem Hinsehen, was sie auf den ersten Blick versprochen hatten. Alle waren handwerklich perfekt und mit großer Detailgenauigkeit gearbeitet. Da gab es abstrakte organische Formen aus schwarz gebeiztem Holz, bei anderen Kunstwerken war deutlich zu erkennen, dass verschiedene Blätter oder Pflanzen dafür Pate gestanden hatten. Plötzlich konnte sie der Versuchung nicht widerstehen. Ein kurzer Blick nach rechts und links, ja, sie war unbeobachtet, ja, sie wusste, dass es sich nicht gehörte. Und doch: Sie ließ kurz die Fingerspitzen über einen besonders schön gearbeiteten Pilz gleiten, las in aller Ruhe die Beschreibung auf dem Schild an dieser Säule. *Marone, aus naturbelassenem massivem Eschenholz. Aus einem Stück mit der Kettensäge geschnitzt. Herkunft: Andernach.* Nun, eine Marone in dieser Größe würde wahrscheinlich ausreichen, um eine zwanzigköpfige Großfamilie zu füttern, aber so viel künstlerische Freiheit musste wohl sein.

Während sie so durch die Ausstellung schlenderte, bemerkte sie so manchen bewundernden Blick von anderen Gästen. Das gefiel ihr. Sie war zwar nur mittelgroß, doch sie hielt sich ausgesprochen gerade und war durchtrainiert. Nicht immer war das so gewesen. Als Teenager hatte sie stets Probleme mit dem Gewicht gehabt. Eher moppelig und voller Selbstzweifel, hatte sie Sport deprimierend und nervig gefunden.

Die Wende kam, als ihre Freundin Kim sie kurz nach Beginn ihres Studiums davon überzeugte, bei einer Laufgruppe mitzumachen. Das Laufen entpuppte sich als ein willkommener Ausgleich für die Stunden in den Hörsälen, und gleichzeitig verlor sie innerhalb weniger Monate etliche überflüssige Pfunde. Als dann ein paar Teilnehmerinnen der Laufgruppe an einem Samstag das Indoorklettern ausprobieren wollten, ließ sich Katja überreden mitzukommen. Und auch diesmal bereute sie ihren Entschluss nicht. Wie sich herausstellte, besaß sie ein natürliches Talent fürs Klettern. Die anderen hörten bereits nach wenigen Trainingseinheiten auf – nicht so Katja. Neben dem Laufen wurde das Klettern zu ihrer großen sportlichen Leidenschaft. Am Ende des ersten Semesters hatte sie beschlossen, das Wahlfach zu wechseln und Sport hinzuzunehmen.

In aller Ruhe schaute sich Katja die Kunstwerke an. Ab und zu warf sie einen Blick ins Foyer. Von hier oben hatte sie einen ausgezeichneten Überblick. Gelegentlich konnte sie Benedikt sehen, mal ins Gespräch vertieft, mal mit suchendem Blick zwischen zwei Menschengrüppchen, die er zusammenbringen wollte. Er war gut darin, eine Party in Gang zu bringen. Immer wieder brandete fröhliches Lachen herauf, das sich mit der leisen Jazzmusik mischte. Bennes Plan schien aufzugehen, ständig war er in Bewegung, um Neuankömmlinge zu begrüßen oder mit Gästen ein wenig Small Talk auszutauschen. Die Räume der Galerie füllten sich zusehends, überall standen kleine Gruppen mit Sektgläsern in den Händen und plauderten.

Noch spielte das Jazztrio vorne neben der Bar, aber Katja wusste, dass später am Abend das Musikprogramm wechseln würde. Sie hatte den DJ, der für den Abend engagiert worden war, bereits gesehen. Wie sehr sie sich auf diesen Abend freute! Benne hatte wochenlang über der Gästeliste, dem Essen und dem Programm gebrütet.

»Schatz, hast du einen Moment Zeit? Ich möchte dich gerne mit Doktor Gereon bekannt machen, er ist der neue Director of International Business Development unseres Investors – ein ganz hohes Tier in dem Laden. Hat vor vier Wochen dort angefangen.«

Katja, die abseits von den anderen Gästen vor einem großen Gemälde gestanden hatte, zuckte kurz zusammen, als sie Bennes Stimme hörte, denn sie hatte überhaupt nicht bemerkt, dass er genau hinter ihr stand. Rasch fing sie sich wieder, drehte sich um und lächelte ihn an. »Dann stell ihn mir doch bitte vor.«

Benne griff nach ihrer Hand und zog sie mit sich. »Du siehst übrigens fantastisch aus, Schatz, habe ich das schon erwähnt?«

Erneut zuckte Katja zusammen. Schatz, er hatte sie gerade zum zweiten Mal Schatz genannt. Das tat er sonst nie. Er hatte sie nie anders als Katja genannt, beide fanden immer, dass es keine schöne Kurzform von Katja gab. In privaten Momenten nannte er sie zärtlich »meine Schöne« – aber Schatz? Niemals.

Sie schüttelte den Gedanken ab. Schließlich hatte er ihr gerade ein Kompliment gemacht. Sie antwortete: »Nein, hast du nicht, und du darfst es ruhig noch ein paarmal sagen. Das ist auch deshalb wichtig, weil mich meine neuen Schuhe gerade umbringen.«

An der Seite von Benedikt schlängelte sie sich durch die Menge. »Meine Güte, ich muss auf dich aufpassen. Hast du diesen schmachtenden Blick von Dennis gesehen?«, flüsterte ihr Benne ins Ohr.

»Dennis, der gut aussehende Programmierer? Der im Sommer immer diese unglaublich engen T-Shirts trägt, damit jeder sein Sixpack sehen kann? Nee, habe ich gar nicht bemerkt«, antwortete Katja ebenso leise.

Benne hauchte ihr einen Kuss auf die Wange. »Fräulein Hollenhorst, Sie sind schrecklich. Du weißt ganz genau, dass du klasse aussiehst, ich kann mich da nur wiederholen.«

»Und das, obwohl meine Stupsnase nach dem Fahrradsturz nie mehr ganz gerade geworden ist?«

»Ich liebe deine Stupsnase, und so ein kleiner Makel macht ein Gesicht doch erst besonders.«

»Du bist und bleibst ein alter Schmeichler. Aber das kannst du gut, also hör bloß nicht damit auf.« Katja zwinkerte ihrem Freund vergnügt zu. Dieser Abend in der Galerie war Balsam für ihr Ego, daran gab es keinen Zweifel.

»Ah, da sind Sie ja, Herr Groß. Und die bezaubernde Erscheinung an Ihrer Seite muss Ihre Verlobte sein, nicht wahr?« Ein Mann Anfang fünfzig, mit militärisch kurzem Haarschnitt und italienischem Designeranzug, kam auf sie zu.

»Herr Doktor Gereon, darf ich Ihnen Katja Hollenhorst vorstellen? Katja, das ist Doktor Klaus Gereon, er ist bei unserem Investor für die Sparte International Business verantwortlich.«

»Ich bin erfreut, Sie kennenzulernen, Frau Hollenhorst, wirklich sehr erfreut.« Gereon ergriff Katjas rechte Hand und deutete mit einer leichten Verbeugung einen Handkuss an. »Ihr Verlobter hat mir bereits berichtet, dass Sie Sport studiert und sich währenddessen im Bereich Marketing weitergebildet haben. Dass Sie mit dem Gedanken spielen, jetzt beruflich in diese Richtung zu gehen, passt sehr gut. Ich plane nämlich, unser internationales Business erheblich auszubauen und dafür natürlich auch unser finanzielles Engagement in der Firma Ihres Verlobten zu erweitern. Signifikant zu erweitern. Ich kann nur sagen, es wäre eine Bereicherung, Sie demnächst im Team dabei zu haben.« Gereon lächelte strahlend, eine Spur zu strahlend vielleicht, wie Katja fand. »Was möchten Sie trinken? Ihr Glas ist ja fast leer. Darf ich Ihnen von der Bar noch etwas holen? Bestimmt sagen Sie zu einem Champagner nicht Nein. Und dann müssen Sie mir in aller Ruhe erzählen, wie Ihre Pläne aussehen.«

Gereon wartete Katjas Antwort nicht ab, sondern ging direkt zur Bar. Sowie er ihnen den Rücken zudrehte, funkelte Katja ihren Freund wütend an. »Was soll das denn heißen, deine Verlobte? Ich dachte immer, dazu gehören zwei? Wie war das? Stichwort: Heiratsantrag?«

Benne lächelte verlegen. »Na ja, weißt du, der Gereon ist noch so ein Manager der alten Schule, und das mit der Verlobung kam total gut bei dem an. Außerdem wollte ich ja … also ich meine … ähm, ich … ich wollte ja dich schon immer fragen.«

»Ja? Was genau wolltest du fragen? Ob ich ins Marketing wechseln möchte?«

»Uhh, das ist wieder dieser Gouvernantenblick, der macht mir immer eine Gänsehaut. Ich konnte ihm ja schlecht erzählen, dass du Grundschullehrerin bist. Sport klang gut. Und Marketing klang noch besser.«

Das waren ja ganz neue Töne. »Was stört dich an einer Grundschullehrerin?«

»Ja nix, also, nicht bei dir. Aber da gibt es halt so ein Bild in den Köpfen von den Leuten. Du bist anders, gar keine Frage. Komm, tu mir den Gefallen und spiel für heute Abend mit. Ich verspreche auch, ich mach es wieder gut.«

»Das ist doch alles Blödsinn, was du diesem Gereon erzählt hast. Erst erfindest du eine Verlobung, und dann dichtest du mir auch noch eine Marketing-Fortbildung an? Echt, Benne, du bist zu weit gegangen. Da mache ich nicht mit.«

»Pleeease? Und wenn ich ganz lieb frage?« Benne sah sie so bittend an, dass sie sich erweichen ließ. Sie wusste, wie hart er in den letzten Jahren gearbeitet hatte, um seine kleine Firma dahin zu bringen, wo sie heute stand. Sie schaute sich um, all die Menschen, die den Erfolg der Firma feierten. Die Galerie mit ihren farbig angestrahlten Wänden, den abstrakten Kunstwerken und den teuren Skulpturen. Die Grundschule, der Unterricht, die Kinder – aber auch der ständige Ärger mit den befristeten Verträgen, das alles schien im Moment unendlich weit entfernt zu sein.

»Gereon kommt zurück«, flüsterte Benne ihr zu. Was er aber wirklich sagen wollte, war: Lass mich bitte nicht auffliegen, ohne unseren Investor sind wir nichts, wir brauchen ihn.

Mit einem charmanten Lächeln nahm Katja das Champagnerglas entgegen. »Sagen Sie, Herr Doktor Gereon, hat Ihnen mein Verlobter«, Katja sah mit einer gewissen Befriedigung, wie Benne bei dem Wort ›Verlobter‹ ein wenig den Kopf zwischen den Schultern einzog, »schon unseren Hochzeitstermin verraten?«

»Mit keiner Silbe. Aber ich hoffe natürlich, dass wir Investoren Ihren Zukünftigen bis dahin nicht zu sehr mit Beschlag belegen.«

»Nun, das sollte tatsächlich das geringste Problem sein. Nicht wahr, Schatz?« Zuckersüß lächelte Katja Benedikt an.

»Du hast recht. Zumal du ja eine Karriere im Marketing anstrebst. Dann sehen wir uns auch bei der Arbeit.«

Der Manager prostete ihnen zu. »Sie beide sind wirklich ein hübsches Paar. Ich freue mich auf die Zusammenarbeit.« Über den Rand seines Sektglases hinweg schaute er Katja an – abschätzend, bewundernd, nachdenklich? Das war seiner undurchdringlichen Miene nicht zu entnehmen, aber eins war völlig klar: Nun würde ein Themenwechsel folgen. Wenn Katja als Lehrerin eines gelernt hatte, dann war es, genau mitzubekommen, wenn eine Gesprächssituation umschwenkte. Und da kam es auch schon: »Aber verraten Sie mir doch, Frau Hollenhorst, wo sehen Sie noch Marktpotenziale bei dem genialen Konferenzsystem, das Ihr zukünftiger Gatte so brillant vermarktet?«

Benne, der einen Arm um ihre Hüfte gelegt hatte, wurde vor Schreck ganz starr. Katja überlegte kurz. Gereon wusste von ihrem Sportstudium. Ihr fiel ein Zeitungsartikel über Workouts in den eigenen vier Wänden wieder ein.

»Stellen Sie sich vor, Sie könnten Sport auch im heimischen Wohnzimmer ausüben, aber unter direkter Aufsicht Ihres Trainers. Personal-Training für jedermann. Gerade berufstätige Frauen und Mütter haben oft zu wenig Zeit. Eine halbe Stunde Powertraining könnten sie in ihren Alltag leicht einbauen, aber wenn dazu noch eine halbe Stunde oder mehr für die Hin- und Rückfahrt zum Fitnessstudio kommt, ist das für viele überhaupt nicht machbar. Sport und Fitness zu Hause dagegen – da könnte man mit dem richtigen Trainingsprogramm und der passenden Hardware eine Menge erreichen.«

Ihr Gegenüber schwieg nachdenklich, und Katja befürchtete schon, dass sie sich mit ihrer Antwort blamiert hatte, da hob Doktor Gereon erneut sein Glas. »Frau Hollenhorst, das ist mit Abstand die interessanteste Idee, die ich in den letzten vierzehn Tagen gehört habe. Ich sage es Ihnen ganz offen, wenn Ihr künftiger Gatte Sie nicht einstellt, rufen Sie mich an. Ich kenne mehrere Unternehmen, die frische, neue, unorthodoxe Ideen suchen.«

»Ich werde es mir merken«, erwiderte Katja und warf Benne lächelnd einen Seitenblick zu.

»Setzen wir uns doch dort drüben hin, Sie müssen mir unbedingt noch ein wenig mehr erzählen.«

»Das würde ich schrecklich gerne, Herr Doktor Gereon, aber zuerst muss ich mich noch kurz um den DJ kümmern«, antwortete Katja geistesgegenwärtig. »Wir sehen uns dann später noch, ja?«

»Ich freue mich darauf, Frau Hollenhorst.«

Katja zog Benne durch den Raum mit sich. »Du warst umwerfend, Wahnsinn, irre«, sagte Benne ganz begeistert, als sie außer Hörweite waren. »Der Gereon frisst dir jetzt schon aus der Hand.«

»Benedikt Groß, darüber reden wir morgen noch mal«, zischte Katja. »Ich bin wirklich sauer auf dich. Wie kannst du es wagen, mir einen anderen Beruf anzudichten. Ich habe schon einen, falls du das vergessen haben solltest, ich bin Lehrerin.«

Hektisch warf Benedikt Blicke nach rechts und links, es sah aus, als würde er sich Sorgen machen, dass jemand sie hörte.

»Keine Bange«, sagte Katja verächtlich. »Eine laute Szene werde ich dir jetzt in der Öffentlichkeit nicht machen. Aber ich bin echt enttäuscht von dir. Ach ja, und glaub bloß nicht, dass ich dieses lächerliche Schauspiel den ganzen Abend mitmache. Ich will nicht mit deinem Doktor Gereon über Marketing reden, ich interessiere mich nicht dafür.«

»Okay, ich werde Gerald bitten, sich um ihn zu kümmern.«

Gerald war einer von Bennes Geschäftspartnern. Er war ein brillanter Kopf, aber er konnte seinem Gegenüber mit wenigen Sätzen über Programmzeilen, neue Codes und die Probleme der einzelnen Programmiersprachen jeden Lebenswillen rauben. Dafür war er bekannt.

»Oje, ein Abend mit Gerald, dafür ist Gereon zu wichtig, das bringt euch keinen Vorteil. Es muss doch noch einen anderen Weg geben.«

»Kannst du nicht doch selbst mit ihm reden? Bitte? Alles,

was du brauchst, sind schließlich ein paar gute Gesprächsthemen.« Nachdenklich rieb sich Benne über die Stirn. »Ich weiß: Gereon liebt Ostfriesland und die Nordseeküste, hat er jedenfalls mal erwähnt.«

»Na bitte, warum nicht gleich so? Bei den Themen kenne ich mich aus, dann brauche ich mich nicht zu verstellen, und dein Ansprechpartner bekommt seine persönliche Betreuung. Bist du nun zufrieden? Ich schau jetzt übrigens wirklich mal nach dem DJ, nur so aus Interesse, und wenn Gereon dann noch mal meinen Weg kreuzt, kann ich ja das Gespräch auf die Schönheiten der Nordsee lenken. Das krieg ich hin, meine Schüler muss ich ja auch ständig dazu bringen, über ein bestimmtes Thema zu reden.«

Benne zog sie an sich und wollte sie küssen. Katja wich ihm aus und drehte den Kopf weg. Er hielt sie fester.

»Du Schöne«, murmelte er in ihr Haar. »Du Zornige. Du machst mich ganz wahnsinnig.« Sein Atem ging schwerer.

Gegen ihren Willen regte sich etwas in Katja, ihre Wut war für den Augenblick vergessen. Sie wandte sich ihm zu und schlang die Arme um seinen Hals. »Oh, Benne, mach so was nicht wieder.«

Diesmal war es kein gehauchter Kuss, sondern einer voller Leidenschaft. Zum Glück war es hier in der Ecke des Raumes ziemlich dunkel, sodass sie unbeobachtet waren. Katja schmeckte Bennes Lippen, sie fühlte sich erregt, begehrt und von dem Champagner ein wenig beschwipst. Der Abend war wirklich einzigartig, wie oft bekam man denn einen Beinahe-Heiratsantrag?

Verliebt, verlobt, verheiratet, dachte sie. Müsste ich mich in diesem Moment nicht glücklicher fühlen?

Streit

Was für ein Glück, dass heute Samstag ist, dachte Katja und schlurfte verschlafen und verkatert ins Badezimmer. Aus dem Wandschrank holte sie sich eine Kopfschmerztablette. Sie wollte sich kein Glas aus der Küche holen, nicht warten, bis das Wasser richtig kalt war. Sie wollte bloß, dass das unangenehme dumpfe Pochen hinter ihren Schläfen aufhörte. So spülte sie die Tablette am Waschbecken stehend mit einem Schluck lauwarmem Wasser herunter, das sie sich direkt in die Hand laufen ließ. Anschließend ließ sie den Hahn weiterlaufen und spritzte sich eiskaltes Wasser ins Gesicht. Schon besser, dachte sie, aber ich sollte nicht jammern, den doppelten Grappa zum Ende des Abends habe ich freiwillig getrunken, niemand hat mich dazu gezwungen. Sie trocknete sich das Gesicht ab und tappte in die Küche. Die Kaffeemaschine war schon eingeschaltet, aber von Benne keine Spur. Auf dem Küchentisch lag ein Notizzettel: *Hole Brötchen, bin gleich zurück.*

»Bevor ich an ein Brötchen denken kann, brauche ich erst mal einen Kaffee«, murmelte sie und fuhr sich mit beiden Händen durch die Haare, während sie herzhaft gähnte.

Aus dem Regal holte sie ihren Lieblings-Kaffeebecher, den ihre Freundin Kim ihr einmal vor langer Zeit geschenkt hatte. *Lächle, du kannst sie nicht alle töten* stand da auf beiden Seiten, zusammen mit einem Smiley. Der Becher zauberte immer ein Lächeln auf ihr Gesicht. Während ein doppelter Espresso und anschließend heiße Milch zischend in den Becher liefen, überlegte Katja, ob sie vor dem Frühstück noch schnell duschen gehen sollte. Wenn sie schnell war, konnte sie fertig sein, bevor Benne zurückkam. Aber jetzt beeilen, am Samstagmorgen? Sie entschied sich dafür, lieber erst mal richtig wach zu werden und ihren Kaffee zu genießen. Daraus wurde nichts. In dem Moment, wo sie sich aufs Sofa zurückziehen wollte, klingelte das Telefon. Für einen Moment war Katja versucht, den Anruf einfach zu ignorieren. Kurz bevor der Anrufbeantworter ansprang, schaute sie dann doch aufs Display und erkannte, dass der Anruf aus Bennes Firma kam. Widerwillig nahm sie ihn an.

»Hollenhorst, guten Morgen.«

»Katja, hi, Alexander hier. Hör mal, ich muss ganz dringend mit Benedikt sprechen. Wenn er noch im Bett liegen sollte, soll er aufstehen, aber pronto. Ich habe super Neuigkeiten.«

»Sorry, Alexander, Benedikt ist gerade beim Bäcker.«

Dass Alexander schon am Vormittag mit Benne sprechen wollte, und noch dazu an einem Samstag, war eher ungewöhnlich. Der Mitbegründer der Firma galt als ausgesprochener Morgenmuffel, aber davon war heute trotz der Party am Vorabend nichts zu hören. Im Gegenteil, auf Katja wirkte er regelrecht aufgedreht.

»Ach, so ein Mist. Er hat auch sein Handy nicht eingeschaltet.«

Katja schaute sich um, und tatsächlich, drüben auf der Kommode lag Bennes Smartphone.

»Stimmt, er hat es gar nicht mitgenommen, aber das ist ein sicheres Zeichen dafür, dass er jeden Moment wiederkommen wird. Soll ich ihm etwas ausrichten?«

»Ja, sag ihm, dass ich eben gute Neuigkeiten aus den USA bekommen habe. Das wird der Wahnsinn.«

»Okay, gebe ich so weiter.«

»Klasse. Ach, und Katja?«

»Ja?«

»Ich finde deine Entscheidung total super. Ich meine, Benedikt war ja schon immer der Meinung, dass du dich unter Wert verkaufst. Was der immer über Grundschullehrer gelästert hat. Nichts für ungut, aber ist ja auch klar. Hey, ich meine, was soll man von Erwachsenen halten, die Zeit ihres Lebens zur Schule gehen?« Alexander kicherte.

Über den Witz lache ich schon seit Jahren nicht mehr, dachte Katja. »Welche Entscheidung meinst du?«

»Deinen Wechsel ins Marketing. Echt, wir können wirklich frische Ideen gebrauchen. Benedikt hat gestern Abend gegenüber Gereon und zwei weiteren Kunden richtig angegeben, von wegen kreatives Potenzial in der Partnerschaft entwickeln, gemeinsames Lebensziel erreichen. Ich finde, es ist kein Nachteil, dass du jetzt als unverbrauchte Quereinsteigerin dazustößt. Meinen Segen hast du.«

»Ja ... ähm ... herzlichen Dank, Alexander. Das weiß ich wirklich zu schätzen. Ich ... ich sag dann Benedikt Bescheid, dass er dich anrufen soll.«

»Mach das, Katja. Schönen Vormittag noch.«

Katja legte das Telefon zurück in die Ladestation und biss sich verärgert auf die Unterlippe. »Schöner Vormittag? Da bin ich mir nicht so sicher«, murmelte sie wütend.

»Guten Morgen, schon jemand wach?« Bennes Stimme echote laut von den hohen Wänden des Lofts zurück.

Er kam in den großen Wohnraum, trat zu ihr und küsste sie auf die Wange. »Du bist ja auf. Na, gut geschlafen?«

Bei seinem Kuss wurde Katja stocksteif. Wut und Enttäuschung brodelten in ihr.

»Eben hat Alexander angerufen. Er hätte großartige Neuigkeiten, lässt er ausrichten.«

»Mensch, das wird die Rückmeldung von unserem US-Investor sein. Du, ich muss da mal gerade anrufen.«

»Augenblick!«

Ihr Tonfall stoppte Benne auf dem Weg zum Telefon.

»Was ist los, alles okay mit dir?«

»Nein, Benne, nichts ist okay. Wie kommst du dazu, nachdem du diesem Gereon deine Lügen über unsere Verlobung und vor allem über meine Arbeit aufgetischt hast, das Gleiche später dann noch zwei weiteren Kunden zu erzählen?«

Benne setzte schon zum Sprechen an, doch sie hob die Hand, sie war noch nicht fertig. Sie zählte an den Fingern auf: »Und das, obwohl ich dir deutlich klargemacht hatte, dass ich a) an meiner Arbeit als Lehrerin hänge und b) kein Interesse daran habe, in deine Firma einzusteigen und mich dort ums Marketing zu kümmern. Warum auch, verdammt noch eins, schließlich habe ich jahrelang studiert, um in meinem jetzigen Beruf zu arbeiten.«

»Na komm, mach mal halblang, Katja, du weißt doch, wie das läuft, vor allem auf so einer Party. Da erzählt man viel, wenn der Abend lang ist, und vor allem erzählt man das, was die Kunden hören wollen.«

»Ach, und die wollten unbedingt hören, dass ich ins Marketing wechsle? Wahrscheinlich wollte auch Alexander bei jeder Gelegenheit hören, dass du meine Arbeit für völlig überflüssig hältst? Vielleicht ist es dir ja peinlich zuzugeben, dass ich in der Grundschule arbeite? Huh, die Arbeit mit Kindern, das kann man ja nicht ernst nehmen, wenn man gerade im internationalen Business Fuß fasst. ›Sie hat Sport studiert‹, das geht noch, aber der Rest? Den kehren wir besser unter den Teppich und machen aus ihr eine hippe Marketingexpertin. Den Kindern Lesen, Schreiben und Rechnen beibringen, das ist ja auch nicht sexy.«

Spätestens jetzt hatte Katja erwartet, dass ihr Freund zumindest verlegen werden würde, dass es ihm unangenehm wäre, weil sie seine wahre Einstellung zu ihrer Arbeit kannte – aber im Gegenteil. Benne kniff nur trotzig die Augen zusammen. »Du solltest dich selber hören. Überleg doch mal, welche Chance sich hier für uns bietet. Wir können international erfolgreich sein. Du lernst interessante Menschen kennen, die deine Arbeit schätzen. Und für diese Arbeit musst du nicht mit Knete spielen oder Papp-Dinos basteln.«

»Danke schön, ich kenne schon interessante Menschen, die meine Arbeit schätzen. Die sind gerade acht, neun oder zehn Jahre alt.«

»Ach ja, Kinder. Willst du dich wirklich den Rest deines Lebens nur noch mit diesen kleinen Monstern beschäftigen?«, sagte Benne höhnisch. »Als Nächstes willst du wahrscheinlich auch noch eine Familie gründen und dich den ganzen Tag um die Brut kümmern, Windeln wechseln und schmierige Fingerabdrücke von unseren Möbeln abwaschen.« Benne schüttelte sich. »Das passt zu unserem Lifestyle ja so überhaupt nicht.«

Mit offenem Mund starrte Katja Benne an. In ihrem Magen bildete sich ein eiskalter Klumpen. Für sie war es immer eine Selbstverständlichkeit gewesen, dass sie irgendwann Kinder haben würden. Dieses Thema war für einen verkaterten Samstagmorgen allerdings eindeutig eine Nummer zu groß. Sie beschloss, Bennes Bemerkung fürs Erste zu ignorieren, und presste stattdessen hervor: »Ich liebe es, Kinder zu unterrichten. Sie sind es wert, dass man mit ihnen Zeit verbringt. Ich kann mir keine wichtigere Arbeit vorstellen.«

»Klar doch, aber offenbar lässt das deine Dienstherren kalt. Jahr für Jahr vertrösten die dich mit einem neuen Zeitvertrag. Die Aussicht auf eine Festanstellung ist doch die Möhre, mit der sie dir vor der Nase herumwedeln.«

»Also bin ich in deinen Augen auch noch zu dumm, das selbst zu erkennen?« Katjas Stimme wurde schrill. Sie stand auf und ging in Richtung Schlafzimmer. »Ich glaube, ich habe genug von dieser Diskussion.«

»Komm schon, Katja, du musst doch mal der Wahrheit ins Gesicht sehen.«

Katja wirbelte herum. »Der Wahrheit? Die Wahrheit ist, dass mein Verlobter«, Katja deutete mit den Fingern in der Luft Anführungszeichen an, »sich dafür schämt, was ich tue, und allen möglichen Menschen Lügen über meine Arbeit erzählt.«

»Nein, Katja, die Wahrheit ist, dass du dich von der Behörde ausnutzen lässt. Und nebenbei gesagt: Du möchtest zwar nicht im internationalen Business arbeiten, aber das Geld aus dieser Arbeit ist schon willkommen. Den Luxus, diesen Loft, fast jeden Tag schön essen gehen – das alles magst du schon, oder? Denk mal darüber nach.«

Katja blieb wie angewurzelt stehen, unfähig etwas zu erwidern, während Benne mit einem triumphierenden Gesichtsausdruck ins Arbeitszimmer verschwand. Der Sieger hatte den Ring verlassen.

Shit, er hat nicht einmal unrecht, dachte Katja verbittert, an unseren luxuriösen Lebensstil habe ich mich gewöhnt. Und diese Erkenntnis machte ihr mehr zu schaffen als der ganze Streit.

Letzter Schultag

Als der Gong das Ende der Stunde ankündigte, geschah etwas Außergewöhnliches: Alle Kinder blieben sitzen. Katja schaute sie auffordernd an: »Was ist los mit euch? Habt ihr den Gong nicht gehört? Die Stunde ist vorbei. Ach, was sage ich, nicht nur die Stunde, sondern auch der Schultag. Ja, sogar das ganze Schuljahr. Also: Ich wünsche euch tolle Sommerferien, und wenn ihr aus den Ferien zurückkommt und die Schule wieder anfängt, dann seid ihr nicht mehr Erstklässler, dann seid ihr die zweite Klasse.«

Katja sah, wie ein paar Schüler zur Tür schauten, so, als ob sie auf etwas warten würden. In dem Moment klopfte es auch schon an der Klassentür.

Katja öffnete. Vor ihr standen Aris Mutter und ein Mann, der ihr nur vage bekannt vorkam.

»Frau Samala, hallo, das ist aber eine Überraschung. Die Stunde ist gerade zu Ende gegangen, wenn Sie Ari abholen wollen, nur zu.«

»Guten Tag, Frau Hollenhorst. Sie kennen doch Herrn Bernhard, den Vater von Jan? Wir wollen Sie auch gar nicht lange aufhalten, aber wenn Sie zwei Minuten für uns hätten?«

»Natürlich, kommen Sie herein.« Katja drehte sich um und bemerkte, dass die ganze Klasse nicht mehr auf ihren Stühlen saß, sondern sich vor der Tafel aufgebaut hatte. Kein Zweifel, das hatten die Kinder untereinander abgesprochen. Die kleine Ari machte einen Schritt nach vorne.

»Liebe Frau Hollenhorst, du bist die allerbeste Lehrerin, die man sich vorstellen kann.« Ari drehte sich zu den anderen Kindern um. »Eins, zwei, drei«, kommandierte sie leise, und dann schrie die ganze erste Klasse im Chor: »Wir sagen danke! Du bist die Größte! Wir sagen danke, danke, dass es dich gibt!«

Herr Bernhard trat vor und holte einen Blumenstrauß hervor, den er bis dahin hinter dem Rücken verborgen hatte. »Liebe Frau Hollenhorst, Sie haben es gehört, und wir Eltern möchten uns da nur anschließen. Unsere Kinder sind von Ihrem Unterricht ganz begeistert. Eigentlich wollte Herr Klinkmann als Elternklassensprecher die Blumen überreichen, aber er konnte aus beruflichen Gründen heute nicht hier sein. Ich habe diese Aufgabe für ihn übernommen, aber auch er lässt Sie ganz herzlich grüßen.«

Frau Samala griff in ihre Umhängetasche und holte ein Geschenk heraus. »Jedes Kind hat zu Hause Bilder gemalt, damit Sie auch ein eigenes Buchstaben-Buch bekommen. Bitte schön, ich habe es extra binden lassen.«

Katja nahm das Päckchen entgegen und schaute die Kinder gerührt an. »Ich bin sicher, das sind ganz tolle Bilder, denn ihr habt in den letzten Wochen wirklich hart gearbeitet. Ich danke euch sehr für dieses wunderbare Geschenk.«

»Du kannst das später auspacken«, erklärte Ari, »jetzt musst du nämlich ins Lehrerzimmer, aber wir, wir haben schon Ferien!«

***

Irgendjemand hatte Sekt kaltgestellt, der jetzt geöffnet wurde. Die meisten Lehrerinnen und Lehrer der Grundschule kamen mit dem eigenen Auto zur Schule, deshalb gab es für jeden nur ein kleines Schlückchen zum Anstoßen.

Als jeder ein Glas in der Hand hielt, ergriff Elke Pfeifer das Wort. »Liebe Kolleginnen und Kollegen, ich danke euch für das zurückliegende Schuljahr. Genießt die Ferien und kommt gesund zurück. Bei Katja und Irina bedanke ich mich besonders, ihr habt euch super ins Team integriert. Leider steht noch nicht fest, ob ihr beide auch im nächsten Schuljahr hier bei uns an der Schule arbeiten werdet. Aber wo immer man euch einsetzen wird, eure Arbeit wird ein Gewinn für die anderen sein.«

Das Kollegium klatschte zustimmend Beifall, dann prosteten sich alle zu. Katja hatte sonst nichts gegen Sekt einzuwenden, aber heute schmeckte er schal und bitter. Sie dachte an »ihre« erste Klasse, an die lachenden, strahlenden Gesichter eben beim Abschied. In den letzten Tagen hatte sie sich eingeredet, dass ein weiterer Wechsel ihr nichts ausmachen würde. Aber jetzt erkannte sie, dass sie sich dabei selber belogen hatte. Die Ungewissheit nagte an ihr. Dafür hatte sie doch nicht die ganzen Jahre studiert, um sich jedes Mal am Ende eines Schuljahres die bange Frage zu stellen, wie es wohl in sechs Wochen weitergehen würde.

Vor allem, weil diese Schule anders war als alles, was sie bis jetzt kennengelernt hatte. Hier arbeiteten die Lehrer als Team zusammen. Katja hatte auch schon Schulen erlebt, in denen im Grunde nur Einzelgänger ihren jeweiligen Unterricht durchzogen, manchmal auf Kosten der Kinder, aber immer auf Kosten des Teamgeistes.

Will ich das wirklich, fragte sie sich im Stillen, während sie ratlos das Sektglas in ihren Händen drehte. Der Abend in der Galerie fiel ihr wieder ein, die Begeisterung, mit der Dr. Gereon ihren unbeholfenen Vorschlag angenommen hatte, das Gefühl von Anerkennung, das sie an diesem Abend gespürt hatte. »Genießt die Ferien«, das hatte sie ihren Schülern gerade noch gesagt. Ich weiß nicht, ob mir selbst das gelingen wird, dachte sie.

»Und – fährst du weg?« Elkes Frage riss Katja aus ihren trüben Gedanken.

»Ja, Ende nächster Woche. Ich werde zusammen mit meinem Freund nach Südfrankreich fliegen, in ein Sporthotel.«

»Hach, wie ich dich beneide«, sagte Elke. »Das klingt traumhaft.«

»Doch, auf die Sportangebote freu ich mich, du kennst mich ja. Golf und Wasserski habe ich im Sportstudium nicht gemacht, das will ich unbedingt ausprobieren und habe Anfängerkurse gebucht. Aber aus dem ganzen Drumherum mache ich mir nichts. Schon auf der Webseite war von exklusiven Abendessen die Rede. All inclusive heißt doch, es gibt ständig was zu essen, und fürs Abendessen muss ich mich dann auch noch in Schale werfen. Ich fürchte, ich werde da auch tagsüber nicht mit meiner alten Jeans und einem ausgeleierten Top rumlaufen können. So einen Schicki-micki-Urlaub finde ich irgendwie anstrengend.«

»Und warum fahrt ihr dann da hin?«

Gute Frage, dachte Katja, und antwortete: »Benedikt hat viel gearbeitet und will sich im Urlaub nicht ums Essen, ein Haus und den Rest kümmern, sagen wir einfach, er hat es sich verdient.« Katja schaffte immerhin ein halbherziges Lächeln, schließlich wollte sie Benne nicht schlecht dastehen lassen. Für viele musste die Zeit in Südfrankreich wie der Traumurlaub schlechthin klingen. Elke gehörte dazu, das begeisterte Funkeln in den Augen der Schulleiterin machte das mehr als deutlich. Sie selbst arbeitete noch daran, sich darauf zu freuen. Wenn ich erst einmal da bin, wird es mir wohl auch gefallen, dachte sie. Schon während sie das überlegte, fühlte es sich an wie das berühmte Pfeifen im dunklen Wald.

»Ich wünsche dir viel Spaß in Südfrankreich, und mach dir nicht zu viele Gedanken über das nächste Schuljahr, ich bin sicher, das wird alles klappen.«

»Ja, natürlich. Und nochmals lieben Dank für die Lobesrede eben.«

»Das, liebe Katja, kam von Herzen.«

Neue Pläne

Vier Tage später stand Katja in ihrem Schlafzimmer und überlegte, was sie nun einpacken sollte. Das war gar nicht so leicht, schließlich durfte der Koffer nicht zu schwer werden, aber gleichzeitig brauchte sie angemessene Kleidung für ihren Fünf-Sterne-Hotelurlaub. Entmutigt ließ sie sich rückwärts aufs Bett plumpsen, stopfte sich ein Kopfkissen in den Nacken und schaute durch die bodentiefe Fensterfront nach draußen.

Eine Weile starrte Katja in den Sommerhimmel und schaute den ziehenden Wolken zu. Doch es half nichts, sie musste ja weitermachen. Seufzend wandte sich Katja wieder ihrer Aufgabe zu. Die Abendsonne schien herein und beleuchtete gnadenlos die überschaubare Auswahl an Kleidung, die Katja bereits auf dem Doppelbett zurechtgelegt hatte. Sie stützte sich auf den Ellenbogen und betrachtete den Kleiderstapel neben sich, das Ergebnis ihrer Suche. Sie würde mindestens sieben oder acht verschiedene Outfits brauchen, um bei den Abendessen nicht unangenehm aufzufallen. Da gab es zwei gut geschnittene helle Kostümröcke, die ließen sich mit verschiedenen Blusen kombinieren. Dann noch das dunkelrote Cocktailkleid. Sicher war es möglich, im Hotel etwas reinigen zu lassen, also konnte sie die beiden Etuikleider auf jeden Fall auch mitnehmen.

In einer Grundschule gab es nicht viele Anlässe, zu denen man besonders gut gekleidet sein musste. Im Gegenteil, Seidenblusen, Designerklamotten und High Heels wären dort reichlich fehl am Platz gewesen. Aber das heißt ja nicht, dachte sie trotzig, dass ich Tag und Nacht nur in Jeans und ausgeleierten Strickjacken herumlaufen muss. Ich möchte auch manchmal mein erwachsenes Ich ausführen.

Trotzdem, diese Kleiderauswahl reichte einfach nicht. Übermorgen würden sie fliegen. Zur Not musste sie morgen noch einmal in die Stadt gehen und etwas kaufen. Der Gedanke reizte sie nicht besonders, denn sie hatte bei den überteuerten Edelboutiquen in Köln immer das miese Gefühl, ihr hart verdientes Geld zum Fenster rauszuwerfen. Wie viel lieber würde sie diesen Urlaub mit zwei abgeschnittenen Jeans-Shorts, ein paar T-Shirts und ihrer Lieblings-Sweatshirt-Jacke antreten. Aber so ein Outfit konnte sie für dieses Jahr komplett vergessen.

Das Gewichtslimit für den Koffer bei einer Flugreise war eindeutig ein Problem. Es war nicht nur die Kleidung, über die sie sich Gedanken machte, sondern auch die Anzahl der Bücher, die sie einpacken konnte. Sie liebte Lesen über alles, und sie wusste, dass, wenn sie mehrere Stunden am Pool verbringen würde, ihr Bücherstapel schneller zusammenschmelzen würde als ein Softeis in der südfranzösischen Sonne.

Jetzt rächte sich, dass sie keinen E-Book-Reader besaß, den sie mit genügend Lesestoff hätte füttern können.

»So ein Mist«, schnaubte sie, als ihr klar wurde, dass sie nicht nur weitere Edel-Outfits würde kaufen müssen. Nein, sie würde dafür auch noch Bücher, auf die sie sich schon gefreut hatte, zu Hause lassen müssen.

Sie richtete sich auf und schlug frustriert mit der flachen Hand auf die Bettdecke. So wird das nichts, dachte sie. Wenn ich so weitermache, wird der Südfrankreich-Urlaub der totale Reinfall. Sie schloss die Augen und dachte noch mal an den Abend in der Galerie. An diesem Abend hatte sie sich gut gefühlt. Jedenfalls bis zu dem Moment, als Benne ihr neue Karrierepläne und eine Verlobung angedichtet hatte. Nach ihrem Streit am folgenden Tag war Benne einfach zur Tagesordnung übergegangen, richtig ausgesprochen hatten sie sich nicht.

Und dennoch: Das war ein Abend für ihre andere Rolle gewesen, für die Katja, die High Heels, Perlenketten und Champagner durchaus zu schätzen wusste. Und was war daran falsch? Sie musste sich nur vorstellen, dass die zwei Wochen Frankreich mehr von diesem einen Abend sein würden, mehr für die andere Katja.

Aber der Abend in der Galerie war dann auch irgendwann zu Ende gewesen. Sie hatte die High Heels ausgezogen und war wieder in die bequemen Sneakers der Grundschullehrerin geschlüpft.

Für Benne war es offenbar anders, der lebte weiter in seiner Start-up-Blase, telefonierte mit Tokio und Los Angeles. Bei den gemeinsamen Abendessen berichtete er ihr mit leuchtenden Augen von einem möglichen Börsengang und einer strahlenden Firmenzukunft. Was er dagegen in den letzten Tagen nicht wieder erwähnt hat, ist sein Beinahe-Heiratsantrag, dachte sie mit einer Spur von Verbitterung. Warum nur? Vielleicht hatte er seine ganz eigenen Pläne? Fast sah sie es schon vor sich: ein romantischer Abend auf der Hotelterrasse mit Blick auf die untergehende Sonne und das Mittelmeer. Kellner, die bei diesem *Dinner für zwei* gekühlten Champagner servierten, sich dann diskret zurückzogen, damit Benne die kleine Schachtel mit dem Verlobungsring präsentieren konnte …

Das Zuschlagen der Wohnungstür riss Katja weg vom Mittelmeer zurück in die Kölner Loftwohnung.

»Ich habe Pizza mitgebracht. Die richtig große mit doppelt Käse, Krabben, Artischocken und allem, was du gerne magst«, rief Benne vom Flur aus. Katja sprang mit einem Lächeln auf, um schnell Teller auf den Tisch zu stellen.

Ich werde mir nicht von irgendeiner Kleiderordnung die Sommerferien vermiesen lassen, dachte sie, während sie barfuß zwischen Küchenschrank und Tisch hin und her lief. Zur

Not muss das Hotel eben mit abgeschnittenen Jeans-Shorts am Pool leben.

***

»Du, hör mal.«

Benne legte das Messer zur Seite, um einen Schluck Rotwein zu trinken. Um zu trinken und um Zeit zu schinden, schoss es Katja durch den Kopf. Wie gut sie ihn nach vier Jahren doch kannte. »Du, hör mal« sagte er immer nur dann in diesem Tonfall, wenn er ihr eine schlechte Nachricht beibringen musste. So wie damals, als er die Beule in ihren Polo gefahren hatte. Damals hatte er auch mit »Du, hör mal« begonnen.

»Was ist schiefgelaufen, Benne?«

»Nichts, also geschäftlich ist alles super«, versicherte er hastig.

Er will den Beinahe-Heiratsantrag zurücknehmen, weil er kalte Füße bekommen hat, dachte Katja. »Benne, ich weiß, dass der Abend in der Galerie eine Ausnahmesituation war. Wir haben uns darüber schon lange genug gestritten …« Sie stockte und musste trocken schlucken. »Also, was ich sagen will ist, dass du wahrscheinlich Zeit brauchst.«

Benne sah sehr erleichtert aus, was Katja einen zusätzlichen Stich versetzte. »Du hast voll ins Schwarze getroffen, Schatz.«

Katja zuckte zusammen. Schatz. Da war es wieder, das Wort.

»Ich brauche wirklich Zeit. Ich hab schon damit gerechnet, dass die Ansprüche im Auslandsgeschäft höher werden, aber die ticken drüben in den USA echt total anders. Die erwarten jetzt Höchstleistungen von uns. Mir ist heute klar geworden, dass wir nicht zusammen in den Urlaub fahren können.«

»Wir können nicht in den Urlaub fahren?« Katja überrollte eine Welle der Erleichterung. Benne hatte die ganze Zeit gar nicht an ihre Hochzeit gedacht.

»Du siehst nicht sehr unglücklich aus«, beschwerte sich Benne halb lachend.

Nun platzte ihr doch der Kragen. »Sollte ich das? Ich meine, du weißt, wie ich zum Thema Edelhotel stehe, und wenn du so viel um die Ohren hast, wirst du sowieso den halben Tag mit Laptop und Handy verbringen. Zeit zu zweit stelle ich mir anders vor. Das heißt doch, ich habe nichts verpasst, wenn dieser Urlaub so nicht stattfindet. Also, so richtig unglücklich bin darüber nicht.« Sie hatte sich in Rage geredet, war immer lauter geworden.

»Was soll das denn jetzt heißen – nicht unglücklich?« Benedikts Stimme hatte den scherzhaften Tonfall von vorhin völlig verloren. Den Teller mit seiner inzwischen kalt gewordenen Pizza schob er beiseite.

»Was das heißen soll? Sind wir nicht zu zweit in dieser Beziehung? Warst du es nicht, der mir diesen Hotelurlaub unbedingt schmackhaft machen wollte? Ich wollte den sowieso nicht.«

»Das hättest du mir aber auch sagen können«, entgegnete Benedikt scharf.

»O, das habe ich, mehr als einmal.« Jetzt wurde Katja richtig ungehalten. »Aber da hast du wahrscheinlich nicht zugehört. Das passiert dir übrigens oft in letzter Zeit.«

»Schatz, jetzt bist du unfair.«

»Und nenn mich nicht Schatz! Das hast du bis jetzt noch nie gemacht.«

Jetzt sah Benedikt wirklich verletzt aus. Er ließ den Kopf hängen. Gut so, dachte Katja, ich muss mir doch nicht alles gefallen lassen. Giftig fuhr sie fort: »Ist der Hotelurlaub noch so etwas gewesen, was gut für dein Geschäft sein soll?«

Benne sprang auf, lief um den Tisch herum und zog an Katjas Arm. »Komm her, so war das doch überhaupt nicht gemeint.« Er hielt ihren Oberarm umfasst und versuchte sie zum Aufstehen zu bewegen, während sie immer noch eigensinnig fest auf dem Stuhl sitzen blieb. So einfach würde sie es ihm nicht machen. »Bitte, Katja. Entschuldigung. Das war gefühllos von mir, das mit der Verlobung. Wenn ich gewusst hätte, dass dir das so viel ausmacht, hätte ich es nie gesagt. Ehrlich.«

Wenn er wollte, konnte Benne sehr überzeugend sein. Endlich stand Katja auf und ließ sich von ihrem Freund in den Arm nehmen, zuerst noch widerstrebend, dann ließ sie allmählich locker. Ganz fest presste sie leise schluchzend ihr Gesicht in seine Halsbeuge, während er ihr immer wieder über den Rücken und durch die Haare strich und murmelte: »Entschuldigung, Katja. Ich wollte dich nicht verletzen. Verzeih mir. Das war dumm von mir.«

Es dauerte lange, bis sie sich wieder voneinander lösten.

Energisch wischte Katja mit dem Handrücken über ihre verweinten Augen. »Jetzt erzählst du mir am besten mal ganz von vorne, was eigentlich los ist«, verlangte sie.

»Also, es gibt da ein großes Branchentreffen in Los Angeles, ich müsste dort präsent sein. Und wenn ich schon einmal dort bin, ist es sinnvoll, länger zu bleiben, Geschäftspartner kennenzulernen, neue Kontakte zu knüpfen. Unser Konferenzsystem ist zwar gut«, Benne grinste vorsichtig, schaute in Katjas Gesicht, um zu prüfen, wie sein kleiner Scherz ankam, »aber vor Ort zu sein, ist in diesem Fall schon besser.«

Sie ging nicht weiter darauf ein. »Du fliegst also in die USA – für wie lange?«

»Tja, schwer zu sagen. Ich müsste dieses Wochenende fliegen und würde ungefähr drei Wochen bleiben. Du könntest natürlich inzwischen alleine nach Südfrankreich fliegen.«

Katja dachte kurz über den Vorschlag nach. »Nein, dazu habe ich eigentlich gar keine Lust. Was soll ich denn dort ganz alleine? Können wir den Urlaub nicht noch stornieren?«

»Ich denke, schon. Ich habe bei der Buchung eine Reiserücktrittsversicherung abgeschlossen, weil ich damals schon geahnt habe, dass es schwierig werden könnte. Aber, wenn du nicht nach Frankreich fliegen willst, was machst du dann? Doch wohl nicht hier in Köln versauern?«

Katja lächelte. »Ich fahre ans Meer, so viel steht fest. Ein Ferienhaus in Dänemark wäre schön, aber das wird jetzt zu kurzfristig sein, und für mich alleine brauche ich auch kein ganzes Haus.« Sie war hin- und hergerissen zwischen sich widersprechenden Gefühlen. Erleichterung, weil der ungeliebte Hotelurlaub in Frankreich ausfiel. Verärgerung, weil Benne so kurzfristig ihre gemeinsamen Pläne über den Haufen warf und ihr überhaupt keine Wahl ließ. Erleichterung, dass er nicht versuchte, seinen Beinahe-Heiratsantrag wieder zurückzunehmen. Es war sehr verwirrend. »Storniere du mal Südfrankreich, und ich überlege, was ich stattdessen machen möchte. Mir wird schon etwas einfallen.«

»Weißt du eigentlich, wie sehr ich dich dafür liebe, Katja Hollenhorst?«

»Wofür? Dafür, dass ich dir nicht an die Gurgel gehe, weil du kurzfristig unseren gemeinsamen Urlaub über den Haufen wirfst?«, fragte Katja mit einem Augenzwinkern.

»Oje, das war die Version ›nicht an die Gurgel gehen‹?«, fragte Benedikt mit gespieltem Entsetzen. Er schien sehr erleichtert, dass Katja sich wieder beruhigt hatte, und ging bereitwillig auf ihren lockeren Tonfall ein.

»Genau. Beim nächsten Mal reiße ich dir nämlich einfach den Kopf ab, wenn du mich versetzt und mich ganz einsam und allein in den Urlaub fahren lässt.«

»Ja, mach mir nur ein schlechtes Gewissen. Ich habe es auch verdient, aber ich denke, du weißt, wie viel dieses Meeting und der USA-Aufenthalt für mich bedeuten – oder?«

»Natürlich, Benne, das ist genau das, worauf du hingearbeitet hast, das ist dein Traum, und jetzt wird er Wirklichkeit.«

»Du sagst es. Und ich verspreche dir, wenn ich aus den USA zurück bin, komme ich nach … ans Meer … also, wo immer du dann bist, da komme ich hin.«

»Okay, so machen wir das. Jetzt muss ich nur noch überlegen, wo das sein wird.«

Ein Angebot im richtigen Moment

Einfach würde die Suche nicht werden. Dass sie jetzt, zu Beginn der Sommerferien, nicht ohne Weiteres ein Quartier finden würde, war Katja schon klar gewesen. Aber im Laufe des nächsten Vormittags musste sie erkennen, dass es nicht nur schwierig, sondern nahezu unmöglich sein würde, jetzt noch ein freies Zimmer am Meer zu ergattern. Natürlich konnte sie ihren Koffer oder den großen Rucksack packen und einfach auf gut Glück losfahren, aber sie hatte nach dem ganzen Stress in der Schule keine große Lust auf eine Reise ins Unbekannte. Sie wollte eigentlich lieber mit einem festen Ziel vor Augen losfahren, ankommen und entspannen. Zunehmend frustriert klickte sie sich durch die Webseiten verschiedener Ferienhausportale. Wie sie schon zu Benne gesagt hatte, ein Ferienhaus war ihr eigentlich zu groß und, auch da war sie ehrlich zu sich selber, sie konnte sich zwar den Urlaub problemlos leisten, aber sorglos das Geld zum Fenster rauswerfen wollte sie auch nicht.

Als das Telefon auf ihrem Schreibtisch klingelte, war sie dankbar für die Unterbrechung.

»Hollenhorst – hallo.«

»Katja, ich bin es.«

»Mama, hi, ich wollte dich heute sowieso noch anrufen. Jetzt habe ich ein richtig schlechtes Gewissen, dass ich mich seit Tagen nicht bei dir gemeldet habe.«

»Nein, Kind, das brauchst du nicht. Was denkst du nur von mir? Ich ruf doch nicht an, um dich daran zu erinnern, dass wir mal wieder reden sollten. Ich wollte dir nur einen schönen Urlaub wünschen. Ihr fliegt doch morgen Abend. Hast du schon alles gepackt?«

»Ach, Mama, Südfrankreich ist gestorben. Benedikt muss zu einem wichtigen Geschäftstermin in die USA.«

»Wie ärgerlich. Aber was den Erfolg seiner Firma betrifft, ist das bestimmt ein gutes Zeichen – oder?«

Was sollte sie darauf antworten? Katja schwieg.

Ihre Mutter und Benne verstanden sich großartig. Frühere Freunde ihrer Tochter hatte Claudia Hollenhorst eher kritisch beäugt, aber Benne hatte sie von Anfang an in ihr Herz geschlossen.

Vor zehn Jahren, Katja steckte gerade mitten im Abitur, hatten sich ihre Eltern getrennt. Zu ihrem Vater, der mittlerweile in Nürnberg mit einer anderen Frau zusammenlebte, hatte Katja ein eher loses und distanziertes Verhältnis, sie sahen sich vielleicht zwei, drei Mal im Jahr, dazu kam der obligatorische Besuch während der Weihnachtsfeiertage. Anders war das bei ihrer Mutter, die in Bonn wohnte. Mit ihr telefonierte Katja regelmäßig, und die beiden trafen sich auch mehrmals im Monat, und sei es nur, um zusammen eine Tasse Kaffee zu trinken.

»Und was wirst du jetzt tun? Du fährst doch sicher nicht alleine nach Südfrankreich?«

Katja musste unwillkürlich lächeln. Wie gut ihre Mutter sie kannte. Dabei hatte sie ihr nichts von ihren Zweifeln in Bezug auf dem Südfrankreich-Urlaub erzählt.

»Nein, wir konnten die Reise stornieren, Benne hatte wohlweislich eine Versicherung abgeschlossen.«

»Ich hatte mich sowieso gewundert. Nicht, dass ich euch beiden die Reise nicht gegönnt hätte. Aber gerade jetzt, wo es in der Firma diese ganzen neuen Entwicklungen gibt, sind zwei Wochen Auszeit doch sehr optimistisch gewesen.«

Auch das war ein Zeichen für das gute Verhältnis zwischen Benedikt und ihrer Mutter. Sie verfolgte interessiert die

Entwicklung des Start-ups und diskutierte regelmäßig mit Benedikt über den aktuellen Stand des Unternehmens.

»Ja, er hätte wahrscheinlich auch im Urlaub arbeiten müssen. Also ist es wohl besser so.«

»Na gut, nach Südfrankreich möchtest du nicht alleine fahren, das kann ich verstehen. Aber die Sommerferien in Köln verbringen? Ist es das, was du willst?«

»Nein, nein«, beeilte sich Katja zu antworten. »Ich würde gerne ans Meer fahren, einfach ausspannen. An die Nordsee vielleicht. Aber so kurzfristig ist es echt schwer, noch etwas zu finden, es sei denn, ich möchte ein Ferienhaus für acht Personen, mit zwei Bädern, Swimmingpool und drei Sonnenterrassen in verschiedenen Himmelsrichtungen mieten. Alles andere ist längst ausgebucht.«

»Du, das trifft sich ja ganz großartig, Kind. Hättest du Lust, deinen Urlaub auf Langeoog zu verbringen?«

»Langeoog? Ja, natürlich, das wäre toll, aber …«

»Die meisten Unterkünfte werden schon ausgebucht sein, da hast du recht. Aber du würdest mir aus einer Zwickmühle helfen.«

»Zwickmühle? Wovon sprichst du?«

»Ich habe dir doch von Stefan erzählt, meinem Kollegen aus der Verwaltung. Na ja, Stefan und ich, wir sind ein paarmal ausgegangen in den letzten Wochen. Also, nicht nur ein paarmal, schon recht oft.«

»Mama, willst du mir gerade sagen, dass du einen neuen Freund hast? Das ist ja super.«

Katja freute sich wirklich für ihre Mutter. Anders als ihr Vater hatte ihre Mutter in den letzten zehn Jahren allenfalls mal die eine oder andere Kurzbekanntschaft gehabt. Claudia Hollenhorst hatte sich ganz und gar auf ihre Arbeit als Juristin beim Gesundheitsamt in Bonn konzentriert. Ich verstehe echt nicht, warum die Männer bei Mama nicht Schlange stehen, dachte Katja, sie ist erst sechsundfünfzig Jahre alt, attraktiv, witzig und dank ihres Jobs finanziell unabhängig.

»Ich erinnere mich, dass du einen Stefan mal beiläufig erwähnt hast«, sagte Katja mit amüsiertem Unterton. Früher war sie es immer gewesen, die etwas über einen neuen Mann zu erzählen gehabt hatte. Benne war der erste Mann, mit dem Katja wirklich lange zusammengeblieben war.

»Ja, ja, ich verstehe schon.« Claudia Hollenhorst lachte, und mit diesem Lachen klang sie gleich noch mal dreißig Jahre jünger. »Aber du musst auch mich verstehen, ich war mir bei Stefan nicht sicher. Jedenfalls hat er vorgeschlagen, dass wir zusammen in die Schweiz fahren. Aber ich hatte schon ein kleines Pensionszimmer auf Langeoog gebucht. Das stand schon seit ewigen Zeiten fest, ich hab dir doch im Januar davon erzählt, dass die Betriebsferien dieses Jahr ausgerechnet in den Schulferien liegen. Und da hab ich mir gedacht, dann mache ich eben Nägel mit Köpfen, und habe alle meine Urlaubstage und Überstunden zusammengenommen. Ich wollte für sechs Wochen nach Langeoog fahren.«

»Was denn, für sechs Wochen und genau in den Schulferien?«

»Deswegen ist es auch nur ein ganz einfaches kleines Zimmer in einer Frühstückspension, nichts Besonderes.«

»Trotzdem, ein Zimmer auf Langeoog, für die ganzen Ferien …«, sagte Katja verträumt. »Wie bist du nur da drangekommen?«

»Meine Schulfreundin Jette Klöntmann, du erinnerst dich noch an Jette, die vor mehr als zwanzig Jahren nach Langeoog gezogen ist? Sie hat mir das Zimmer vermittelt. Möchtest du das nicht übernehmen?«

»Und ob ich will. Die ganzen Sommerferien am Meer, das ist ja ein Traum. Du bist ganz sicher, dass du nicht selbst hinfahren willst?«

»Ja.«

»Wenn das so ist: Der Mann muss es wert sein, ich freu mich so für dich. Deinen Stefan würde ich gerne kennenlernen, also, spätestens nach dem Urlaub.«

»Natürlich, lass uns nach deinem Urlaub einfach zusammen essen gehen. Er ist wirklich nett, seit fünf Jahren geschieden, und ich fühle mich in seiner Gegenwart … ich fühl mich wohl, verstehst du, was ich meine?«

»Ja, Mama, ich denke, ich weiß, was du meinst. Ich habe so eine Spruchkarte an meinem Kühlschrank.«

»Und was steht auf der Karte?«

»Liebe ist, wenn er dich zum Lächeln bringt, ohne da zu sein.«

»Das werde ich mir merken, das ist ein schönes Zitat. Also, Katja, ich verspreche dir ein gemeinsames Essen mit mir und Stefan, und ich werde Jette und der Vermieterin gleich eine Mail schicken, dass du auf die Insel kommst. Wann willst du fahren?«

Katja überlegte gar nicht erst lange. »Morgen, ich fahre morgen. Ich such gleich einen Zug raus. Wenn du mir wohl inzwischen die Adresse schicken würdest? Und am besten auch Jettes Handynummer, dann kann ich ihr eine Nachricht schreiben, wenn ich da bin.«

»Ja, das mache ich gleich. Dann wünsche ich dir einen schönen Urlaub. Und grüße Benedikt von mir.«

»Werde ich tun, und genieße die Zeit in der Schweiz. Ich werde dann jetzt mal packen, viel brauche ich ja nicht. Shorts, T-Shirts, einen warmen Pulli und meine Regenjacke. Und einen großen Stapel Bücher.«

Katja legte auf und lehnte sich zufrieden in ihrem Schreibtischstuhl zurück. Langeoog – ja, das war genau das Richtige. Ich fahre zuerst alleine hin und mache mir ein paar schöne Tage am Meer, und wenn Benne von seiner Geschäftsreise zurück ist, kann er nachkommen. Wann genau war sie überhaupt auf der Insel gewesen? Richtig, kurz nach dem Abitur.

Ihr erster Urlaub ohne Papa. Sie war mit Mama während der ersten Semesterferien hingefahren. Und sie waren beide ohne ihn so viel entspannter gewesen – ein schöner Urlaub.

Katja lächelte, während ihr die Erinnerungen an Langeoog durch den Kopf zogen. Mama hatte in den letzten Jahren noch mehrmals dort Urlaub gemacht. Ganz gut, dass sie jetzt zusammen mit einem neuen Mann in die Schweiz fuhr. Das war mal was anderes. Sie gönnte es ihr aus tiefster Seele.

Bei dem Gedanken, dass sie selbst schon morgen auf die Nordsee blicken, die salzige Luft einatmen, die Schreie der Möwen hören würde, die Sonne im Gesicht – bei diesem Gedanken machte ihr Herz einen kleinen Freudenhüpfer. Aus der Schreibtischschublade holte sie einen Notizblock und schrieb eine Liste:

- *3 Paar Shorts*
- *2 Jeans*
- *1 Fleecepulli*
- *Badeanzug*
- *Sonnenmilch*
- *Handy*
- *Bücher*
- *Fahrradhelm*

Sie überlegte kurz, ob sie High Heels aufschreiben sollte, nur um das Vergnügen zu haben, diesen Punkt kräftig durchzustreichen, verwarf diesen Gedanken dann aber als kindisch. Stattdessen fuhr sie fort:

- *Laufschuhe*
- *Flipflops*

Die Grundschullehrerin in ihr schnalzte beim Anblick des Schriftbilds tadelnd mit der Zunge. Die Buchstaben tanzten wild aus der Reihe, manche Buchstaben fehlten ganz und waren nur durch unordentliche Wellen angedeutet. Das wäre bestenfalls eine Vier minus – na und, dachte sie, riss den Zettel vom Block und machte sich auf den Weg ins Schlafzimmer. Sie wanderte leise summend umher, kramte in Schränken und Schubladen und legte die Sachen aufs Bett.

Auf dem Weg ins Badezimmer, wo sie die Sonnenmilch holen wollte, fiel ihr Blick durch die geöffnete Tür des Arbeitszimmers auf den noch eingeschalteten Computer. Sie könnte … Schon saß sie am Bildschirm und gab einen Suchbegriff ein: Rubbenhoog. An ihren Urlaub auf Langeoog hatte sie viele Erinnerungen, aber sie konnte sich nicht darauf besinnen, ob sie in Rubbenhoog gewesen war und wie es dort war. Sie zögerte kurz und entschied sich dann, als Erstes den Link zu einem Video aufzurufen.

***

Das Video war ganz offensichtlich die Arbeit eines Profis. Ein weiter Horizont, malerische Wolkenberge im Morgenlicht, Wattenmeer, das in der Sonne glitzerte und funkelte. Die Bilder wurden von Klaviermusik untermalt. Es war, als hätte einer der dänischen Skagen-Maler die Kameraführung übernommen. Vielleicht zog dieses Video einen deshalb sofort in seinen Bann, weil man auf die obligatorische Shanty-Musik oder ein Akkordeon verzichtet hatte.

Nationalpark Wattenmeer und die Insel Langeoog – wo das Meer die Seele erreicht. Der eingeblendete Titel gefiel Katja, darunter tauchte der Satz auf *Die neue Seehundaufzuchtstation Langeoog.*

Die ersten Filmsequenzen weckten gleich alte Erinnerungen. Der Hafen der Insel, die Inselbahn, die wundervollen alten Ziegelhäuser mit ihren weißen Giebelverkleidungen aus Holz.

»Langeoog, das ist nicht nur eine beliebte Urlaubsinsel in der Nordsee«, begann ein Sprecher, »Langeoog wird künftig eine noch wichtigere Rolle im Rahmen der großen Forschungsarbeiten im Nationalpark Wattenmeer spielen. Die neue Seehundaufzuchtstation wird die Arbeit der bereits bestehenden Stationen ergänzen.«

Katja verfolgte am Computermonitor die Filmaufnahmen, hier hatte jemand mit einer Drohne wunderbare Luftbilder von der Dünenlandschaft und den Stränden der Insel aufgezeichnet. Es war, als würde sie selber über die über Dünen und Sanddornbüsche hinwegschweben.

»Eingebettet in die natürliche Landschaft der Insel, wird die Station nicht nur wissenschaftlich arbeiten, sondern interessierten Besuchern und Familien die Einzigartigkeit des Wattenmeeres und natürlich das Leben der Seehunde näherbringen.« Im Bild tauchte ein Mann auf, der sich über einen kleinen Heuler beugte, bevor er sich aufrichtete und in die Kamera schaute.

Atemlos verfolgte Katja das Video weiter, jeder Gedanke ans Kofferpacken war vergessen, sie tauchte völlig in die Bilder ein.

Der Himmel hinter ihm war grau, trotzdem schien es sehr hell zu sein, der Mann kniff die Augen etwas zusammen. Zwischen seinen Augen entstand eine kleine senkrechte Falte. Die Kamera fing die Augen in einer Großaufnahme ein. Katja verlor sich für einen Moment in diesem Blick. Seine Augen gefielen ihr, ein leuchtendes Blau. Aber es war nicht nur die Farbe, sondern auch der amüsierte Blick. So, als wollte der Mann sagen: Kommt schon, es ist schweinekalt hier draußen, lasst es uns zu Ende bringen. Ein weiterer Schriftzug stellte den Mann vor: *Dr. Martin Richter, Diplom-Biologe.* Von wegen trockener Wissenschaftler. Mit diesem Blick würde Dr. Richter wahrscheinlich reihenweise die Herzen von Biologiestudentinnen im Sturm erobern.

Viel erkannte man allerdings nicht von seinem Gesicht. Ein dichter brauner Vollbart, eine blaue Mütze und eine Kapuze mit Fellbesatz. Es war offenbar sehr windig, der Fellrand flatterte ihm über die linke Wange. Der Mann ignorierte das, schaute nicht mehr amüsiert, sondern ernsthaft in die Kamera.

Die erfasste jetzt wieder einen größeren Bildausschnitt, der Mann deutete mit der Hand auf die Sandbank. »Wir werden in den nächsten Jahren einen großen Schritt in der Erforschung von Lebensräumen und Abläufen machen. Nicht umsonst wird diese einzigartige Naturlandschaft Langeoogs durch den Nationalpark Niedersächsisches Wattenmeer geschützt und ist seit 2009 von der UNESCO als Weltnaturerbe anerkannt. Dabei gilt grundsätzlich: ›Natur Natur sein lassen‹. Nur dort, wo bereits äußere Einflüsse die natürliche Entwicklung der Arten und Lebensräume verändert haben, wird behutsam gegengesteuert. Daran werden wir uns bei unserer Arbeit in der Seehundaufzuchtstation Langeoog halten.«

Waren es zuerst nur die Augen gewesen, nahm jetzt Dr. Richters Stimme Katja gefangen. Sie war warm, kräftig, dunkel. Ein ausdrucksstarker Bass. Was sowohl seine Stimme als auch die Kamera in diesen wenigen Minuten transportierten, war die Begeisterung für die Arbeit in der Natur. Dieser Mann brannte für seine gesetzten Ziele.

Als das Video nach weiteren zwei Minuten endete, lehnte sich Katja zurück. Mit der Maus spulte sie noch einmal zu der Stelle, an der Richters Gesicht in Großaufnahme zu sehen war. Was für ein Blick, was für eine Begeisterung, und dann diese Stimme … Unwillkürlich musste sie über sich selber lachen. Ich könnte mir gut vorstellen, dass nach diesem Video die Seehundaufzuchtstation von weiblichen Fans überrannt wird, dachte sie. Vielleicht sollte ich mir die Station auch selber mal ansehen, wenn ich dort bin. Zeit genug habe ich ja.

Mit einem zufriedenen Seufzen las sie sich noch ein paar Informationen über Langeoog durch, die Fotos sorgten dafür, dass sie noch mehr Sehnsucht nach der Nordsee, Strand und Sonne bekam. Ein Glück, dass ich schon morgen auf der Insel sein werde, dachte Katja zufrieden.

Mit der Fähre nach Langeoog

Mit einem erleichterten Schnaufen ließ sich Katja auf eine der orangenen Sitzbänke auf dem obersten Deck fallen. Am Ende war es vor der Überfahrt doch recht hektisch gewesen. Sie war in Köln in aller Frühe aufgebrochen, aber der Zug hatte sich auf dem Weg nach Norden verspätet, sodass sie um ein Haar den Bus zum Hafen in Bensersiel verpasst hätte. Endlich angekommen hatte sie so schnell wie möglich ihren bleischweren Koffer zum Schalter gezerrt und aufgegeben und am Ende die Fähre um halb zwei mit knapper Not noch erwischt.

Eine einzelne Möwe folgte noch dem ablegenden Schiff. Katja hatte sich so hingesetzt, dass ihr die Sonne genau ins Gesicht schien. Das beruhigende Tuckern des Schiffsmotors mischte sich mit den Gesprächen der Mitreisenden. Sie schloss glücklich die Augen und entspannte sich zum ersten Mal, seit … ja, seit wann eigentlich? Egal, beschloss sie. Jetzt war alles gut. Um sie herum war nichts als Stille und Weite und die Nordsee und …

»Jannis! Lass das!« Eine schrille und gleichzeitig irgendwie jammernde Frauenstimme riss sie unsanft aus ihren Träumen.

O nein. Widerwillig öffnete Katja ein Auge. Ihre Sitzgruppe auf dem Oberdeck, die vorhin noch völlig frei gewesen war, hatte sich gefüllt. Eine Familie, offenbar bestehend aus einem jungen Elternpaar, einem Vorschulkind, Großeltern und einem Hund, war dabei, Rucksäcke, Sandschaufeln und Jacken abzulegen und sich auf den Sitzbänken niederzulassen.

Der etwa vierjährige Junge machte Anstalten, sich auf den Boden zu setzen. Er wollte wohl näher bei dem kleinen Hund sein.

»Jannis! Ih bah, du wirst ja ganz schmutzig! Setz dich bitte zu mir auf die Bank«, befahl die Mutter. Jannis reagierte nicht, sondern legte dem Hund einen Arm um den Hals. Irgendwie konnte Katja die Mutter sogar verstehen, der Junge war kurz davor, sich in eine kleine Wasserlache zu setzen, während sein Ellenbogen einer vergessenen Bananenschale gefährlich nahe kam.

»Jannis, mach bitte, was deine Mutter sagt.« Jetzt schaltete sich auch noch der junge Vater ein. Seine nasale Stimme war durchdringend genug, doch auch sie erreichte den Jungen auf dem Boden nicht.

Einundzwanzig, zweiundzwanzig, dreiundzwanzig zählte Katja stumm. Sie kannte solche Eltern zur Genüge. Diese Situation würde eskalieren, so viel war sicher.

»Jannis! Ein Deutdorf hockt nicht auf dem Boden!« Na bitte, super, jetzt schaltete sich der Großvater in die Erziehung ein. Seine donnernde Stimme führte tatsächlich dazu, dass der Junge ein Gesicht zog und sich widerwillig zwischen seinen Eltern auf der Kante der Sitzbank niederließ.

Willkommen bei den Deutdorfs. Warum nur, warum lande ich immer mitten in solchen Familien, wenn ich verreise, dachte Katja. Beim nächsten Mal suche ich mir eine Rentnergruppe, wo nur noch ein einziger Platz frei ist. Das passiert mir nicht noch mal. Wahrscheinlich ist dieser Großvater ein typischer Vertreter seiner Art, war in seinem noch nicht lange beendeten Berufsleben in irgendeiner mittleren Führungsposition, und jetzt muss er die Welt daran teilhaben lassen, dass er was Besonderes ist. Sie schloss die Augen wieder. Vielleicht täuschte sie sich ja und die kleine Familienszene war zu Ende.

»Den Ort, in dem unsere Pension liegt, kennen die meisten gar nicht.« Okay, vergebliche Hoffnung, es handelte sich um die Sorte Großvater, der sein Wissen mit allen teilen wollte. Katja konnte nicht anders, sie schielte hinüber zu dem älteren Herrn, der einen Beifall heischenden Blick in die Runde warf und ansonsten seinen Vortrag an niemand bestimmtes zu richten schien. Laut genug war er jedenfalls, damit die umliegenden drei Sitzgruppen auch noch etwas davon hatten. Es war nicht mehr aufzuhalten.

»Rubbenhoog ist ein wenig bekannter Badeort am östlichen Ende der Insel Langeoog. Die meisten Touristen kennen ja nur den Hauptort, wo der Bahnhof ist. Rubbenhoog dagegen, das ist was für Eingeweihte. Der Ort war ursprünglich noch viel größer, aber bei der Weihnachtsflut 1717 wurden große Teile der Küste beschädigt. Gleichzeitig wurde aber unweit des Ortes so viel Sand angespült, dass dort seitdem der breite Horndorfer Strand zu finden ist.«

Währenddessen hatte die junge Frau ungerührt auf ihrem Handy herumgetippt.

»Papi, wie lange noch? Mami?«

Keine Antwort.

Es versprach eine lange Überfahrt zu werden. Sicher, eine knappe Stunde auf einer Fähre konnte für ein Kleinkind schon sehr öde sein. Aber wenn die Eltern sich ein bisschen mit dem Kind beschäftigen würden, vielleicht etwas spielen oder ein Buch vorlesen, würde der Junge auch nicht so viel jammern, dachte Katja. Zum Glück war sie hier im Urlaub und nicht für die Erziehung des gelangweilten Bengels verantwortlich.

»Wir kommen also am Hafen an.« Wieder der Großvater. Er schien hier in jeder Hinsicht die Hauptrolle zu spielen. »Dann holen wir unsere Koffer und …«

»Ja«, warf die junge Frau giftig ein, »du wolltest ja unbedingt sparen und kein Geld für den Gepäcktransport bis nach Rubbenhoog ausgeben. Bis vor die Pension hätten die uns das gebracht.«

»Nun ja«, antwortete der Großvater kühl, »ich denke, nachdem ich euch alle zu diesem Urlaub einlade, ist das wohl meine Entscheidung. Wir holen also unsere Koffer, nehmen die Inselbahn und fahren zum Bahnhof. Von dort geht es weiter mit dem Pferdebus.«

»Pferde? Echte Pferde?« Jetzt war Jannis doch beeindruckt.

»Ja, echte Pferde. Die ganze Insel ist autofrei«, erklärte ihm der Großvater. »Oma und ich fahren seit dreißig Jahren jeden Sommer nach Rubbenhoog, immer in die Pension Dünenglück, und für uns fängt der Urlaub immer richtig an, wenn wir in dem Pferdewagen sitzen.«

Ach du Schreck, dachte Katja. Pension Dünenglück – das war auch die Pension, in der ihre Mutter das Zimmer gebucht hatte. Na, das konnte ja heiter werden.

Ankommen

Rund vierzig Minuten dauerte die Überfahrt. Als sie den Hafen von Langeoog erreicht hatten, ging mit dem Drosseln der Schiffsmotoren ein kollektiver Ruck durch die Passagiere. Familien sprangen auf und rafften ihre Reisetaschen und Rucksäcke zusammen, man packte rasch Getränke und Sitzkissen ein. Und während die Fähre am Kai anlegte, standen die meisten Passagiere schon in einer Schlange an der Treppe, um ins Unterdeck zu gelangen.

Katja schloss sich dem allgemeinen Aufbruch nicht an, sondern blieb in aller Ruhe auf ihrer Bank sitzen und beobachtete, wie zwei Hafenarbeiter die Leinen des Schiffs festmachten und eine Gangway zum Schiff rollten. Genau so war es damals auch gewesen, bei ihrem ersten Urlaub auf Langeoog. Es würde eine Weile dauern, bis es so weit war, dass die Passagiere die Fähre verlassen konnten. Warum soll ich hektisch aufspringen, mich beeilen, um dann doch nur in der Schlange zu warten, dachte Katja und konnte sich nur wundern. Etwas Ähnliches kannte sie schon aus Flugzeugen, wo die Fluggäste beim ersten Erlöschen der Anschnallzeichen so schnell wie möglich aufsprangen, um aus den Staufächern über ihren Köpfen Jacken, Koffer und Taschen herauszuziehen. In der Regel mit dem einzigen Erfolg, dass sie anschließend dicht gedrängt im Gang zwischen den Sitzen standen. Letztlich war es hier auf der Fähre nicht anders. Wer besonders schnell gewesen war, stand nun mitten auf der Treppe nach unten in der Schlange und kam weder vorwärts noch zurück.

Selbstredend hatte der befehlsgewohnte Großvater seine

Familie dazu angehalten, möglichst rasch an der Treppe zu sein. Katja konnte die Familie von ihrem bequemen Platz immer noch sehen, eingezwängt zwischen Rollenkoffern und drei großen Hunden. Das geschieht denen ganz recht, dachte sie und zog ihr Taschenbuch aus dem Tagesrucksack. Solange sich hier nichts rührte, solange nicht der Moment gekommen war, dass alle von Bord strömten, konnte sie ebenso gut noch ein paar Seiten lesen. Und was die Inselbahn betraf, das wusste sie noch von früher, die würde genau dann abfahren, wenn alle Waggons besetzt waren. Nicht früher, nicht später. Und selbst, wenn einem die Bahn vor der Nase wegfuhr, war es auch nicht weiter schlimm, denn es dauerte keine Viertelstunde, bis die nächste Bahn anrollte.

»Tschüs, Stress«, murmelte Katja. »In den nächsten Wochen warten keine Termine und keine Verpflichtungen auf mich, da fange ich doch nicht meinen Urlaub an, indem ich mich in eine Warteschlange quetsche, nur um die Fähre in Höchstgeschwindigkeit zu verlassen.«

Außerdem ist es vielleicht ganz gut, wenn Familie Neunmalklug schon an Land geht, dann muss ich mir keinen Pferdebus mit denen teilen und mir weiteres Halbwissen über Langeoog und den Rest des Universums anhören.

Erst als die Menschenschlange sich zügig und ohne Stocken in Richtung Unterdeck bewegte, klappte Katja ihr Buch zu, nahm den Rucksack und schloss sich den Passagieren an. Vergnügt schritt sie über die Gangway, nickte dem Deckoffizier noch einmal freundlich zu und ging an Land.

Schnell holte sie ihren Rollenkoffer ab und ging in Richtung Bahnsteig. Einige Familien hatten Kinderwagen dabei, die fast schon die Größe eines Kleinwagens hatten. Diese Familien wurden von Hafenarbeitern zu speziellen Waggons gelotst, die extra für solche Fälle gedacht waren. Die Waggons der Inselbahn wirkten auf den ersten Blick auf eine charmante Art historisch. Sie waren in unterschiedlichen Farben lackiert, hatten Bänke aus honigfarbenem Buchenholz und an jeder Schmalseite eine Außenplattform, auf der man die kurze Fahrt zur Endstation an der frischen Luft genießen konnte. Erst beim zweiten Hinsehen wurde Katja klar, dass alle Waggons neueren Datums waren und man nur sehr geschickt historische Vorbilder nachgeahmt hatte. Spontan beschloss sie, erst gar nicht innen einen Sitzplatz zu suchen, sondern auf der Außenplattform stehen zu bleiben.

Ein lauter Pfiff, und mit einem Ruck setzte sich die Inselbahn in Bewegung. Die ersten Häuser, an denen sie vorbeifuhr, duckten sich noch hinter grasbewachsenen Hügeln. Katja schloss die Augen und genoss den Fahrtwind im Gesicht. Ein weiterer Pfiff der Lokomotive, der Zug näherte sich einem kleinen Bahnübergang. Katja schaute zur Seite und entdeckte das Schild *Golfplatz*. Darüber werde ich mich noch informieren, dachte sie, das wird Benne bestimmt interessieren. Gemächlich zockelte der Zug weiter, drei blonde Mädchen auf Fahrrädern fuhren auf einem Feldweg neben der Bahnstrecke und winkten lachend den Passagieren zu. Spontan steckte Katja zwei Finger in den Mund und stieß einen gellenden Pfiff aus. Die Mädchen schauten zu ihr herüber und winkten, und Katja winkte lächelnd zurück.

Als die Häuser des Hauptortes auftauchten, der Zug schließlich bremste und anhielt – das gleiche Bild. Die Masse der Neuankömmlinge drängte sich aus den Waggons, so schnell, als gälte es, einen Wettlauf zu gewinnen. Wer würde als Erster mit seinem Rollenkoffer die Fußgängerzone von Langeoog erreichen? Auch diesmal ließ sich Katja Zeit, sah sie doch in hundert Metern Entfernung Familie Neunmalklug über den Bahnsteig eilen, offenbar angetrieben von dem Wunsch, als Erste bei den Pferdebussen anzukommen. Und, das musste der Neid ihnen lassen, sie schafften es. Katja verließ gerade das Bahnhofsgelände, da setzte sich schon eine Kutsche mit zwei Pferden in Bewegung. Wir sehen uns ja leider in der Pension wieder, dachte sie und nahm sich vor, vor allem dem Großvater und seinem Sohn weiträumig aus dem Weg zu gehen.

»Moin, moin, junge Frau. Sie sehen aber ziemlich ratlos aus.« Katja drehte sich zu der Stimme um. Ohne, dass sie das mitbekommen hatte, war ein weiterer Pferdebus herangerollt.

»Ich bin der Siggi, wo soll's denn hingehen? Ein bestimmtes Ziel, oder nur eine kleine Rundfahrt über die Insel?«

Der Kutscher zwinkerte ihr zu. Sichtbares Zeichen dafür, dass ihm schon klar war, dass junge Frauen mit Rollenkoffern kein Interesse an einer Sightseeing-Tour hatten.

»Der Siggi« hatte das sonnenverbrannte Gesicht eines Mannes, der drei Viertel des Tages an der frischen Seeluft verbrachte. Statt auf dem Kutschbock zu sitzen, hätte er genauso gut am Steuerrad eines Kutters stehen können. Katja stufte ihn – nur aus einem Bauchgefühl heraus – sofort als sympathisch ein.

»Für die Fahrt über die Insel habe ich in den nächsten Tagen Zeit, jetzt möchte ich nach Rubbenhoog. Die Pension heißt Dünenglück.«

»Rubbenhoog, soso. Also ein weiterer Fan vom alten Dorf?«

»Ein Fan von Rubbenhoog? Nee, kann man so nicht sagen. Ich war früher schon mal auf Langeoog, das ist aber lange her. Und Rubbenhoog ist für mich neu, ich werde mich überraschen lassen.«

»Soll mir recht sein. Sekunde, ich helfe Ihnen mit dem Koffer.« Siggi sprang vom Kutschbock und wuchtete den Rollenkoffer auf die Kutsche, danach reichte er Katja die Hand, um ihr hineinzuhelfen. Schon aus reiner Höflichkeit nahm Katja diese freundliche Geste an. »Danke, das war nett.«

»Jederzeit, junge Frau, jederzeit. Soll keiner sagen, der Siggi hätte seine Manieren vergessen.« Siggi richtete sich auf, schaute die Straße entlang und rief mit lauter Stimme: »Rubbenhoog! Es geht nach Rubbenhoog. Noch jemand, der mit will?«

In etwas fünfzig Metern Entfernung winkte ein älteres Ehepaar und beeilte sich, zur Kutsche zu kommen. Auch ihnen half Siggi in den Kutschwagen, dann kletterte er wieder vorne auf den Kutschbock und griff nach den Zügeln. Er schnalzte laut mit der Zunge – für seine beiden Pferde das Signal, sich in Bewegung zu setzen.

Von der Kutsche aus konnte Katja die Straßen und Häuser des Hauptortes in aller Ruhe betrachten. Siggi drehte sich halb nach hinten und wies mit der Peitsche in Fahrtrichtung. »Da vorne geht's lang zum alten Wasserturm. Von oben haben Sie eine schöne Aussicht über die ganze Insel.« Genau, dachte Katja, da bin ich damals mit Mama auch hochgestiegen. Vorher hatten sie sich Eis gekauft und dann lange oben auf der Plattform gestanden. Sie erinnerte sich noch genau an dieses Gefühl von Freiheit, von Freude und Erleichterung. Da oben zu stehen, den weiten Blick über die Insel und das Meer in sich aufzunehmen, zu sehen, wie Mama zum ersten Mal seit Monaten wieder richtig lachte. Ach ja, und dieser Moment, als Katjas lange offene Haare im Wind nach vorne flatterten und sich ausgerechnet in ihrer Eiswaffel verfingen. Plötzlich meinte Katja sogar, den Geschmack von Erdbeereis auf der Zunge zu spüren.

»Wir fahren jetzt ein ganz kurzes Stückchen durch die Fußgängerzone und biegen dann in die Nebenstraßen ab.« Siggi war wirklich ein aufmerksamer Fremdenführer. »Hier werden Sie alles finden, was Sie fürs tägliche Leben brauchen.«

Neugierig drehte Katja während der Fahrt den Kopf nach links und rechts, schaute sich alles genau an und verglich mit ihren Eindrücken von damals. Mit lautem Rattern zogen neu angereiste Familien ihre Rollenkoffer über das Klinkerpflaster. Die Wohnhäuser des Hauptortes hatten sich in all den Jahren kaum verändert. Ziegelfassaden, Sprossenfenster, holzverkleidete Giebel und Gauben in strahlendem Weiß. In der Fußgängerzone, zumindest in dem Teil, den Katja einsehen konnte, bevor der Pferdebus in eine Nebenstraße abbog, gab es moderne Boutiquen, Eisdielen, Geschenkläden und Cafés. Durch alle Straßen bewegte sich eine bunte Mischung aus neu angereisten Gästen, Tagesausflüglern ohne viel Gepäck, Einheimischen und Badegästen, die leicht bekleidet und mit Handtüchern auf den Schultern gerade vom Strand kamen. Der Trubel überraschte Katja. Klar, es war Ferienzeit, aber irgendwie hatte sie die Insel als weniger hektisch in Erinnerung gehabt.

***

Die Pension Dünenglück entpuppte sich als ein normales, unauffälliges Haus. In jeder Hinsicht. Das rote Backsteingebäude war nicht gerade alt, aber auch nicht besonders neu. Wahrscheinlich Mitte der Siebzigerjahre gebaut. Ordentlich und stabil stand es in einer Wohnstraße in einer Reihe mit ähnlichen, ebenso unauffälligen gepflegten, aber recht schmucklosen Häusern. Im Vorgarten gab es eine Hecke aus Dünenrosen, daneben einen Fahrradständer und eine Holzbank. Innen ging es genau so weiter. Das Zimmer war … durchschnittlich, befand Katja. An den Möbeln war nichts auszusetzen, alles war hell und sauber und in einem nordisch anmutenden modernen Stil eingerichtet.

»Frühstück gibt es ab acht, der Frühstücksraum ist rechts neben der Haustür. Falls Sie noch irgendetwas brauchen …« Die alte Dame machte eine vage Handbewegung und schaute Katja fragend an, schien es aber recht eilig zu haben. Wahrscheinlich hatte sie noch einiges im Haushalt zu erledigen. Die Pensionswirtin trug eine blau geblümte Kittelschürze und zog, während sie redete, immer wieder ein kariertes Staubtuch aus der Tasche, fuhr kurz über eine eigentlich staubfreie Möbelkante und steckte das Tuch wieder ein.

»Nein, nein«, beeilte sich Katja zu versichern, »ich habe alles, was ich brauche. Ich denke, ich werde jetzt auspacken und danach einen Spaziergang durch den Ort machen.«

»Ja, das ist eine gute Idee. Ich wünsche Ihnen eine schöne Zeit hier bei uns in der Pension Dünenglück.« Eine Hand schon an der Türklinke wandte sich die Pensionswirtin zum Gehen.

Endlich allein, öffnete Katja ihren Koffer und überlegte kurz. Jetzt auspacken, während draußen die Sonne schien? Nein, das hatte noch Zeit. Schnell holte sie nur ihren Fleecepulli heraus und legte ihn sich über die Schultern. Am ersten Tag am Meer war ihr immer ein bisschen kalt.

***

Den Ort Rubbenhoog kennenzulernen dauerte nicht besonders lange. Er bestand größtenteils aus schmalen Wohnstraßen. In der Mitte des Ortes gab es einen kleinen rechteckigen Marktplatz, offenbar der älteste Teil von Rubbenhoog. Mehrere sehr schöne Fachwerkhäuser umgaben den Platz. Dazwischen befanden sich auch ein paar Ziegelbauten, anders als die Pension Dünenglück waren sie aber wohl schon vor langer Zeit erbaut worden. Katja bewunderte die sorgfältig weiß lackierten Sprossenfenster und die schmucken Eingangstüren. Es gab sogar einige Geschäfte, wie sie erfreut feststellte. Da war ein winziger Supermarkt, wo man die nötigsten Lebensmittel und Alltagsdinge kaufen konnte. Eine Bäckerei, die auch Kaffee zum Mitnehmen anbot – perfekt für einen gemütlichen Tag am Strand. Dann noch die auf den Nordseeinseln übliche Strandboutique mit einer großen Auswahl an Sandeimern, Regenjacken, Ansichtskarten, Sonnenbrillen und Andenken.

Am meisten freute sich Katja, als sie vor dem Bistro Herzmuschel stehen blieb, um die Speisekarte zu studieren. Das war ja wunderbar, das Bistro hatte von elf Uhr vormittags bis neun Uhr abends geöffnet. Auf der Karte standen Brunch, Kaffee und Kuchen und verschiedene Sandwiches. Und dann erst die warmen Gerichte! Als sie bei den Fischgerichten angekommen war, stand für sie fest, dass sie heute Abend hier essen würde. »Paniertes Kabeljaufilet mit Pommes frites und Knoblauchdip«, las sie halblaut. »Oder doch lieber die Scholle Finkenwerder Art mit Bratkartoffeln, Remoulade und Salat?« Das würde keine leichte Entscheidung werden, so viel stand fest.

Aber vorher wollte sie unbedingt noch kurz an den Strand und wenigstens einmal mit den Füßen durchs Wasser laufen, einmal den warmen Sand spüren, die salzige Seeluft einatmen.

Gegen halb sechs war sie so hungrig, dass sie ganz gegen ihre Gewohnheit beschloss, jetzt sofort etwas essen zu gehen.

***

»Hi, Benne, hier ist Katja.« Im Hintergrund waren Straßengeräusche zu hören, noch bevor Benedikt antwortete.

»Katja! Lieb, dass du anrufst. Wie war die Fahrt? Und wie ist es da oben im Norden, bestimmt kalt und es regnet?«

»So ein Quatsch.« Katja lachte leise. »Es ist wohl nicht so heiß, wie es jetzt in Nizza wäre, aber ich sitze hier gerade in der Abendsonne und lasse es mir nach dem Essen einfach nur gut gehen.«

»Nach dem Essen. Du hast schon gegessen, jetzt, um die Zeit?«, fragte Benedikt ungläubig. Man hörte, dass er das Handy kurz vom Ohr nahm, um die Uhrzeit zu prüfen. »Es ist erst halb acht. Da überlegen wir doch normalerweise gerade erst, wo wir essen gehen wollen.«

Stimmt, dachte Katja. Und meistens schmeckt es nicht

halb so gut wie die Scholle, die ich eben hatte. Sie hörte, wie im fernen Köln neben Benedikt ein Auto hupte. Wieder Motorengeräusche. Benedikt wartete, bis es um ihn herum etwas ruhiger wurde, erst dann sprach er weiter. »Hör mal, ich bin gerade erst auf dem Heimweg, hat heute im Büro mal wieder länger gedauert. Macht es dir was aus, wenn ich jetzt runter in die U-Bahn gehe? Ich ruf dich dann morgen Abend wieder an.«

»Klar, mach das, Benne. Und mach dir noch einen gemütlichen Abend.«

»Ach, ich weiß nicht, so ganz ohne dich …«

»Du fehlst mir auch.«

»Vielleicht geh ich später noch mal meine Unterlagen für die Präsentation in Los Angeles durch. Mach's gut, meine Schöne.«

»Schlaf gut, Benne. Gute Nacht.« Katja beendete das Gespräch und seufzte. War es in Köln immer so laut? Wann war ihr das zuletzt aufgefallen?

Jetzt ein Strandkorb

Das Aufwachen war so viel schöner als in Köln. In ihrem heimischen Schlafzimmer hörte sie als Erstes die Geräusche einer erwachenden Großstadt. Züge auf der Bahnlinie, Lkw-Zulieferer, die sich mit lautem Hupen untereinander verständigten, die Autos auf der nahe gelegenen Bundesstraße. Der Autoverkehr klingt ein bisschen wie Meeresrauschen – diesen Gedanken hatte sie in den letzten Monaten oft morgens gehabt, und in Köln hatte sich das auch … na ja … zumindest amüsant angehört.

Heute früh aber wurde ihr klar, dass man sich den Verkehr auf der Bundesstraße nicht schönreden sollte. Meeresrauschen war einfach anders. Ja, dachte Katja glücklich, so klingt es, wenn die Nordseewellen auf den Strand zurollen. Sie hatte das Fenster in der Nacht weit offen gelassen, jetzt kitzelte ihr die Morgensonne auf der Nase. Ein paar kecke Möwen krakeelten am Himmel, und vor dem Haus bimmelte hell eine Fahrradklingel – mehr Geräusche gab es nicht.

Sie reckte sich zufrieden und stieß mit dem Kopf gegen das Betthaupt. »Mist, blödes Zwergenbett«, murmelte sie, nahm sich aber in der gleichen Sekunde vor, sich von solchen Banalitäten nicht den Urlaub vermiesen zu lassen.

Katja schwang die Beine aus dem Bett. Ihr Plan für den Tag lag wie eine ausgebreitete Straßenkarte vor ihrem inneren Auge. Aufstehen, duschen, Top und Shorts anziehen, frühstücken und dann ab an den Strand. Sie wollte, wenn möglich, noch einen Strandkorb bei Jette mieten und danach die nächsten Stunden mit Lesen und Faulenzen verbringen. Einfacher Plan.

Ich kann mir gut vorstellen, in den nächsten Tagen so weiterzumachen, dachte sie vergnügt. Vielleicht leihe ich mir im Hauptort noch ein Fahrrad aus, dann bin ich mobiler. Direkt neben dem Bahnhof der Inselbahn gab es einen Verleiher, und sie hatte während der Fahrt mit dem Pferdebus auch noch weitere Anbieter gesehen. Auf Langeoog an ein Fahrrad zu kommen, wäre jedenfalls kein Problem.

Als sie zwanzig Minuten später, die duschfeuchten Haare zu einem Pferdeschwanz zusammengebunden, in den kleinen Speiseraum der Pension Dünenglück trat, blieb sie überrascht stehen. Hätte da nicht ein Frühstücksbüfett aufgebaut sein müssen, wo war der Kaffeeduft, die frischen Brötchen? Oder wenigstens das Geschirr und Besteck auf den Tischen? Stattdessen war alles wie ausgestorben. Katja überlegte. Was hatte die Vermieterin gestern gesagt? Doch, sie erinnerte sich genau. »Frühstück gibt es ab acht«, so waren ihre Worte gewesen. Sie schlug erschrocken die Hand vor den Mund. Wie spät war es eigentlich genau? Sicher, beim Aufwachen war heller Sonnenschein ins Zimmer gedrungen. Bestimmt war es schon … Ein schneller Blick aufs Handy ließ sie belustigt kichern. Es war genau sechs Uhr achtundvierzig. So früh wachte sie in Köln nie freiwillig auf.

***

Am Ende hatte Katja beschlossen, vorläufig aufs Frühstück zu verzichten. Stattdessen packte sie ihre geflochtene blau-weiße Schultertasche: Sonnenmilch, Handtuch, Badeanzug. Was noch, überlegte sie, und packte kurz entschlossen einen Krimi von dem Bücherstapel dazu, der auf ihrem Nachttisch wartete. Ein Cosy-Krimi, der an der Mosel spielte und bei dem es um Wein ging, das klang doch ganz vielversprechend.

Bei strahlendem Sonnenschein machte sie sich auf den Weg in die Bäckerei, die sie gestern entdeckt hatte, erstand einen großen Becher Milchkaffee und ein frisches Croissant und machte sich auf den Weg zum Horndorfer Strand. Sie folgte dem Sandweg, der sich zwischen den von Strandhafer bewachsenen Dünen hindurchschlängelte. Heute wollte sie den Strandzugang suchen, an dem Jettes Strandkorbverleih lag. Den Weg dorthin hatte ihre Mutter ihr genau beschrieben. Schon von Weitem konnte man direkt neben dem Durchgang zwischen den Dünen das kleine Blockhaus ausmachen, das Jette als Büro nutzte. Freundlich glitzernd sah man in der Ferne die kleinen Nordseewellen. Strandkörbe mit rot und blau gestreiften Polstern waren scheinbar willkürlich über den breiten trockenen Sandstrand verteilt. Wie alle Aufbauten am Strand musste auch Jettes Hütte im Spätherbst weggeräumt und in der Lagerhalle außerhalb von Rubbenhoog überwintert werden. Zu groß wäre sonst die Gefahr, dass bei einer Sturmflut etwas losgerissen wurde und dadurch die schützenden Dünen Schaden nahmen. Das durfte nicht passieren. Katja schüttelte sich, Schluss jetzt. Was für ein Unsinn, hier stand sie an diesem strahlenden Sommertag und machte sich Gedanken über Winterstürme.

Einige Strandkorbverleiher hatten nur winzig kleine, ganz einfache Bürohütten, die innen gerade genug Platz für einen Tisch und einen Stuhl boten. So hielt sich für sie der Aufwand beim Abbauen am Ende der Saison in Grenzen. Wie anders wirkte dagegen Jettes Blockhäuschen. Während Katja sich dem Strand näherte, erkannte sie immer mehr Details. Die Holzwände waren blassblau gestrichen, der Fensterrahmen dagegen weiß. Im Fenster hingen blau-weiß gestreifte Baumwollvorhänge, die durch das geöffnete Fenster im Wind flatterten. Vor der Hütte gab es eine kleine Holzveranda mit Geländer. Darauf hatte Jette eine Friesenbank gestellt, damit sich die Wartenden hinsetzen konnten, vielleicht auch, um dort selbst gelegentlich ein paar ruhige Augenblicke zu verbringen. Rundherum hatte sie mehrere verzinkte Pflanzgefäße aufgestellt, in denen Strandhafer und Lavendel wuchsen. Über dem Fenster hing ein weißes, handgemaltes Schild, auf dem in geschwungener Schreibschrift zu lesen war: *Jettes Strandkorbverleih.*

Obwohl es noch früh am Tag war, hatte sich bereits eine kleine Warteschlange gebildet. Eine Familie mit vier kleinen Kindern, von denen jedes seinen eigenen gelben Sandeimer und eine blaue Schaufel trug, ein braun gebranntes Pärchen mit Sonnenbrillen und Strohhüten, ein älterer Herr, der den ungelesenen *Anzeiger für Harlingerland* und sein Badetuch unter den Arm geklemmt trug. Katja stellte sich zu den Wartenden, und es dauerte nicht lange, bis sie an der Reihe war.

»Moin«, sagte sie zögernd.

Ein Strahlen ging über Jettes Gesicht. »Du bist Katja Hollenhorst! Deine Mutter hat mir geschrieben, dass du nach Rubbenhoog kommst. Ich hätte dich aber auch sofort erkannt, wenn ich das nicht gewusst hätte. Du bist ihr ja wie aus dem Gesicht geschnitten! Warte mal, ich will dich richtig begrüßen.« Damit sprang Jette auf und kam nach draußen auf die Veranda, um Katja herzlich zu umarmen. Sie hielt Katja mit beiden Händen auf Armeslänge von sich, um sie anzusehen. Dabei strahlte sie über das ganze Gesicht, ganz so, als wäre ihre lange verloren geglaubte Tochter heimgekehrt.

Was für eine Begrüßung, wie lieb, dachte Katja, dabei sind wir uns nur ein einziges Mal vor zehn Jahren begegnet. Jette und ihre Mutter waren exakt gleich alt. Wenn Claudia Hollenhorst ihre jährliche Geburtstagskarte von Jette öffnete, sagte sie immer: »Oh, da ist Post von meiner Geburtstagsschwester.« Das gehörte für Katja fest zur Geburtstagsfeier ihrer Mutter, genau wie der dicke Strauß weißer Pfingstrosen, den sie ihr jedes Jahr mitbrachte.

Heute trug Jette ein lockeres Trägerkleid aus rohweißer Baumwolle. Entgegen allen Moderatschlägen für kleine mollige Frauen hatte das Kleid ein auffälliges, riesiges Blütenmuster in Schokoladenbraun. Dazu trug sie passende dreiviertellange Leggings, und um die Schultern ein leichtes rostfarbenes Umschlagtuch, offensichtlich handgestrickt und in einem raffinierten Zopfmuster gearbeitet. Die hellbraune halbe Lesebrille hatte sie schnell hoch in die Haare gesteckt. Genau wie Mama, dachte Katja grinsend, sie färbt sich die grauen Haare selbst, wartet viel zu lange mit dem Nachfärben und der Farbton ist auch viel zu dunkel. Trotzdem, sie musste zugeben, zusammen mit Jettes leuchtend blauen Augen und dem dunkelorangen Lippenstift war die Gesamtwirkung spektakulär. Trotz ihrer ein Meter sechzig war diese Frau nicht zu übersehen.

»Wolltest du einen Strandkorb mieten, Kleines?«, fragte sie und schaute Katja aus ihren von kleinen Lachfältchen umkränzten Augen an. Dabei musste sie zu Katja hinaufschauen, die sie um Haupteslänge überragte.

»Ja, genau, am liebsten direkt für eine Woche. Ich will nämlich faulenzen.«

»Da bist du hier genau richtig. Möchtest du lieber einen oben an den Dünen oder näher am Wasser? Oben ist es meistens etwas wärmer. Aber vielleicht ist dir der freie Blick aufs Wasser lieber?«

»Wasser«, sagte Katja entschieden. »Unbedingt will ich das Wasser sehen, den ganzen Tag.«

»Ich sehe grade mal in meiner Liste nach, was noch frei ist.« Jette ging in ihr Blockhäuschen, und Katja beobachtete sie durchs offene Fenster. Die Lesebrille balancierte auf Jettes Nasenspitze. Noch so eine Ähnlichkeit mit Mama, dachte Katja amüsiert. Wenn die Lesebrille nicht mehr ausreicht, rückt sie einfach das Gestell weiter nach vorne, anstatt sich neue Gläser zu besorgen, dafür ist sie zu eitel. Die zwei sind sich wirklich ähnlich.

»Die Nummer zweiundvierzig. Das ist das Richtige für dich.« Jette nahm einen Schlüssel von dem Wandbrett, an dem in ordentlichen Reihen Dutzende von Schlüsseln hingen, und reichte ihn Katja. »Damit kannst du das Holzgitter aufschließen. Hier auf dem Anhänger steht deine Nummer, falls du die mal vergessen solltest. Und ich male immer ein Bild auf die andere Seite, falls Kinder dabei sind, die noch keine Zahlen lesen können. Das gleiche Bild ist auch auf einer kleinen Tafel seitlich am Strandkorb.«

Der große hölzerne Schlüsselanhänger fühlte sich warm und seidig in Katjas Hand an. Auf der Vorderseite stand die Nummer zweiundvierzig. Sie drehte den Anhänger um und seufzte entzückt: »Ein Robbenbaby. Hach, diese großen Augen! Wie süß! Sag bloß, das hast du selbst gemalt?«

»Ja, so viel Spaß muss sein. Wenn ich im Winter mehr Zeit habe, male ich die Schilder und die Anhänger.«

Hinter Katja hatte sich in der Zwischenzeit schon wieder eine kleine Warteschlange gebildet. Mit einer seitlichen Kopfbewegung deutete Jette auf die Neuankömmlinge. »Entschuldigst du mich? Ich muss dann mal wieder. Mach dir einen schönen Tag am Strand, der erste Urlaubstag ist immer etwas ganz Besonderes.« Sie lächelte. »Und kurz nach Mittag ist es meistens etwas ruhiger bei mir, dann könntest du hier oben vorbeischauen und wir trinken eine Tasse Tee zusammen. Du musst mir unbedingt erzählen, was du so machst.«

Unterricht am Strand

Katja klappte das Taschenbuch zu und schaute gedankenverloren auf Strand und Wasser.

Der Anblick war einfach traumhaft: blauer Himmel, ein paar einzelne Wolken, das blaugrüne Wasser, die Möwen. Ein leichter Wind, der den Geruch von Meer, nassem Sand und Algen herantrug – ein würziger, ganz eigener Geruch. Diesen Geruch in der Nase, den Wind im Gesicht und das Bild vor Augen … in ihrem Kopf machte es Klick. Als wäre ein Schalter umgelegt worden: von Stress und Anspannung auf Entschleunigung und Ruhe.

Wäre das in Südfrankreich auch so gewesen? Ich weiß es nicht, dachte Katja. Das Mittelmeer, die heiße Sonne über Nizza, die Liegestühle am Strand – vielleicht hätte sie dort ebenfalls diese tiefe Zufriedenheit gespürt. Für einen Moment bedauerte sie es, nicht dort mit Benne den Urlaub zu verleben. Aber dann siegte doch der Zweifel. Zweifel darüber, dass sie in Südfrankreich den Moment genauso genossen hätte wie hier und jetzt im Strandkorb. Ja, die Nordsee und dieser Strand waren alte Bekannte, sie waren ihr viel näher. Der Alltag in Köln hatte in den letzten Jahren alles andere verdrängt. Die Eindrücke von ihrem ersten Urlaub auf Langeoog waren aber liebevoll in einer Schublade ihrer Erinnerungen abgelegt worden, und nun waren sie wieder präsent. Katja lächelte still und freute sich über den Moment.

»Sören, Sören Bergmann, du hörst sofort auf, die Mädchen mit Sand zu bewerfen. Sonst kannst du dich gleich ganz allein in die Dünen setzen und zuschauen, wie wir unsere Sandfiguren ohne dich zu Ende bauen. Und die anderen, seht zu, dass ihr mit euren Figuren fertig werdet, die Kunststunde ist gleich vorbei. Wir wollen doch noch Muscheln suchen, die brauchen wir später, um damit zu rechnen.«

»Aber die Mädchen haben angefangen.« Die empörte Jungenstimme wurde von lautem Mädchenkichern begleitet.

»So, ihr habt also Sören reingelegt? Danni, Tina, Verena – ihr entschuldigt euch bei Sören und dann helft ihr ihm mit seiner … ähm … Schildkröte fertig zu werden.«

»Das ist keine Schildkröte, das ist ein Teil des Todessterns von *Star Wars.*«

»Oh, … ähm, also Mädels, gebt euch Mühe bei Sörens … ähm … Todesstern.

Katja rutschte im Strandkorb nach vorne und schaute neugierig an der Seitenwand vorbei. Eine Gruppe von Kindern arbeitete keine zehn Meter entfernt an verschiedenen Sandskulpturen.

»So würde ich auch gerne mal Kunstunterricht geben«, murmelte Katja. Bei den Kindern stand eine junge Frau, schätzungsweise Ende zwanzig, also genau in Katjas Alter. Sie trug ein hellblaues Blümchenkleid und weiße Sneakers. Die langen weißblonden Haare fielen ihr offen auf den Rücken. Sie ist hübsch, schoss es Katja durch den Kopf. Ganz eindeutig der dänische Typ: blond, sommersprossig. Eine Frau, die ohne großes Make-up und nur mit einer ins Haar gesteckten Sonnenbrille bei Männern für Stielaugen sorgen konnte. Katja hatte diesen Typ Frau insgeheim immer beneidet. Wenn sie diese dann kennengelernt hatte, wussten sie oft gar nichts von ihrer natürlichen Ausstrahlung. Ein Grund mehr, um neidisch zu sein.

Die Frau klatschte zweimal in die Hände. »So, jetzt möchte ich, dass jeder von euch möglichst schnell zwanzig verschiedene Muscheln sammelt. Und wenn ich schnell sage, dann meine ich schnell, denn wir müssen ja auch wieder zurück und wollen heute noch etwas basteln. Und los!«

Die Kinder stoben zu allen Seiten davon, eifrig darauf bedacht, den Auftrag zu erfüllen. Die blonde Frau schaute sich um und bemerkte, wie Katja sie aus dem Strandkorb heraus beobachtete. Die wiederum fühlte sich ertappt, aber sie wollte auch nicht einfach den Kopf zurückziehen und so tun, als hätte sie nicht neugierig zugeschaut. Dann doch besser die Flucht nach vorne, dachte Katja, stand auf und schlenderte auf die Blonde zu.

»Hallo! Sorry, ich wollte nicht lauschen, aber ich musste einfach mithören.«

»Kein Problem. Das hier ist ein öffentlicher Strand. Ich hoffe, wir haben Sie nicht gestört.«

»Natürlich nicht. Ist das Ihre Klasse?«

Die blonde Frau lachte. »Das ist wohl offensichtlich, fürchte ich. Ja, das ist die 2B. Zumindest ein Teil davon, die andere Hälfte der Klasse ist noch bei uns in der Schule, die wird gerade von einer Kollegin betreut. Mit denen gehe ich dann später noch an den Strand. Einmal in der Woche, bei gutem Wetter, mache ich draußen Unterricht. Allerdings immer nur mit rund zehn Kindern, die hat man dann einfach besser im Griff.«

»Ich beneide Sie um diese Möglichkeit. In Köln kann ich so etwas leider nicht machen.«

»Hey, eine Kollegin! Hast du in Nordrhein-Westfalen etwa schon Ferien? Oh, entschuldigen Sie bitte, ich bin so gewohnt, dass sich hier auf der Insel alle duzen. Ich heiße Birte, Birte Grenen.«

»Katja Hollenhorst, und ich finde das mit dem Duzen nett. Ja, wir haben seit einer Woche Sommerferien in NRW und ich bin auch Grundschullehrerin.«

»Wow, ich beneide dich. Ich war im letzten Jahr in Köln. Die Stadt hat mir supergut gefallen. Die ganzen Geschäfte und dann die Altstadt mit den Kneipen. Am liebsten wäre ich dortgeblieben.«

Jetzt war es Katja, die laut lachte. »Sorry, aber ich habe gerade eben noch im Strandkorb gesessen und mir ein Loch in den Bauch gefreut, weil mir der Anblick des Wassers, der Strand und der Geruch so gefehlt haben. Und jetzt bin ich hier.«

»Man kann etwas vermissen, was man nicht liebt. Aber man kann nie etwas lieben, was man nicht vermisst – hat mal ein kluger Kopf gesagt. Ich denke, in meinem Fall war es einfach nur der Wunsch, mal einen Abend woanders zu verbringen als in Harms Kneipe.« Birte zwinkerte Katja vergnügt zu.

Bevor die etwas antworten konnte, trafen die ersten Kinder wieder bei den beiden Frauen ein.

»Du, Frau Grenen, ich habe schon zwanzig Muscheln, willst du sie sehen?«, fragte ein kleines Mädchen, und Katja verspürte einen kleinen Stich, weil das Mädchen sie an Ari erinnerte.

»Du kannst sie mir gleich zeigen, halt sie gut fest.«

»Wer ist die andere Frau? Ist das eine Freundin von dir?«

»So etwas in der Art, Steffi. Das ist eine Kollegin, die auch Lehrerin ist, aber sie macht gerade Urlaub.«

»Könnte sie nicht morgen mithelfen? Uns fehlt doch eine Lehrerin, jetzt, wo auch noch Frau Englein krank ist. Kann deine Freundin nicht kommen?« Mit einem Augenaufschlag fügte sie hinzu: »O bitte, bitte, bitte. Dann könnten alle aus der Klasse bei den Strandspielen mitmachen.«

»Nein, ich fürchte, das geht nicht. Lauf schnell los und hol die anderen, wir wollen weitermachen.«

Die Kleine lief los, und als sie außer Hörweite war, fragte Katja: »Strandspiele?«

»Ja, so etwas wie ein Sportfest. Zwei Kolleginnen sind krank geworden, und dabei hatten sich die Kinder unglaublich auf morgen gefreut. Aber woher soll ich so schnell Ersatz bekommen? So kurzfristig ist es auch schwierig, noch Eltern anzusprechen, die an einer Station Aufsicht führen könnten. Das ginge ja, aber nicht am Tag vorher.«

»Ich könnte schon aushelfen, ich bin ausgebildete Sportlehrerin.«

»Nee, unmöglich, du hast doch Urlaub.«

»Aber es ist doch bestimmt nur ein Vormittag.«

»Schon – aber willst du dir das wirklich antun?«

Katja grinste breit. »Sagen wir mal so. Wenn ich dafür heute Abend Harms Kneipe kennenlernen darf, wäre ich bereit, morgen zu helfen.«

Birte strahlte über das ganze Gesicht. »Das wäre echt der Hammer. Du würdest diesen Kindern eine solche Freude machen. Okay, bevor du es dir noch anders überlegst, sage ich zu. Heute Abend, halb acht in Harms Kneipe. Wo wohnst du hier auf der Insel?«

»In Rubbenhoog, die Pension heißt Dünenglück.«

»Alles klar, ich hole dich um sieben ab. Wir treffen uns vor der Bäckerei. Hast du ein Fahrrad?«

»Nee, aber ich wollte sowieso noch ein Rad ausleihen. Bis heute Abend habe ich dann eins.«

»Im Hauptort, neben der Eisdiele ist ein Verleiher, bestell einen schönen Gruß von Birte Grenen, dann bekommst du einen Sonderpreis.«

Katja lachte. »Alles klar, der Verleiher neben der Eisdiele. Ich freu mich auf heute Abend.«

Mittlerweile waren alle Kinder zurückgekommen, sie blieben aber ein paar Schritte entfernt von den beiden Frauen stehen und schauten ihre Lehrerin erwartungsvoll an.

»Okay, Kinder, hat jeder von euch seine Muscheln? Dann werden wir jetzt zurückgehen, schließlich wollen wir ja noch rechnen. Ich mache nur noch schnell ein paar Fotos von den Sandskulpturen für euer Kunstbuch.«

Birte zwinkerte Katja zu, zückte ihr Handy und fotografierte rasch die zehn verschiedenen Figuren im Sand. Ein

Kunstbuch, fast wie mein Buchstaben-Buch, dachte Katja mit einem Anflug von Wehmut.

»Tschüs, Kinder. Bis heute Abend, Birte.«

»Bis um sieben. So, Kinder, und jetzt geschlossener Abgang, und dass mir nicht noch mal einer auf die Dünen klettert.«

Katja winkte Birte einen Abschiedsgruß zu und setzte sich wieder in ihren Strandkorb. Sie griff nach ihrem Taschenbuch, aber dann entschied sie sich, nicht weiterzulesen. Ein Becher Tee wäre jetzt toll, dachte sie und erinnerte sich an Jettes Angebot. Ein kleines Schwätzchen mit Jette und dann laufe ich in den Hauptort und leihe mir ein Fahrrad aus.

Tee mit Jette

»Du kommst mir gerade recht, über Mittag schließe ich immer den Verleih für eine Stunde. Erstens, weil bis dahin sowieso alle Strandkörbe vergeben sind, und zweitens muss man ja auch mal eine Pause machen.«

»Gilt noch das Angebot für einen Becher Tee?«

Jette lächelte herzlich: »Du bist hier in Norddeutschland, da ist immer Gelegenheit für einen Tee. Komm, wir machen es uns gemütlich.«

»Ja gerne, aber wo …?«

»Ich habe schon abgeschlossen, aber …«, ein verschwörerisches Zwinkern, »den Schlüssel leg ich immer oben auf den Türrahmen. Falls ich mal nicht da bin, darfst du gerne auch reingehen und dir selber Tee kochen.«

»Aber wie ist das möglich, du hast doch hier keinen Wasseranschluss und keinen Strom?«

»Mein liebes Kind, dafür haben wir aber genug Sonne. Das Solarpanel an meinem Blockhaus reicht locker aus, um Teewasser zu kochen, und Wasser … wofür hat der Herrgott denn Wasserkanister erfunden?«

Kurze Zeit später saßen die zwei im Schatten neben dem Blockhäuschen auf zwei bequemen Klappstühlen. Jette hatte ihr Strickzeug herausgeholt, sie arbeitete gerade an einem Paar bunt geringelter Wollsocken. Sie streifte die Korksandalen von den Füßen und steckte die bloßen Füße in den trockenen Sand. »So geht's, im Schatten ist der Sand selbst nachmittags noch kühl«, sagte sie zufrieden. »Kannst du mir wohl einen Gefallen tun? Der Tee müsste jetzt fertig gezogen sein, würdest du vielleicht die Becher von drinnen holen? Ich war nämlich den ganzen Tag auf den Beinen, und jetzt still zu sitzen, ist einfach himmlisch.«

»Klar, mach ich gerne. Nimmst du Milch und Zucker?«

»Für mich nur Milch, bitte. Die steht in der Kühltasche auf dem Boden.«

Eine Weile saßen die beiden in einvernehmlichem Schweigen da und nippten vorsichtig an ihrem Tee.

»Dass das schmeckt«, wunderte sich Katja. »Warmer Tee mitten in der Sommerhitze.«

»Tee geht immer«, schmunzelte Jette. »Und weil der Wind hier immer ein bisschen kühl und frisch ist, ist was Warmes ganz angenehm.« Sie setzte sich noch bequemer hin und nahm eine neue Reihe Maschen in Angriff. »Erzähl doch mal, wie geht's denn deiner Mutter? Ich muss sagen, ich war erst erschrocken, als ich erfahren habe, dass Claudia den Urlaub abgesagt hat. Aber dann hat sie mir erzählt, dass der Grund für die Absage Stefan heißt.«

»Die beiden sind in die Schweiz gefahren. Seitdem hab ich kaum noch etwas von ihr gehört. Ich halte das für ein gutes Zeichen.«

»Kann man wohl sagen. Das wurde auch langsam Zeit. Die Scheidung ist ja schon, wie lange, über zehn Jahre her. Sie hat es verdient, wieder mit einem Mann glücklich zu sein. Moment …«, murmelte Jette und zählte leise, »zwei, vier, sechs, acht … ja, das Muster stimmt so.«

Wieder schwiegen die beiden Frauen und jede hing ihren Gedanken nach.

»Weißt du eigentlich, wie sehr ich dich beneide?«, platzte Katja nach einer Weile heraus.

»Mich? Wieso das denn?«

»Du hast doch das perfekte Leben. Einen schöneren Arbeitsplatz kann ich mir überhaupt nicht vorstellen.« Katja ließ ihren Blick verträumt über den Strand schweifen. Am blauen Himmel schwebten ein paar weiße Wolkenstreifen, wie mit dem Aquarellpinsel hingetupft. Am Horizont war ein großes weißes Passagierschiff zu sehen, das sich langsam Richtung Norden bewegte. »Du kannst das hier jeden Tag ansehen. Und dann diese Ruhe.«

»Du, das mit der Ruhe ist relativ. Jetzt in der Hochsaison sind solche Augenblicke wie gerade wirklich selten. Die Leute werden immer anspruchsvoller. Neulich war eine Frau da, die sich über die Polster in den Strandkörben beschwert hat, stell dir das vor! Die wären ihr zu hart. Und warum die mit Kunststoff bezogen wären, das wäre unangenehm und man würde darauf so schwitzen im Sommer.«

»Hmm«, sagte Katja, »darüber habe ich heute allerdings auch nachgedacht. Warum haben die Strandkorbpolster Bezüge aus Kunststoff? Es gibt doch so schöne gestreifte Baumwollstoffe.«

»Stimmt.« Jette lachte. »Und weißt du, wie die nach zwei, drei Tagen aussehen? Da setzt sich einer mit seiner nassen Badehose hin. Dann kommt ein Kaffeefleck dazu, Sonnenmilch, Schokoladeneis … nee, du, da würde schon nach einer Woche keiner mehr drauf sitzen wollen.«

»Da hast du wohl recht. Aber abgesehen von der Beschwerde über die Polster hast du doch wohl das coolste Leben überhaupt. Jeden Tag Ferien, den ganzen Sommer lang, hach, schön stell ich mir das vor.«

»Stell dir das ruhig vor, aber ganz so ist es nicht. Morgens und abends ist bei schönem Wetter ein solcher Ansturm auf die Strandkörbe, dass ich kaum zum Luftholen komme. An manchen Tagen kann ich noch nicht mal meine Mittagspause machen.«

»Ja, aber …«

»Und wehe, es ist Regenwetter. Die Touristen führen sich dann auf, als ob ich persönlich dafür verantwortlich wäre. Ich verstehe ja, dass sie enttäuscht sind. Da haben sie nur eine Woche Urlaub gebucht, vielleicht, weil sie sich mehr nicht leisten können, vielleicht, weil alle im Team unbedingt in den Schulferien verreisen wollen. Klar sind die sauer, wenn es dann eine Woche lang jeden Tag regnet und kalt ist. Vor allem, wenn in der Woche vorher eine Hitzewelle war und die haben sie genau verpasst.«

»Trotzdem, ich würde es lieben, jeden Tag das Meer zu sehen. In Köln ...« Wieder hatte Katja das Telefonat mit Benedikt im Kopf. Was für ein Lärm dort immer war!

»Kannst du mir einen Gefallen tun?« Die Frage riss Katja aus ihren Gedanken. »Ich müsste mal ganz dringend zur Toilette, aber meine Mittagspause ist jetzt zu Ende, es ist Zeit, wieder aufzumachen. Würdest du vielleicht ein paar Minuten für mich übernehmen? Die Preisliste und die Kasse findest du drinnen in der Hütte.« Jette wies mit dem Kopf auf ein älteres Pärchen, das Hand in Hand näherspaziert kam. »Ich schätze, da vorne kommt Kundschaft. Kriegst du das hin?«

»Klar, gerne.« Freudestrahlend setzte sich Katja in die nach Holz duftende Hütte. Der Sommerwind strich durch die geöffnete Tür, ließ den Vorhang ein wenig flattern und brachte den feinen Duft von sonnenheißem Sand mit sich. Konnte es einen schöneren Arbeitsplatz geben?

Familienrabatt

Gott sei Dank habe ich nicht meine Flipflops an, dachte Katja, als sie in Richtung Hauptort ging. Der schmale asphaltierte Weg von Rubbenhoog in den Hauptort schlängelte sich zwischen Dünen, Viehweiden und Wiesen mit Hunderten von Seevögeln hindurch. So lang ist mir die Strecke mit dem Pferdebus gar nicht vorgekommen, dachte sie. Aber was soll's, dann ist das eben eine Gelegenheit für ein bisschen Training, dann habe ich die Laufschuhe auch nicht umsonst angezogen.

Aus dem zügigen Marschtempo wurde ein ruhiger Dauerlauf, und nach wenigen Hundert Metern steigerte Katja das Tempo, bis sie in dem Laufrhythmus war, den sie auch bei ihrem Training am Rheinufer einhielt. Selbst das Laufen war hier auf der Insel anders, viel schöner. Vielleicht lag es am fehlenden Autoverkehr und dem Seewind, der ihr ins Gesicht blies. Mit einem Lächeln überholte sie ein paar Spaziergänger und zog sogar an zwei langsam dahinrollenden Radfahrerinnen vorbei.

Der Ort kam näher, der Straßenbelag wechselte. Sie fiel in ein langsameres Tempo zurück, denn der Weg war jetzt viel unebener. Anstelle der glatten Betonsteine war der Straßenbelag hier aus gebrannten Klinkern. Die hatten eine dunkelrote bis bräunliche Farbe, jede hatte einen etwas anderen Farbton, was im Ganzen warm und einladend wirkte. Bestimmt waren diese Steine schon in den Fünfzigerjahren verlegt worden. Entsprechend unregelmäßig lagen sie. Katja achtete genau darauf, wohin sie trat. Jetzt bloß nicht umknicken! Auf einer eingezäunten Weide kurz vor Beginn des Ortes hoben ein paar Alpakas neugierig den Kopf. Alpakas auf Langeoog?

Aber warum auch nicht, niemand zwingt einen Landwirt dazu, nur Schafe oder Kühe zu halten, überlegte Katja und bewunderte im Vorbeilaufen die wolligen, friedlich grasenden Tiere.

Als sie an den ersten Häusern ankam, wechselte sie in ein normales Gehen zurück. Sie wollte sich schließlich in Ruhe umsehen. Am Beginn der Fußgängerzone blieb sie kurz stehen. Ihr bot sich das gleiche Bild, das sie schon gestern vom Pferdebus aus gesehen hatte. Der Ort war gut besucht, es herrschte eine lebhafte, aber durchaus entspannte Atmosphäre. Der Großteil der Menschen hier auf der Straße waren Urlauber, die sich über die Julisonne und ihren Aufenthalt auf der Insel freuten.

Hinter ihr ertönte ein Hupen. Katja fuhr herum und trat dann rasch zur Seite. Ein kleiner Elektro-Transporter rumpelte einen Seitenweg herunter und bog neben ihr ab. Ein Hinweisschild verwies auf die Tourist-Information, die am Ende dieses Weges liegen sollte. Katja nahm sich vor, dort bei der nächsten Gelegenheit vorbeizuschauen. Aber zuerst brauchte sie ein Fahrrad. Sie atmete tief durch. Das Laufen hatte gutgetan. Zu wissen, dass sie so etwas einfach konnte, und zwar über mehrere Kilometer und ohne schweißgebadet nach Luft zu schnappen, erfüllte sie mit Stolz. Ja, es hatte auch andere Zeiten gegeben, aber die waren lange vorbei.

Mit dem Saum ihres blassrosa T-Shirts wischte sie sich kurz über das Gesicht, dann machte sie sich auf die Suche nach dem Fahrradverleiher neben der Eisdiele.

Sie ließ den Blick die Fußgängerzone entlangwandern. Von dort, wo sie stand, konnte sie auf Anhieb fünf verschiedene Eisdielen sehen. Wie peinlich es wäre, wenn sie beim falschen Verleiher schöne Grüße von Birte bestellte und der dann keine Ahnung hätte, von wem sie redete. Aber ihre Sorge war unbegründet. Es gab nur einen einzigen Fahrradverleih, der direkt neben einer Eisdiele lag, wie sie nach einem kurzen Spaziergang die Straße entlang feststellte. Der Fall war eindeutig: eine Eisdiele und daneben ein holzverkleidetes Haus mit dem Ladenschild *Radbude* über der Tür.

Ob sie vorher noch schnell in die Eisdiele gehen sollte? Die hoch aufgetürmten Eiskugeln an der Theke sahen verführerisch aus. Eine ganze Palette an zarten Pastelltönen von hellem Erdbeerrot über Pfirsichrosa bis hin zu dunklem Cassis bei den Fruchtsorten, und cremig schmelzende Weißtöne beim Sahneeis. Eine Waffel vielleicht, und obendrauf etwas Schokosauce? Nein. Sie riss sich von dem Anblick los, was nicht ganz leicht war. Erst die Pflicht, dann das Vergnügen, ermahnte sie sich energisch.

Vor dem Ladengeschäft hatte der Verleiher viele Fahrräder aufgestellt, zwei Dutzend mochten es wohl sein. Die Ladentür stand offen, und als Katja hineinschaute, kam auch schon ein junger Mann aus dem hinteren Teil des Geschäfts zu ihr an die Tür. Fast zwei Meter groß, mit einem dichten braunen Vollbart und einer runden Nickelbrille auf der Nase. Er lächelte freundlich, während er sich die Hände an einem alten Lappen abwischte.

»Hallo, kann ich helfen?«

»Ich möchte ein Fahrrad ausleihen.«

»Okay, E-Bike oder eins ohne Antrieb?«

Katja überlegte kurz. Sie dachte an den Seewind eben beim Laufen und stellte sich vor, wie anstrengend es sein würde, bei Gegenwind vorwärtszukommen.

»Warum nicht ein E-Bike? Ich bin noch nie E-Bike gefahren, aber neugierig wäre ich schon.«

»Und wie lange brauchen Sie das Rad?«

»Ich bleibe fünf Wochen und …«, Katja zögerte.

»Und was?«

»Entschuldigen Sie. Eine Frau am Strand hat mir Ihren Verleih empfohlen und ich soll Grüße bestellen …« Plötzlich kam es ihr albern vor, Birte, die sie ja nicht einmal richtig kannte, ins Spiel zu bringen, nur um einen Rabatt zu ergattern. »Ach, vergessen Sie es einfach. Ich hätte gern ein E-Bike für fünf Wochen.«

»Eine Frau am Strand und Sie sollen Grüße bestellen? Soso.« Der Vollbart teilte sich zu einem breiten Grinsen. »Zufällig ahne ich, wen Sie meinen, und glauben Sie mir, das sagt die betreffende Frau nicht jedem, den sie am Strand trifft. Sie war blond und hatte Schulkinder dabei?«

Katja lachte. »Ja, so ist es. Birte, Birte Grenen.«

»Na also, war doch gar nicht so schwer. Der Zaubersatz heißt: Lieber Dominik, die Birte lässt schön grüßen.«

Katja hob fragend eine Augenbraue. »Im Ernst jetzt? Das soll klappen?« Sie wusste, dass der Mann sich einen Spaß mit ihr machte, aber er war dabei so sympathisch, dass sie auf sein Spiel einging.

»Also gut: Lieber Dominik, die Birte lässt schön grüßen. So, ich hab den Zaubersatz gesagt. Und jetzt?«

»Bekommst du freundliche fünfundzwanzig Prozent Rabatt.«

»Ui, das ist ja ein tolles Angebot. Aber was wird der Besitzer des Ladens sagen, bei so viele Kungelei?«

»Der Laden gehört mir, da darf ich aussuchen, wem ich Fahrräder zu welchen Preisen verleihe. Und weil Birte zur Familie gehört und sie ganz sicher nicht jedem dieses Angebot macht, kannst du dir das E-Bike zum Preis von einem Normalo leihen, und du bekommst für die fünf Wochen fünfundzwanzig Prozent Rabatt.«

»Ja dann«, sagte Katja, »nehme ich das gerne an. Ist ein super Angebot, danke.«

»Geh doch schon mal nach draußen und such dir ein Rad aus. Ich mache inzwischen den Vertrag fertig. Die E-Bikes stehen links neben dem Haus. Ich empfehle dir eines von den matt lackierten in Pastellfarben. Die habe ich neu reinbekommen, eine holländische Marke, super Antrieb, lange Akkulaufzeit, und du hast sogar einen Gepäckträger über dem Vorderrad.« Er warf einen kurzen Blick auf ihr T-Shirt. »Die Rosa- und Blautöne müssten dir gefallen. Ach, und hast du einen Ausweis dabei? Für den Mietvertrag.«

Katja fischte aus der hinteren Tasche der Shorts ihr flaches Portemonnaie heraus. Neben ein paar Geldscheinen enthielt das Portemonnaie ihren Ausweis und eine EC-Karte.

»Hier, bitte.«

Dominik nahm den Ausweis entgegen und schaute kurz darauf. »Also, Katja Hollenhorst, ich bin in drei Minuten bei dir draußen, dann kann ich dich auch noch bei der Auswahl beraten.«

Katja ging um das Haus herum. Die Räder, die in einer Reihe nebeneinanderstanden, gefielen ihr auf Anhieb. Neugierig trat sie näher, um sie zu begutachten. Die Modelle wirkten etwas retro mit ihren Weißwandreifen, den Ledergriffen und dem Gepäckträger über dem Vorderrad, aber gleichzeitig auch sehr stylisch, dank ihrer matten Lacke und der modernen Lichtanlage. Nur in einem Punkt irrte sich Dominik. Sie wollte kein zartes Rosa oder helles Blau, ihr gefiel das lichte Gelb-Beige am besten. Eine Farbe wie Meersand im Morgenlicht.

»Na, schon fündig geworden?«

»Das gelb-beige Modell finde ich toll.«

»Ja, das ist eine klasse Farbe. Wenn du möchtest, dann kannst du eine Klappkiste bekommen, die genau auf den Frontgepäckträger passt. Ich nutze die immer für meine Jacke oder kleinere Einkäufe.«

»Sehr gerne.«

»Gut, dann sind wir uns einig. Komm, ich habe den Mietvertrag fertig.«

Katja folgte Dominik zurück in den Laden. »Hier ist dein Ausweis zurück und der Mietvertrag. Da unten musst du unterschreiben.« Er reichte ihr ein Klemmbrett und einen Kugelschreiber.

»Und wenn ich unterwegs eine Panne habe?«

»Kein Ding. Hier ist meine Visitenkarte. Die Mobilnummer kannst du anrufen, wenn es Probleme mit dem Rad gibt. Ist ein Service von mir, der gut ankommt. Wer will schon ein schweres E-Bike mit einem platten Reifen durch die Dünen schieben.«

»Super. Und woran merke ich, dass ich den Akku aufladen muss? Nicht, dass der plötzlich leer ist.«

Dominik lachte. »Das siehst du an der kleinen Digitalanzeige. Hier ist das Ladegerät, ich zeige dir draußen am Rad noch, wie du den Akku rausnimmst. Ach ja, und hier sind noch die Schlüssel für das Speichenschloss – auch wenn kaum jemand auf unserer Insel sein Rad abschließt, aber ein paar Spaßvögel gibt es immer, die einem das Rad um die nächste Ecke schieben. Schließ also besser ab. Habe ich was vergessen? Nö, ich denke, nicht. Das hier hätte ich gerne als Miete.« Er tippte auf eine Stelle im Kaufvertrag. »Wenn du im Voraus bezahlst, gibt's noch mal drei Prozent Rabatt.«

Katja zog ihre EC-Karte durch ein Lesegerät und bestätigte die Zahlung.

»Gut, das haben wir auch. Komm, ich stell dir noch den Sattel ein.«

***

Eine Viertelstunde später radelte Katja an Sanddornsträuchern und Salzwiesen vorbei. Sie konnte gar nicht aufhören zu lächeln. Das war ein ganz neues Fahrgefühl. Als würde eine unsichtbare Hand sie sanft anschieben. Vergnügt summte Katja den alten Hit der Commodores *Easy*. Sie freute sich schon auf den Abend mit Birte. Ihr erster Urlaubstag auf der Insel versprach absolut perfekt zu werden. Birte war offen und sympathisch gewesen. Da gab es viele Gemeinsamkeiten – eine gute Grundlage für einen netten Abend in einer Kneipe.

Ausgerechnet Los Angeles

Fast hätte Katja das Vibrieren des Handys überhört, während sie ihre Strandtasche auf dem Boden abstellte. Gerade noch rechtzeitig gelang es ihr, den Anruf anzunehmen. Benne, dachte sie verwundert, um diese Zeit?

»O Benne, was ist los? Warum rufst du schon um halb sieben an?

Er lachte leise. »Ich freu mich auch, deine Stimme zu hören.«

»Ach, so war das doch nicht gemeint. Ich wollte sagen, ich hatte gedacht, wir telefonieren später am Abend, zum Gute-Nacht-Sagen und um uns richtig zu verabschieden.«

»Das ist es ja«, seufzte Benedikt. »Weißt du, wie früh man aufstehen muss, um in Frankfurt einen Flieger um zehn Uhr morgens zu erwischen?«

»Hab ich eigentlich noch nie drüber nachgedacht, nein.«

»Na ja, ich muss mindestens zwei Stunden vor dem Abflug da sein. Der Zug braucht anderthalb Stunden. Ich nehme sicherheitshalber einen früheren Zug, man weiß ja nie, ob er sich verspätet. In Köln muss ich erst noch die U-Bahn zum Hauptbahnhof nehmen … also kurz gesagt, wenn man alles zusammenrechnet, muss ich seeeehr früh aufstehen.«

»Du Armer, wo du doch so ein Morgenmuffel bist.« Katja bedauerte ihn aufrichtig, sie wusste, wie schwer es Benne fiel, morgens in Gang zu kommen.

»Ja, bedauere mich ruhig ein bisschen, das tut gut. Jedenfalls habe ich mir überlegt, dass ich heute Abend spätestens um neun schlafen gehe. Das wird morgen ein ganz schön langer Tag, allein der Flug dauert fast zwölf Stunden. Ich will gar nicht darüber nachdenken, erzähl mir lieber, was du heute gemacht hast.«

Katja wurde bewusst, dass sie immer noch mitten im Raum stand, neben ihren Füßen die umgekippte Strandtasche. Auf einem Bein balancierend streifte sie nacheinander die Laufschuhe und die Sneakersocken von den Füßen. Während sie anfing, von Jettes Strandkorbverleih und ihrem gemieteten Fahrrad zu erzählen, klopfte sie verstohlen den trockenen Sand zwischen den Zehen ab. Wenn das so weiterging, würde sie hier bald in einem Sandkasten wohnen.

»Stell dir vor, ich habe einen Strandkorb mit freiem Blick aufs Wasser bekommen. Es ist herrlich.« Sie ließ sich aufs Bett sinken, um sich behaglich anzulehnen. »Und heute Vormittag am Strand war da … Autsch!«

»Was ist los?«, fragte Benne erschrocken.

»Ach nichts«, versicherte Katja und rieb sich den schmerzenden Hinterkopf. »Es ist nur dieses blöde Zwergenbett, es sieht ganz nett aus, aber irgendwie stoße ich mich dauernd am Betthaupt – wo war ich stehen geblieben?«

»Heute Vormittag am Strand.«

»Genau, da habe ich eine Kollegin kennengelernt, sie ist Grundschullehrerin hier auf der Insel. Total nette Frau, sie nimmt mich heute Abend mit in die Kneipe. Und morgen früh helfe ich ihr beim Sportfest am Strand, die brauchten noch Aufsichtspersonen.«

»Sag mal, spinnst du?«, platzte Benne heraus. »Du hast doch Urlaub. Wahrscheinlich machst du das auch noch umsonst. Ich kenne dich doch. Du bist einfach zu gut für diese Welt.«

Nachdenklich biss sich Katja auf die Unterlippe. Das klang sehr harsch. Konnte man denn zu gut für diese Welt sein, gab es das überhaupt? War es wirklich nötig, wie Benne immer an die geschäftlichen Vorteile zu denken, bei allem, was man tat?

»Ach, Benne«, sagt sie leise, »das ist nun mal das, was ich

liebe. Ich kann gar nicht oft genug mit Kindern zusammen sein, und ich freue mich schon auf morgen.«

Von ihrem Stimmungsumschwung schien Benne gar nichts zu bemerken. Im Gegenteil, er ging noch minutenlang darauf ein, dass Katja anfangen müsse, mehr an sich zu denken, dass es kein Wunder sei, dass sie immer nur schlecht bezahlte Aushilfsjobs bekomme, dass es an der Zeit sei, mehr an die wirtschaftliche Seite der Arbeit zu denken.

Bennes Ausführungen versetzten ihr einen Stich. Sie gab sich aber einen Ruck, wollte nicht kleinlich sein. Daher lenkte sie das Gespräch wieder auf Los Angeles.

»Ich kann mir das noch gar nicht richtig vorstellen«, sagte sie, »du und ich in zwei völlig verschiedenen Zeitzonen.«

»Ich weiß, das fühlt sich seltsam an. Ich hab da auch schon drüber nachgedacht. Ich habe im Internet eine Umrechnungstabelle gefunden, warte mal.« Man hörte ein kurzes Rascheln und das leise Klappern einer Tastatur. »Hier ist sie.«

»Wie groß ist der Zeitunterschied denn genau?« Obwohl es im Zimmer angenehm warm war, fröstelte Katja plötzlich. »Wir wollen doch jeden Tag telefonieren. Wann geht das denn überhaupt?«

»Es ist dort neun Stunden früher als in Deutschland.«

Angestrengt runzelte Katja die Stirn.

»Das heißt, jetzt wäre es dort noch mitten in der Nacht?«

»Genau. Ich habe in der Tabelle nachgesehen. Wir könnten entweder nachmittags um vier sprechen, dann wäre es bei mir sieben Uhr morgens, oder du musst morgens um sieben aufstehen, dann erwischst du mich noch vor dem Schlafengehen um zehn Uhr abends.«

»Uff, also für einen von uns ist in den nächsten drei Wochen immer sieben Uhr früh, wenn wir sprechen? Das kann ja heiter werden.«

»Noch schlimmer. Ich kann noch nicht mal vorhersagen, wann ich überhaupt Zeit haben werde. Und was der Jetlag mit mir macht. Trotzdem freu ich mich schon auf die Reise, das wird der ganz große Durchbruch für uns. Denk an meine Worte.«

In seiner Stimme nahm Katja nur freudige Erwartung wahr und ganz wenig Bedauern.

Danach war das Gespräch glanzlos und endete bald. Katja wünschte ihrem Freund noch einen guten Flug und war dann wieder allein in ihrem Pensionszimmer in Rubbenhoog. Ihr war immer noch kalt. Sie schob die kalten Füße unter die Bettdecke. Zum Teufel mit dem Sand, der war sowieso überall. »Das wird der ganz große Durchbruch für uns«, hatte Benne gesagt. Wen hatte er mit diesem »uns« wohl gemeint? Katja und Benne? Oder doch eher Benne und seine Geschäftspartner?

Bedrückt hielt Katja noch kurz das Handy in der Hand und sagte leise: »Tschüs, Benne. Ich hab dich doch lieb.«

Harms Kneipe

Neben der Bäckerei stand eine weiße Holzbank. Hier wartete Katja um sieben Uhr darauf, dass Birte sie abholte. Und die war pünktlich. Von irgendwoher wehte aus der Ferne der Klang von Kirchturmglocken herüber, da bog auch schon eine Radfahrerin auf die Straße zum Marktplatz ein. Der Großteil der langen blonden Haare war unter einem knallroten Fahrradhelm verborgen, aber es war ohne Zweifel Birte.

Katja stand von der Bank auf, während Birte ihr schon von weitem lachend zuwinkte.

»Hey, du bist aber pünktlich«, sagte Katja.

Einen Fuß auf den Boden gestemmt, nahm Birte ihren Fahrradhelm ab. »Und ich sehe, dass du meinem Rat gefolgt bist und dir bei Dominik ein Fahrrad geliehen hast. Sieht super aus, sogar mit Antrieb.« Sie legte den Helm auf der Bank ab, beugte sich nach vorn, schüttelte den Kopf und fuhr sich mit allen zehn Fingern ungeduldig durch die Haare. »Haare föhnen kann ich eigentlich genauso gut sein lassen, wenn ich einmal den Helm aufhatte, sieht es sowieso aus wie immer.«

»Ja, kenn ich. Trotzdem.«

Katja setzte sich ihren Rucksack auf und nahm ihren Fahrradhelm, der auf der Bank gelegen hatte. Auf der Rückfahrt vom Verleiher war sie ausnahmsweise ohne Helm gefahren, aber ganz geheuer war ihr das nicht gewesen. Sie predigte ihren Schulkindern immer, dass man einen Helm tragen sollte, und sie hatte ihren eigenen deswegen extra aus Köln mitgebracht. »Kann losgehen«, sagte sie und stieg aufs Rad.

»Aber hab Erbarmen mit mir, mein Rad hat keinen Motor

zur Unterstützung. Das muss übrigens eines von den neuen Modellen sein, das sieht ja richtig schick aus«, erwiderte Birte.

»Ja, mir hat das auch auf Anhieb gefallen, auch die tolle Farbe, noch besser als die hellblauen und rosafarbenen.«

Die beiden Frauen radelten los. Auf dem breiten Weg in Richtung Hauptort war genug Platz, um nebeneinander zu radeln und sich dabei zu unterhalten.

»Und diesen ganzen Weg bist du mit deiner Klasse gelaufen? Das ist aber eine ordentliche Strecke«, wunderte sich Katja.

»Nee, dann wäre ja der halbe Schultag vorbei. Wir fahren alle mit dem Fahrrad. Bei uns kann schon jeder Erstklässler sicher Radfahren, das ist einfach die beste Möglichkeit, um auf unserer Insel unterwegs zu sein. Ist das bei euch nicht so? In Köln ist es wahrscheinlich zu gefährlich, wenn die Erstklässler alleine losradeln, könnte ich mir denken?«

»Mmh.« Katja nickte.

»Überhaupt, heute Morgen hatten wir ja nicht so viel Zeit dafür. Aber erzähl doch mal, wie sieht denn deine Arbeit in Köln aus? Die Kolleginnen waren übrigens total begeistert von deinem Angebot, bei unseren Strandspielen auszuhelfen. Und jetzt halte ich den Mund und höre dir zu.«

Während der nächsten Viertelstunde berichtete Katja von Benne, dem geplatzten Südfrankreich-Urlaub und von ihrer letzten Schule. Sie verschwieg auch nicht, dass sie, seit sie mit dem Studium fertig war, immer nur Zeitverträge bekommen hatte, und wie sehr sie dieser Zustand belastete. In dem Punkt waren sich beide Frauen sofort einig.

»Das ist echt furchtbar«, sagte Birte, »wenn ich mir vorstelle, dass ich meine erste Klasse nur ein Jahr lang unterrichten könnte. Man will doch sehen, wie sich die Kinder entwickeln, welche Fortschritte sie machen.«

»Genau das. Und dann noch die Unsicherheit, weil man im Grunde nie weiß, wie es nach den Sommerferien weitergehen wird. Du kommst natürlich viel rum. Ich habe in den letzten Jahren völlig unterschiedliche Kollegien kennengelernt, einige waren toll, die meisten eher nicht. Puh, da hast du manchmal Leute dabei, die sind total desillusioniert, die ziehen einfach ihren Stoff durch und warten darauf, dass der Schultag möglichst schnell vorbeigeht. In einer Schule gab es einen regelrechten Zickenkrieg zwischen drei Kolleginnen. Und ich weiß nie, ob ich nach den großen Ferien wieder in so ein Horror-Kollegium komme oder nicht. Das letzte Schuljahr war super – aber ich wette hundert zu eins, dass ich nicht wieder an die Selma-Lagerlöf-Grundschule zurückkommen werde, obwohl ich an der Schule gerne geblieben wäre. Da verliert man jeden Spaß an der Arbeit.«

»Kann ich gut verstehen, Katja. Ich meine, bei uns an der Inselschule ist auch nicht alles Gold, aber von Zickenkrieg und desillusionierten Kolleginnen sind wir Lichtjahre entfernt.«

Mittlerweile waren die beiden Frauen im Hauptort angekommen. Birte fuhr in die Fußgängerzone. Katja wollte schon bremsen und absteigen, aber Birte winkte sie grinsend weiter. »Komm, unser Dorfpolizist ist schon zu Hause vor dem Fernseher.«

Hundert Meter weiter hörte Katja von der Seite einen empörten Ruf. »Eh, das ist hier Fußgängerzone.«

Birte schaute zu der Stimme herüber und rief zurück: »Schon klar, Malte, und deshalb donnerst du ja auch immer mit deinem E-Roller an meinem Fenster vorbei.«

»Oh, Birte, sorry, hätte dich am Helm erkennen müssen. Schönen Abend noch.«

Während sie weiterfuhren, erklärte Birte: »Malte Strauß war mit mir in der Schule. Ist ein ganz Netter, arbeitet drüber in der Sportboutique und regt sich regelmäßig über Radfahrer in der Fußgängerzone auf, hält sich aber selbst an keine Vorschriften.« Kurze Zeit später bremste Birte und stieg ab. »Lass uns die Räder hier abstellen. Harms Kneipe ist da vorne um die Ecke, aber der Platz davor reicht meistens nicht für alle Räder, und es macht keinen Spaß, später am Abend sein Rad aus dem Pulk von anderen Fahrrädern herauszupuzzeln. Lieber laufen wir doch ein paar Schritte – einverstanden?«

»Einverstanden, du bist diejenige, die sich hier auskennt.«

Katja stellte ihr Rad neben das von Birte und schloss es ab. Birte warf sich einen weiß-blau gestreiften Baumwollpulli über die Schultern, und danach gingen sie zusammen die Straße hinunter. Als sie um die Ecke bogen, sah Katja drei Dinge: Zum einen den alten Wasserturm, das Wahrzeichen von Langeoog, der auf einer kleinen Anhöhe oberhalb der Straße stand. Zum anderen Harms Kneipe, aus der bereits laut Irish Folk ertönte und zum dritten die unzähligen Räder vor der Kneipe. Es war auf jeden Fall eine kluge Idee gewesen, sein Rad nicht auch noch in dieses Chaos zu stellen.

»Harms Kneipe, bei dem Namen hatte ich eher an eine rustikale Fischerkneipe gedacht«, sagte Katja.

Birte lachte auf. »Das hatte ich vergessen zu erwähnen. Harms führt das einzige Irish Pub nördlich von Bensersiel. Wie ich schon gesagt hatte: Du bist wahrscheinlich mehr Abwechslung gewohnt. Als ich letztes Jahr in Köln war, habe ich mehrere super Kneipen in der Altstadt entdeckt. Und Kölsch statt Guinness war eine nette Abwechslung. Ich würde auch gerne mal wieder woanders den Abend verbringen, aber grundsätzlich ist Harms schon nicht schlecht. Vor allem, wenn du gerne Guinness trinkst und auf Live-Musik stehst.«

»Gegen ein frisch gezapftes Guinness habe ich nichts und Irish Folk ist zwar nicht unbedingt mein Musikgeschmack, aber allemal besser als Akkordeon und Seemannslieder.«

Während sie auf die Kneipe zusteuerten, fragte Birte: »Und was hörst du am liebsten?«

»Ella, Ella Fitzgerald. Zumindest, wenn ich abends gemütlich ein Glas Wein trinke. Und wenn ich ausgehe, alles in

Richtung Dance und Club, da bin ich nicht wählerisch. Hauptsache schnell. Und du?«

»Bei Ella Fitzgerald würde ich nicht ausschalten, aber ich muss gestehen, dass ich am allerliebsten Klassik höre. Ich weiß, das klingt altmodisch, aber vielleicht liegt es daran, dass meine Schwester immer Deutsch-Rap gehört hat und ich dem etwas komplett anderes entgegensetzen wollte.«

»Ah, du hast noch eine Schwester?«

»Ja, die stelle ich dir später vor. Vielleicht kommt sie heute auch noch vorbei.«

Mehr sagte Birte nicht, aus gutem Grund, denn jetzt betraten die Frauen den Pub. Die Musik der fünfköpfigen Band und das Stimmengewirr der Gäste, die sich an der Theke drängelten, waren im ersten Moment überwältigend laut. Birte winkte Katja, ihr zu folgen.

An der Theke angekommen, pfiff Birte kurz auf zwei Fingern. Mehrere Köpfe drehten sich neugierig um, aber vor allem hatte der Barkeeper hinter der Theke den Pfiff gehört. Birte hob zwei Finger, blickte sich prüfend um. Der Barkeeper nickte grinsend und deutete auf eine Nische in der Nähe der Bühne.

»So, Bestellung aufgegeben, und da vorne wird gleich ein Zweiertisch frei. Komm.« Sie zog Katja durch die Menge mit sich, und tatsächlich, der Tisch, auf den Birte zusteuerte, wurde gerade von zwei Männern geräumt. Bevor jemand anderes die Plätze besetzen konnte, hatte Birte den Tisch in Beschlag genommen. Sie schaute auf die Uhr und beugte sich vor. »Keine Sorge, so laut bleibt das nicht den ganzen Abend. Die Band macht in ein paar Minuten Pause.«

»Irre, dass du diesen freien Tisch bekommen hast.«

»Falk, der Barkeeper, weiß immer, wer gerade bei Steffi gezahlt hat. Falk ist ein Vetter von mir«, Birte imitierte eine tiefe Männerstimme, »das bleibt alles in der Familie.«

Katja schüttelte lachend den Kopf. »Familienrabatt bei

Fahrrädern, Tischreservierungen auf Pfiff – ohne Familienanschluss ist man ja richtig aufgeschmissen.«

»Warte ab, bis unsere Getränke kommen. Mit Steffi, der Kellnerin hier, habe ich schon in der Kindergartenzeit am Strand Sandburgen gebaut.«

Wie auf Kommando trat eine junge Frau mit kurzen schwarzen Haaren an den Tisch und servierte zwei große Gläser Guinness. »Hi, Birte, schön, dich zu sehen. Falk lässt übrigens auch grüßen, die Getränke gehen aufs Haus.«

»Weil alles in der Familie bleibt?«, fragte Katja, nachdem Steffi gegangen war.

»Nee, ich habe Falks jüngerem Bruder, also meinem kleinen Vetter, in den letzten Monaten kostenlos Nachhilfeunterricht gegeben, und er hat die Matheprüfung an der Berufsschule bestanden.«

Die Frauen prosteten sich zu. Was die Band und damit die Lautstärke im Pub betraf, kam es so, wie Birte vorhergesagt hatte. Die Folk-Band spielte noch ein mitreißendes *The Rocky Road to Dublin*, dann verkündete der Sänger: »Alles klar, Leute, herzlichen Dank für den Beifall, wir machen jetzt Pause, und in einer Dreiviertelstunde geht es weiter.«

»Siehst du«, sagte Birte, »jetzt haben wir genug Zeit zum Quatschen.«

Katja trank einen Schluck Guinness, bevor sie antwortete. »Sehr gern. Übrigens, so gut hat mir ein Guinness noch nie geschmeckt.«

»Das liegt an der Gesellschaft.« Birte lächelte über den Tisch hinweg. »Nein, im Ernst, frisch gezapft schmeckt das völlig anders als aus der Flasche. Das macht den Unterschied.« Jetzt lachte sie. »Das, und natürlich die tolle Gesellschaft.«

»Die selbstverständlich an erster Stelle.« Katja grinste Birte über den Glasrand hinweg an. »Aber erzähl doch mal, was genau erwartet mich denn morgen am Horndorfer Strand?«

Energisch setzte Birte ihr leeres Glas auf den Tisch. »Es könnte etwas länger dauern, dir das alles zu erzählen, wir haben nämlich ein paar super Sachen vorbereitet. Vorher muss ich nur mal gerade …« Sie nickte in Richtung Hinterausgang, wo zwei Metallschilder mit der Aufschrift *Ladies* und *Gents* an der Decke baumelten. »Entschuldige mich für eine Minute. Ich bestell dann bei Falk auch gleich Nachschub.«

Birte verschwand in Richtung Theke. Katja schaute sich neugierig um. Die Inneneinrichtung von Harms Kneipe ähnelte den wenigen Irish Pubs, die sie in den letzten Jahren kennengelernt hatte. Dunkle Holzvertäfelung an den Wänden, eine Theke mit einer Fußstange aus leicht angelaufenem Messing, Lampen mit grünen Glasschirmen, alte Werbeplakate der Guinnessbrauerei über der Bar, und in einer Ecke gab es das obligatorische Dartspiel. Katja ließ den Blick weiter durch den Raum wandern. Vorne an der Theke, im Gewühl zwischen den anderen Gästen, sah sie Birte. Neben ihr stand Dominik, der Besitzer des Radverleihs. Birte legte gerade einer Hand in Dominiks Nacken, zog ihn zu sich herunter und küsste ihn leidenschaftlich.

Aber holla, dachte Katja, kein Wunder, dass Dominik mir einen Rabatt eingeräumt hat. Die zwei sind ein Paar. Als Birte sich wieder von Dominik löste, schaute der zufällig in Katjas Richtung. Sie hob lächelnd die Hand. Für einen Moment stutzte Dominik, dann nickte er ihr zu. Birte schien dagegen überhaupt keine Anstalten zu machen, zu ihrem gemeinsamen Tisch zurückzukehren. Irgendwie war Katja ein wenig enttäuscht, denn sie hatte sich auf einen gemeinsamen Abend mit Birte gefreut. Ob Birte überhaupt zurückkommen würde? Oder würde sie den Rest des Abends hier allein herumsitzen? Erleichtert bemerkte sie, dass Dominik und Birte jetzt auf sie zusteuerten. Ob ein Abend zu dritt, in Gesellschaft eines frisch verliebten Pärchens, besonders lustig werden würde, würde sich zeigen. In Dominiks Gegenwart fühlte sie sich schon jetzt wie das berühmte fünfte Rad am Wagen.

»Das hättest du mir auch sagen können, dass du Dominik so gut kennst«, sagte Katja.

»Hätte ich das? Aber …« Birte schaute Dominik fragend an. Der sagte schnell: »Katja Hollenhorst hat heute ein Fahrrad bei mir geliehen, ich hab ihr den Familienrabatt eingeräumt.«

Katja empfand dieses kurze Gespräch mehr als skurril. Birte tat so, als würde sie sie zum ersten Mal sehen. »Willst du dich nicht wieder setzen?«, fragte Katja. »Noch weiß ich nicht, was morgen am Horndorfer Strand passieren wird.«

»Ich fürchte, da fragst du die Falsche. Ich habe auch keine Ahnung.«

Das war ja die Höhe. Katjas Verwirrung ging allmählich in Ärger über. »Ich muss ja auch nicht aushelfen«, sagte sie schnippisch. »Ich habe schließlich Urlaub.«

»Ich glaube, hier gibt es ein Missverständnis. Ich weiß überhaupt nicht, wobei du helfen sollst.«

Ja, gab es denn so was? Da stand Birte vor ihr, die Sonnenbrille lässig in den blonden Haaren, den blau-weiß gestreiften Pulli um die Schultern und tat so, als ob sie von allem zum ersten Mal hörte. Katja griff zu ihrem Guinnessglas und trank es in einem Schluck leer.

»Vielleicht ist es das Beste, ich lass euch beide einfach mal allein.«

Jetzt wäre ein guter Zeitpunkt für eine Entschuldigung oder zumindest Widerspruch, aber Birte sah einfach nur irritiert aus. Katja rutschte aus der Nische und stand auf.

»So, hier kommt der Nachschub. Ah, ich sehe, ihr habt euch schon kennengelernt.«

Die Stimme in ihrem Rücken sorgte dafür, dass Katja sich überrascht herumdrehte. Vor ihr stand Birte, den blau-weißgestreiften Pulli um die Schultern, die Sonnenbrille im Haar und zwei Gläser Guinness in den Händen.

»Aber … du.« Rasch drehte sich Katja zur Seite, kein Zweifel da stand ebenfalls Birte, jetzt allerdings mit einem wissenden Lächeln im Gesicht.

»Auweia, ich fürchte, du hast mich für Birte gehalten. Kein Wunder, dass du so komisch reagiert hast. Ich bin Annika, Annika Grenen-Richter, und Dominik, meinen Mann, hast ja schon kennengelernt.«

»Boah, ihr seid Zwillinge. Diese Ähnlichkeit …«

Birte schob sich an Katja vorbei und stellte die beiden Gläser auf den Tisch. »Na, na, wir wollen mal nicht übertreiben, ich finde da gibt es schon Unterschiede. Annika hat zum Beispiel eine Narbe am linken Knie, weil sie viel langsamer Rollschuhfahren gelernt hat als ich. Außerdem bin ich älter – immerhin zehn Minuten.«

»Ich war gerade dabei, sauer zu werden«, Katja grinste, »du bist eben noch rechtzeitig zurückgekommen.«

»Anni, wollt ihr euch zu uns setzen?«, fragte Birte.

»Nee, ein anderes Mal. Dominik wollte nur eben noch mit Falk etwas besprechen. Wir müssen zurück nach Hause. Mama hat die beiden Racker und die müssen ins Bett. Es war schön, dich kennengelernt zu haben, Katja. Bleibst du länger auf der Insel?«

»Fünf Wochen, dann sind die Sommerferien zu Ende.«

»Da haben wir bestimmt noch Gelegenheit, uns zu treffen. Wie wäre es in der nächsten Woche, du könntest mit Birte zum Abendessen kommen. Nichts Großartiges, ich muss schließlich arbeiten, aber ein Riesentopf Spaghetti Bolognese und ein paar Flaschen Rotwein wären schon drin. Natürlich nur, wenn du möchtest.«

»Ich liebe Spaghetti Bolognese und Rotwein.«

»Alles klar, dann ist es abgemacht. Wir lassen euch dann mal allein.«

»Grüß Mama von mir. Ich schau am Sonntag bei ihr vorbei. Und gib den beiden Kleinen einen dicken Kuss«, sagte Birte.

Kopfschüttelnd schaute Katja Annika und Dominik hinterher. »Du hättest mir aber auch sagen können, dass du eine Zwillingsschwester hast und dass sie mit Dominik verheiratet ist.«

»Na hör mal, wir waren ja eben noch bei den Strandspielen. Bis zu dem Kapitel ›Ich-erzähle-alles-über-meine-Familie‹ sind wir ja noch gar nicht gekommen. Das hatte ich ab dem dritten Guinness eingeplant«, erwiderte Birte mit gespielter Empörung.

Katja hob beide Hände und kapitulierte lachend. »Schon gut, schon gut, ich gebe auf. Erzähl mir erst vom Horndorfer Strand und dann von deiner Familie. Wobei, eines würde mich schon interessieren: Wer sind ›die beiden Kleinen‹? Haben Annika und Dominik schon Kinder?«

»Lars und Niels, Zwillinge, liegt wohl in unserer Familie. Die beiden sind zwei Jahre alt und die süßesten Neffen, die man sich wünschen kann.«

»Alles klar. Dann haben wir das auch geklärt. Und jetzt erzähl mir von den Strandspielen.«

Strandspiele

»Ihr rennt wie der Teufel bis zu der Sandburg dort hinten, lauft drumherum und spurtet dann zurück. Das Ziel ist diese Linie hier im Sand. Hat jeder das verstanden? Okay, es wird nicht geschubst und gerempelt, das gibt Punktabzug im Kampf um die ›Goldene Muschel‹. Also, auf die Plätze, fertig … los!« Katja setzte die Trillerpfeife an, ein gellender Pfiff, und fünfzehn Kinder rannten los, dass der Sand nur so spritzte.

Die Begeisterung der Schüler an diesem Sommertag konnte man praktisch mit Händen greifen. Für jedes Kind warteten kleine Gewinne in einem Korb, selbst der Letzte im Rennen würde bei der Siegerehrung nicht leer ausgehen. Als Hauptpreis lockte für die Klasse mit den meisten Punkten eine große, in Goldfolie verpackte Kammmuschel aus Schokolade, jede der beiden Hälften war so groß wie ein Essteller. Genug Schokolade, um eine ganze Klasse glücklich zu machen. Der Fund der Riesenmuschel in einem Süßigkeitengeschäft in Esens war überhaupt der Auslöser für die heutigen Strandspiele gewesen, hatte Birte ihr erzählt. Die Lehrer der Inselschule hatten sich für ihre Grundschulklassen eine Menge einfallen lassen. Einen Graben um die Wette schaufeln, Sandsackwerfen, Sackhüpfen, Wettrennen, Muschelsuchen auf Zeit, ein Hindernisparcours und – für viele Kinder der Höhepunkt der Strandspiele – Götterspeise-Wettessen.

Katja hatte Birtes Kolleginnen, Malina, Elli, Michi und den einzigen Mann in der Runde, Hans-Joachim Bertels, genannt Jockel, früh am Morgen kennengelernt. Die vier hatten sie nicht nur herzlich begrüßt und mehrmals versichert, wie klasse sie es fänden, dass sie mithalf, nein, es war auch gleich eine Art professionelle Vertrautheit da gewesen. Da habe ich in den letzten Jahren so viele verschiedene Kolleginnen und Kollegen kennengelernt – aber diese hier sind mit Abstand die nettesten, dachte Katja. Natürlich hatte Birte bereits allen erzählt, dass sie aus dem fernen Köln komme und ausgebildete Sportlehrerin sei. Jockel, Ende vierzig und, wie sich herausstellte, Rektor der Schule, hatte sogar einen bunten Strauß Strandflieder und eine Flasche Wein dabei gehabt, um sich für die Mithilfe zu bedanken. Alle waren so nett zu ihr, und an diesem Sommertag am Meer, der ihr vorkam wie ein Tag aus dem Bilderbuch, fühlte sich Katja rundum zufrieden.

Ein Juchzen riss sie aus ihren Gedanken. Ein braunhaariger Junge steuerte begeistert die Ziellinie an und warf sich dann mit einem Hechtsprung darüber.

»Erster, ich hab's geschafft, ich bin Erster.«

Der Junge war wirklich schnell, er hatte mindestens dreißig Meter Vorsprung.

»Steh besser schnell wieder auf, bevor die anderen ankommen.«

Der Junge rappelte sich blitzschnell hoch und stellte sich neben Katja. »Na los, Amelie, du schaffst das«, brüllte er, während ein dunkelhaariges Mädchen in roter Sporthose näher kam. Erstaunt warf Katja ihm einen Seitenblick zu.

»Was hast du, Frau Hollenhorst?«

»Nichts weiter, ich habe bisher immer nur Jungen kennengelernt, die alles tun, aber nicht Mädchen anfeuern.«

Der Kleine grinste von einem Ohr zu anderem. »Amelie und ich werden heiraten, also, in fünfzehn Jahren oder so. Und dann darf man doch auch ein Mädchen anfeuern.«

Katja lächelte ihn an. »Du darfst sogar Mädchen anfeuern, die du nicht in fünfzehn Jahren heiraten wirst.«

»Okay, merk ich mir. Aber die Amelie ist besonders nett.«

»Schon klar, habe ich verstanden.« Katja nahm ihr

Klemmbrett hoch. »Sagst du mir mal schnell die Namen von denen, die jetzt gerade ins Ziel laufen?«

»Jens, Amelie, Holger, Tina, Malte, Jessica, Dörte …« Der Junge ratterte die Namen seiner Mitschülerinnen und Mitschüler nur so herunter. Katja schrieb schnell mit, damit sie später die Platzierungen und die Punkte richtig verteilen konnte. Als die letzten Läufer über die Ziellinie rannten, bat sie ihren Helfer: »Jetzt musst du mir nur noch deinen Namen sagen, damit ich den auch aufschreiben kann.«

»Leon, Leon Trimps.«

»Ich danke dir für die Mithilfe, Leon.« Katja sah, wie Jockel ihr von der Station »Götterspeise« zuwinkte.

»Alle mal herhören, ihr geht jetzt geschlossen rüber zu Herrn Bertels.«

Das ließen sich die Kinder nicht zweimal sagen und rannten über den Strand.

Katja schaute auf ihre Liste. Noch drei Gruppen, dann wäre sie mit ihrer Station fertig.

***

Der Vormittag verging wie im Flug.

Um kurz nach zehn kam eine kurze Nachricht von Benne: Sitze im Flieger, gleich geht's los. Wahnsinn! L.A., ich komme! Liebe Grüße xxx.

Katja seufzte kurz. So lange war sie noch nie von ihm getrennt gewesen. Dann wandte sie sich wieder den Kindern zu.

Alles verlief reibungslos, bis auf einen kleinen Zwischenfall, bei dem mehrere Kinder zu nah am Wasser nach Muscheln gesucht hatten und ein Mädchen sich danach über klitschnasse Turnschuhe beschwerte.

Katja machte sich ein paar letzte Notizen. Sie war fertig, alle Schülergruppen waren an ihrer Station gewesen. Sie blieb stehen und ließ die Augen über das Menschengewimmel schweifen. Wo war Birte? Vielleicht waren an ihrer Station ja auch schon alle Schüler durch. Birte hatte angekündigt, dass man später am Tag noch grillen wollte. Und obwohl Katja Birtes Kolleginnen bis jetzt nur ganz kurz kennengelernt hatte, freute sie sich unbändig auf den Abend mit Gleichgesinnten und auf das Fachsimpeln unter Kollegen.

Nein, Birte steckte noch mittendrin, stellte Katja fest, am Hindernisparcours warteten noch zwei Schülergruppen. Kein Wunder, für den Parcours brauchten die Kinder Zeit, mehr Zeit als beispielsweise für das Wettrennen. Sie betrachtete die wartenden Gruppen. Irgendetwas war ungewöhnlich, und es dauerte eine Weile, bis Katja dahinterkam, was es war: Kein Kind war ungeduldig oder quengelte herum. Das lag sicher daran, dass man hier draußen am Strand unmöglich Langeweile haben konnte. Manche Kinder, die an Birtes Station warteten, saßen im Sand und vertrieben sich die Zeit, indem sie Sandburgen bauten, andere schlenderten herum und suchten im trockenen Sand nach Muscheln.

»Frau Hollenhorst, Frau Hollenhorst!« Aus den Dünen rannte Leon wild winkend auf Katja zu. »Ich … ich hab von Frau Grenen gehört … dass du eine Freundin von Jette bist.« Der Junge stützte sich mit den Händen auf seinen Knien ab und rang nach Atem.

Katja spürte sofort, dass etwas passiert sein musste. Leon sah nicht so aus, als würde er nur mal schnell Grüße bestellen. In ihrem Bauch breitete sich ein eisiges Gefühl aus.

»Jette? Jetzt sag schon. Was ist mit Jette?«

»Ich war drüben bei den Strandtoiletten, die stehen ja in der Nähe von Jettes Häuschen, und die Jette liegt da im Sand und rührt sich nicht.«

Katja überlegte nicht lange, sondern spurtete los. Sie rannte zu Birte.

»Birte, ruf den Notruf an, schnell. Jette Klöntmann ist verunglückt. Leon hat sie gefunden, oben an ihrer Hütte. Ich laufe zu Jette und bleibe bei ihr. Der Notarzt soll zu ihrem Häuschen kommen«, stieß Katja eilig hervor,

Birte zögerte nicht lange, sie stellte keine Fragen, sondern zog sofort ihr Smartphone aus der Tasche und wählte.

Während Birte darauf wartete, dass ihr Anruf angenommen wurde, fügte Katja noch schnell hinzu: »Und wegen der Aufsicht: Meine Station ist durch, da sind keine Kinder mehr.«

»Ist gut, Katja, lauf nur, ich kläre den Rest«, versicherte ihr Birte.

Katja flitzte über den Sand, vorbei an Jockel und einer weiteren Schülergruppe. Sie wählte den etwas längeren Weg über die Bohlen, auf denen sie aber deutlich schneller vorankam. Sie brauchte keine drei Minuten, um die Strandtoiletten zu erreichen. Fünfzig Meter weiter stand Jettes Blockhaus. Schon von Weitem sah Katja die zusammengekrümmte Gestalt, die neben der Veranda im Sand lag. Es hatte sich bereits ein lockerer Kreis von Schaulustigen um sie gebildet, die einen diskutierten anscheinend ratlos miteinander, was man jetzt tun sollte, die anderen reckten die Hälse, um alles genau mitzubekommen. Hatten diese Leute denn noch nie von Erster Hilfe gehört?

Bei der Hütte angekommen, drängte sich Katja durch die Neugierigen und kniete sich sofort neben Jette in den Sand. Jette lag mit geschlossenen Augen da und stöhnte leise.

»Jette, was ist passiert? Jette, kannst du mich hören? Sag doch was.«

Katja tastete mit zwei Fingern nach dem Puls. Schwach, aber vorhanden.

Sie musterte Jette und überlegte fieberhaft. Kein Blut, keine offene Wunde. Durfte sie sie wohl bewegen, musste sie die Verunglückte vielleicht sogar in die stabile Seitenlage bringen? Aber vielleicht war Jette gestürzt und hatte innere Verletzungen? Oder hatte sie einen Herzinfarkt erlitten? Katja schaute sich um und versuchte herauszufinden, was passiert war. Neben den Holzstufen lag ein umgestürzter Klappstuhl im Sand. Ob Jette womöglich auf den Stuhl gestiegen war? Oberhalb des Stuhls an der Hauswand hing das Solarpaneel. Sie wird doch nicht den wackligen Klappstuhl im Sand als Trittleiter benutzt haben? Wie leichtsinnig und gefährlich war das denn!

Jette stöhnte leise. Katja strich ihr vorsichtig mit einem Finger über die Wange. »Alles gut, Jette, der Arzt ist gleich da.« Sie wusste nicht, ob Jette sie verstand, aber dann sah sie, dass Jette die Lippen bewegte und versuchte zu sprechen.

»Irgendwas, im Ober…«

Katja beugte sich vor, um die gehauchten Worte besser zu verstehen.

»… im … Oberschenkel.«

Sie griff nach Katjas Hand.

»Der Stuhl … ich dumme Kuh … wollte … wollte doch nur … nur nach dem … Kabel sehen.«

»Ruhig, ganz ruhig, Jette, der Notarzt ist sicher gleich hier.«

»Hendrik … Hendrik ist immer schnell, er ist … ohh, jetzt, ohhh …« Jettes Stimme erstarb. Katja beugte sich alarmiert vor, tastete erneute hektisch nach dem Puls. Erleichtert registrierte sie, dass Jette zwar ohnmächtig geworden war, aber ihr Puls immer noch gleichmäßig war. Katja sah zwei Rettungssanitäter über den Bohlenweg laufen.

Sie stand auf und winkte ihnen zu. »Hier drüben! Hierhin!«

Die beiden Männer hatte eine zusammenklappbare Trage dabei, die sie neben die Verletzte legten.

»Dann lass uns mal sehen, was Jette hat«, sagte einer der beiden Männer.

Katja trat einen Schritt zur Seite. »Sie war gerade noch bei Bewusstsein, und sie hat ihren Oberschenkel erwähnt. Ich fürchte, sie ist auf den Klappstuhl gestiegen und gestürzt.«

»Na super, ein Klappstuhl im Sand, sicherer geht's gar nicht. Was hat sich Jette denn dabei gedacht?« Der Rettungssanitäter schüttelte ungläubig den Kopf. »Okay, Benni, wir heben sie vorsichtig auf die Trage, pass mit dem Bein auf. Auf drei. Eins, zwei ... und drei.«

Die Männer betteten Jette vorsichtig um.

»Wo werden Sie sie hinbringen?«, fragte Katja. Und im Stillen überlegte sie, wie Jette wohl transportiert werden würde, wo es doch keine Autos auf Langeoog gab. Hatten sie einen kleinen Elektro-Krankenwagen, gab es so etwas überhaupt?

»Wir bringen sie mit dem Rettungswagen erst mal zur Rettungswache. Der Arzt kommt direkt dorthin und kann sie untersuchen. Falls sie dann ins Krankenhaus muss oder eine OP nötig wird, kommt sie auf jeden Fall aufs Festland. Ruf heute Nachmittag einfach auf der Rettungswache an und frag nach mir. Ich heiße Hendrik, und ich weiß heute Nachmittag mit Sicherheit mehr.«

»Danke, das ist sehr nett.«

Katja verfolgte, wie die beiden Sanitäter Jette über den Bohlenweg davontrugen.

Gott sei Dank sind die so schnell gekommen, dachte Katja. Unter ihre Erleichterung mischten sich Unruhe und Sorge. Was würde heute aus Jettes Standkorbverleih und dem Häuschen werden? Sie sollte auf jeden Fall die Tür abschließen. Katja nahm den Klappstuhl und trug ihn ins Blockhaus. Zum Glück hatte Jette ihr verraten, wo der Schlüssel lag. Sie tastete oberhalb des Türrahmens entlang und fand ihn sofort. Katja überlegte einen Augenblick. Drinnen fand sie ein leeres Blatt und einen Kugelschreiber. Sie schrieb: *Aus Krankheitsgründen heute geschlossen* und klebte das Blatt außen an die Tür, bevor sie das Blockhaus abschloss.

Es wird Zeit, zurück zu den Strandspielen zu gehen. Die anderen werden sich bestimmt schon fragen, wo ich bleibe.

Katja warf einen letzten Blick auf Jettes Hütte, die ihr mit einem Mal einsam und verlassen vorkam. Hoffentlich ist Jette bald wieder auf dem Damm, dachte sie.

***

»Hendrik ist schwer in Ordnung. Der hat schon früher in den Sommerferien immer bei Jette gearbeitet, als er noch Schüler war. Er wird sich um alles kümmern«, erklärte Birte. »Hier, trink was.« Sie schraubte eine kleine Flasche Mineralwasser auf und reichte sie Katja. Die beiden Frauen saßen nebeneinander im Sand und genossen die Ruhe nach den Strandspielen. Die Kinder waren vor einer halben Stunde von den Eltern geholt worden, nur eine kleine Gruppe von Schülern war zusammen mit Jockel, Malina und Elli zurück in den Hauptort geradelt.

»Ich hab mich gefragt, wie das mit dem Krankentransport hier funktioniert«, sagte Katja.

»Da gibt es einen ganz normalen großen Rettungswagen, genau wie auf dem Festland. Das hat vor ein paar Wochen mal wieder für Unmut gesorgt, weil es natürlich Inselbesucher gibt, die es ganz schrecklich finden, dass hier ein Diesel rumstinkt. Aber mal ehrlich, das sind die gleichen, die sich darüber beschweren, dass die Sanitäter nicht rechtzeitig zur Stelle sind, wenn sie selbst mal Hilfe brauchen. Die Rettungswache und die Feuerwehr, die sind normal motorisiert. Und wenn es stimmt, was du vermutest, dann wird Jette bestimmt aufs Festland ins Krankenhaus nach Wittmund gebracht.«

Oje, dachte Katja, irgendjemand sollte Jette ein paar Toilettenartikel und Wäsche bringen. Ob sie jemanden hatte, der sich darum kümmerte?

»Du, ich muss jetzt gleich los. Soll ich dich heute Abend wieder abholen und wir fahren gemeinsam zu Jockels Grilleinladung?«, fragte Birte.

»Ja, das wäre nett.«

»Okay, dann hole ich dich wieder um sieben ab.« Birte stand auf und klopfte sich den Sand von den Shorts. »Ich soll dir von den anderen übrigens noch einmal sagen, dass wir es alle ganz großartig fanden, dass du heute mitgemacht hast.«

»Ich habe das gern getan. Ihr habt tolle Kinder, und es hat sich gar nicht wie Arbeit angefühlt.« Katja lächelte zu Birte hoch. »Ich bleibe noch einen Augenblick hier sitzen. Ich bin dann um sieben wieder an der Holzbank.«

»Ich freu mich drauf. Einen schönen Restnachmittag.«

Nachdenklich saß Katja im Sand und sah zwei Möwen hinterher, die dicht über dem Wasser ihre Bahnen zogen.

So kann Schule also auch sein, dachte sie mit einem Anflug neidvoller Bitterkeit. Begeisterte Schüler und nette Kollegen. Wäre ein solcher Tag wie heute auch in Köln möglich? An der Selma-Lagerlöf-Schule – vielleicht. An den anderen Schulen? Ausgeschlossen!

Mit geschlossenen Augen genoss Katja den Seewind und lauschte dem Meer.

Grillabend

Jockel wohnte mit seiner Frau und seiner kleinen Tochter in einer Nebenstraße, gar nicht weit von der evangelischen Kirche entfernt. Das Einfamilienhaus war ganz traditionell mit Ziegelklinkern verkleidet und besaß einen kleinen Garten. Und in dem duftete es herrlich nach gegrillten Steaks.

»Die Steaks sind gleich fertig, und die Gemüsepäckchen mit Zucchini und Schafskäse sind auch gut.« Jockel stand mit einer Lederschürze am Grill und hatte offensichtlich Spaß an seiner Rolle als Grillmeister.

»Wie weit ist denn das Brot?«, rief er ins Haus.

»Ist fertig!«, tönte es zurück.

Katja saß mit Birte und Elli am Gartentisch und nippte an einem Glas Rosé.

»Macht ihr das öfter, ich meine, gemeinsam mit allen Kollegen Steaks grillen?«, fragte sie.

»Och, im Sommer ist jeder mal dran«, erklärte Elli, »wobei ich zur Fraktion mit den Gemüsepäckchen gehöre. Ich stehe nicht so auf Steaks, aber mal Shrimps oder einen leckeren Fisch, da sag ich nicht nein. Aber das kennst du doch sicher auch aus Köln, ich meine, nicht das Grillen von Fisch, sondern dass sich die Kollegen mal treffen und gemütlich ein bisschen quatschen – oder?«

Katja schüttelte energisch den Kopf. »Vergiss es. Mein letztes Kollegium – und die waren schon besonders nett – kam aus ganz Köln, ein paar waren auch aus Bonn und eine Kollegin sogar aus Aachen.« Katja überlegte kurz, um den passenden Vergleich zu finden. »Die hat morgens richtig lange gebraucht, kam natürlich auf den Verkehr an. Aber du musst dir vorstellen, das wäre, als würdest du von Leer jeden Morgen nach Bensersiel fahren.«

»Grundgütige Krabbe«, Elli verschluckte sich hustend an ihrem Wein, »da bleibt ja nur noch die Arbeit, und die andere Hälfte des Tages bist du im Auto unterwegs.«

»Du sagst es«, stimmte Katja zu, »eigentlich der absolute Wahnsinn.«

»Nee, lass mal stecken, da bleibe ich doch lieber auf der Insel«, sagte Elli. »Klar, so viel Nähe wie bei uns kann auch nerven. Aber wir verstehen uns gut, und im Grunde sind wir ja mehr oder weniger alle gleich alt.«

»Soso, sind wir das?«, tönte es vom Grill.

»Außer natürlich Jockel, der war schon in der Schule ein alter Angeber und hat uns jüngere Mädchen mit Verachtung gestraft.« Elli kicherte. Es war ein sehr ansteckendes Kichern. Ein Kichern, in das selbst Jockel einstimmte.

»Um mal ehrlich zu sein, wir alle haben Langeoog für ein paar Jahre den Rücken gekehrt und uns woanders umgesehen, aber viele sind danach wieder zurück auf die Insel gekommen«, erklärte er, während er an den Tisch trat, um eine Platte mit dampfendem Essen abzustellen. Sofort breitete sich ein köstlicher Duft von Grillfleisch mit einem Hauch von Holzrauch aus. »Und wie Elli schon sagte, es ist eine kleine Insel, und wenn du mit Gleichaltrigen etwas unternehmen möchtest, kommst du um eine bestimmte Clique nicht herum. Was soll ich sagen, dazu gehören dann auch die lieben Kolleginnen. Also treffen wir uns. Mit Malina singe ich noch im Kirchenchor. Meine Frau ist Patin von Lars und Niels, den Neffen von Birte.«

»Ja, Birtes Schwester Annika habe ich schon kennengelernt.« Katja verdrehte die Augen, sodass alle wissend grinsten. »Lass mich raten, plötzlich hat sich Birte merkwürdig benommen und am Ende hat sich herausgestellt, dass Annika vor dir stand«, sagte Elli.

»Genauso war es«, bestätigte Katja.

»Wofür ich nichts kann, ich habe nur zwei neue Gläser Guinness geholt«, verteidigte sich Birte.

»Ach komm, ihr beiden hattet doch schon als Kinder Spaß daran, andere zu verwirren«, Elli stieß Katja an, »glaub mir, du bist nicht die Erste.«

Birte streckte Elli kurz die Zunge raus, was die ganze Runde mit schallendem Gelächter quittierte. Die necken sich gegenseitig, sie nehmen sich auf den Arm, aber sie wissen auch, was sie aneinander haben, dachte Katja.

Birte reichte den Brotteller herum, und für ein Weilchen herrschte Stille, während alle aßen.

»Anderes Thema«, fragte Jockel, »hast du noch was von Jette gehört, Katja?«

»Ja, sie liegt im Krankenhaus in Wittmund. Bei ihrem Sturz ist die Oberschenkelsehne gerissen. Wahrscheinlich wird sie übermorgen operiert. Ich werde morgen ins Krankenhaus fahren.«

»Das ist eine gute Idee. Wir mögen Jette alle sehr, aber sie lebt allein und hält nicht viel von engen Freundschaften«, sagte Jockel. »Es würde mich gar nicht wundern, wenn du morgen ihre erste Besucherin wärst.«

»Vielleicht braucht sie ja ein paar persönliche Dinge, Wäsche oder so. Ich werde sie fragen.«

»Hast du denn einen Schlüssel zu ihrem Haus?«, fragte Elli.

»Der hing im Blockhaus an der Wand, zumindest vermute ich, dass der Hausschlüssel dabei ist. Den Schlüsselbund bringe ich ihr morgen jedenfalls ins Krankenhaus. Hendrik, der Sanitäter, geht übrigens davon aus, dass Jette für mindestens vier Wochen ausfällt.«

»Heilige Scheiße.« Jockel blies die Wangen auf und schaute sehr besorgt aus. »Das wird dann aber ein hartes Jahr für Jette.«

»Wieso?«, fragte Katja.

»Na ja, der Strandkorbverleih wirft gerade genug ab, um damit durch den Winter zu kommen, aber wenn ihr jetzt die Einnahmen aus der Haupturlaubszeit wegbrechen, kann das düster werden. Ich habe mich mal mit ihr über die Bilanzen unterhalten, weil ich ihr bei Bankverhandlungen geholfen habe. So rosig ist das alles nicht. Jette hatte damals, das war vor zwei Jahren, einen Kredit aufgenommen, um neue Strandkörbe anzuschaffen und die Blockhütte zu bauen. Vielleicht hat sie ja eine Versicherung, die einen Teil des Verdienstausfalls übernimmt. Oder ich muss mal mit der Kirchengemeinde sprechen. Vielleicht können wir was aus der Diakoniekasse spenden.«

»Ist es wirklich so schlimm?« Gerade eben noch war Katja in einer wohligen »Ich-bin-mit-Freunden-im-Urlaub«-Stimmung gewesen, doch jetzt sorgten die Informationen über Jette für ein flaues Gefühl im Magen.

»Jette hat eine Tochter, die wohnt irgendwo in Bayern«, mischte sich Birte ein, »und sie hat mal erwähnt, dass sie ihre Tochter ordentlich finanziell unterstützt hat. Ich glaube, da sind einige Ersparnisse draufgegangen.«

»Vielleicht kann sich jetzt die Tochter revanchieren?«, Katja sah schon, während sie fragte, lauter zweifelnde Gesichter.

»Ich verstehe, ihr glaubt nicht, dass das klappt – oder?«

»Nee, ich denke, das Einzige, worauf man hoffen kann, ist, dass Jette möglichst schnell wieder auf die Beine kommt«, sagte Jockel.

In diesem Moment kam Tanja, Jockels Frau, aus dem Haus, sah die ernsten Gesichter und sagte: »Da lässt man euch Lehrer einmal alleine und schon blast ihr Trübsal. Ihr solltet euch mal sehen. Was ist los? Ist euch gerade klar geworden, dass ihr Montag wieder in die Schule müsst, aber Katja schon Ferien hat?«

Jockel gab seiner Frau einen Kuss auf die Wange. »So in etwa. Du hast ja recht, wir sollten den Abend genießen. Also kommt, lasst uns weiteressen, und was Jette betrifft, da fällt uns sicher auch noch eine Lösung ein.«

Es dauerte zwar noch ein paar Minuten, aber tatsächlich stellte sich nach und nach wieder die entspannte, fröhliche Stimmung vom Beginn des Abends ein. Ein Abend, den Katja in vollen Zügen genoss.

Die Entscheidung

Als Katja mit dem Rad zurück nach Rubbenhoog fuhr, war es längst nach Mitternacht. Über ihr glitzerten Sterne am wolkenlosen Himmel, die Wiesen rechts und links des Weges waren in fahles Mondlicht getaucht. Die Luft war mild und roch nach Meer. Katja fühlte sich beschwingt – und ja, auch ein klein wenig beschwipst. Warum auch nicht, sie hatte Urlaub und der Rosé in Jockels Garten hatte wirklich gut geschmeckt.

Die ersten Häuser von Rubbenhoog zeichneten sich als Umrisse gegen den Nachthimmel ab. Katja blieb stehen, um sich umzusehen. Der Vollmond war so hell, dass man die Landschaft gut erkennen konnte. Da waren Licht und Schatten, beinahe so deutlich wie am Tag. Gleichzeitig war da eine Stille, wie man sie tagsüber niemals erlebte. Jedes noch so winzige Geräusch erschien überdeutlich, ein Wispern von im Wind aneinanderreibenden Schilfgrashalmen, ein kurzes Rascheln und Piepsen, wahrscheinlich von einer Maus auf nächtlicher Jagd. Im Licht ihres Radscheinwerfers sah sie links vom Weg ein altes Holzschild mit dem eingeschnitzten Hinweis *Meer* darauf. Das musste ein weiterer Weg durch die Dünen zum Strand sein, einer, den sie bis jetzt noch nicht wahrgenommen hatte.

Katja fuhr wieder los, sie wollte nach Hause, doch dann siegte ihre Neugier und sie bog stattdessen in den Strandweg ein. Nach ein paar Metern war Schluss mit Radfahren. Zwei große Steinbrocken lagen auf dem Weg und dienten augenscheinlich als Durchfahrtsperre, außerdem verengte sich hinter den Steinen der Weg zu einem Trampelpfad. Dafür stand aber vor den Steinen am Wegrand ein schweres Balkengestell, an das man sein Rad anlehnen konnte. Katja ließ ihr Fahrrad hier zurück und folgte dem gewundenen Pfad durch die Dünen. Am Ende ging der Weg direkt in den breiten Sandstrand über. Ein paar Dünenrosen wuchsen hier, und unmittelbar vor den Sträuchern stand eine alte Holzbank. Katja nahm ihren Pullover, den sie bislang über den Schultern getragen hatte, und zog ihn über, bevor sie sich auf die Bank setzte.

Das muss der Anfang des Horndorfer Strands sein, überlegte sie. Einen guten Kilometer weiter haben wir die Strandspiele abgehalten und danach kommt der Abschnitt, auf dem Jette ihre Strandkörbe stehen hat. Mit einem behaglichen Seufzen lehnte sich Katja zurück. Dieser Abschnitt des Strandes kam ihr wilder und weniger überlaufen vor. Er war nicht so breit wie die anderen Teile, hier gab es kein Häuschen auf einer Plattform, von wo die Rettungsschwimmer die Badenden im Blick behielten. Katja schaute nach rechts und links. Nein, auch keine Abfalleimer und keine Strandduschen. Nichts bis auf diese Holzbank. Ihre Finger strichen über die Bank und spürten altes, von Seewind und Regen verwittertes Holz. An einer Stelle in der Mitte der Rückenlehne fanden ihre Fingerspitzen jedoch eine völlig andere Struktur, eine kleine Fläche, glatt, oval und kühl. Licht, sie brauchte Licht. Natürlich, die Taschenlampe am Handy! Schnell zog sie es aus der Hosentasche. Ein leichtes Vibrieren sagte ihr, dass genau in diesem Moment eine neue Nachricht angekommen war.

> Bin gut angekommen, Koffer ist auch da. Wahnsinn. Mein Körper sagt, will schlafen. Kopf sagt, es ist dreizehn Uhr, mitten am Tag, Sonne. Muss Schluss machen, Susan wartet. LG Benne xxx

Es ging ihm gut, das Flugzeug war sicher gelandet. In ihre Erleichterung mischte sich ein Hauch von Irritation. Hätte er nicht kurz fragen können, wie es ihr ging? Vielleicht ein paar nette Worte schreiben, dass er sie vermisste? Sicher, da waren die drei xxx am Ende der Nachricht, die standen für Küsschen. Das musste für den Moment wohl reichen. Und wer war überhaupt Susan?

Sie beschloss, nicht weiter über die Nachricht nachzudenken, und schaltete endlich die Taschenlampe ein. In dem hellen Lichtschein sah sie auf der Rückenlehne der Bank eine angelaufene Messingplakette. Die einzelnen Buchstaben waren kaum noch zu erkennen. »In Lie… verei…«, las sie halblaut. Mhmm, in Liebe vereint, klar, das würde hinkommen. Darunter sah sie nur noch ein *Ka*, ein eingraviertes Herz und die Jahreszahl 1951. Katja schaltete das Licht wieder aus und steckte das Handy weg. In Liebe vereint vor fast siebzig Jahren. Das Kopfkino setzte sich in Gang. Ein verliebtes Pärchen, das nach dem Krieg hier auf der Insel gelebt hatte. Damals war das Leben bestimmt rauer und anstrengender gewesen als heute. Vielleicht war diese Stelle an den Dünen, am eher unbelebten Teil des Horndorfer Strandes, der Lieblingsplatz der beiden gewesen. Ich könnte es gut verstehen, dachte sie, Rosensträucher umgaben diesen Platz und schützten ihn vor allzu neugierigen Blicken. Wer aber hier saß, dem lag das Meer zu Füßen.

In Liebe vereint. Wer war wohl Ka gewesen? Bestimmt war auf der Plakette die Frau, schon aus reiner Höflichkeit, zuerst genannt worden. Ka wie Katharina? Wie Katja? Sie fühlte sich mit denjenigen, die vor Jahrzehnten vielleicht in einer ganz ähnlichen Sommernacht an diesem Ort gesessen hatten, auf eigenartige Weise verbunden. Es war ein stiller, ein romantischer Ort, einer, der es verdient hatte, dass man eine Bank aufstellte und auf einem Messingschild seine Liebe verewigte.

Katja schaute hinaus aufs Meer. Am Horizont konnte sie die Positionslichter eines Frachters ausmachen, der Mond sorgte für ausreichend Licht, um die kleinen Wellen zu erahnen, die gegen den Sand rollten. Ich bin erst seit drei Tagen auf der Insel, und es kommt mir vor, als wären es schon drei Wochen. Die Zeit schien auf Langeoog anders zu vergehen. Vielleicht lag es auch an dem völligen Fehlen von Verpflichtungen? Ich bin frei, alles zu tun, worauf ich Lust habe, dachte sie. Ich kann einen ganzen Tag im Strandkorb verbringen und bin niemandem Rechenschaft schuldig.

Ein Urlaubstag im Strandkorb. Bei diesem Gedanken fiel Katja wieder Jette ein, vor allem aber, was Jockel am Abend über Jettes finanzielle Situation erzählt hatte. Für Mamas Freundin sieht es wirklich nicht rosig aus, dachte sie, es muss doch eine Möglichkeit geben, um Jette zu helfen. Katja schloss die Augen und lauschte dem Klang der Wellen. Diesmal vergaß sie nicht die Frage. Im Gegenteil – diesmal löste das Meer eine ganz besondere Idee aus. Natürlich! Mit einem Ruck setzte sie sich auf. Warum bin ich nicht gleich darauf gekommen? Es gibt eine Möglichkeit, Zeit am Meer verbringen und Jette zu helfen: Ich werde einfach morgen früh den Strandkorbverleih öffnen und übergangsweise einspringen. Wie schwer kann das denn sein? Das sollte ich doch wohl schaffen, und morgen Nachmittag fahre ich ins Krankenhaus und bespreche alles mit Jette. Wenn sie Einwände hat, habe ich nur einen Vormittag ausgeholfen. Aber was sollte Jette schon dagegen haben?

Wenn ich morgen früh allerdings rechtzeitig und ausgeschlafen am Blockhaus sein will, sollte ich besser sofort schlafen gehen. Katja lief zurück zu ihrem Fahrrad. Am Beginn des Trampelpfads schaute sie noch einmal zurück zu der verwitterten Holzbank, von hier aus war sie zwischen den Rosensträuchern kaum noch zu erkennen. Es ist wirklich ein verwunschener Platz, ein Platz zum Träumen.

Die Idee, den Strandkorbverleih vertretungsweise weiterzuführen und Jette so unter die Arme zu greifen, sorgte bei ihr für gute Laune. Wenn Benne davon erfährt – das glaubt er mir nie, dachte sie vergnügt.

Aushilfe im Strandkorbverleih

Am nächsten Morgen stand Katja schon eine halbe Stunde vor der offiziellen Öffnungszeit auf der Veranda der Blockhütte. Noch war es diesig über dem Wasser, aber der Wetterbericht versprach einen weiteren Sommertag und angenehme Temperaturen von um die fünfundzwanzig Grad. Beste Voraussetzungen, um den Badegästen einen Strandkorb anzubieten, dachte sie. Für den Vormittag hatte Katja vorgesorgt. Sie hatte auf das Frühstück in der Pension verzichtet und stattdessen in der Bäckerei einen großen Becher Kaffee und zwei belegte Brötchen gekauft. Damit war das Frühstück erst einmal gesichert, alles Weitere würde sich dann ergeben.

Ihr Plan für die nächste halbe Stunde war ziemlich simpel: Sie wollte sich möglichst rasch einen Überblick verschaffen. Glücklicherweise hat Jette mir vor zwei Tagen ihr eigenes System erklärt, dachte Katja. Sie schaute sich um. Ja, die große Tafel an der Wand war von Jette – den Daten nach – noch ausgefüllt worden. Auf ihr waren alle Strandkörbe aufgeführt, und zwar mit Nummer und dem gezeichneten Bild. Hinter einem vermieteten Strandkorb standen jeweils der Name des Mieters und die Mietdauer.

Okay, die Vermietung von Strandkörben ist keine Raketenwissenschaft, das wird ein Kinderspiel, dachte Katja erleichtert. Da Jette immer im Voraus kassiert, muss ich mir über die Abrechnung der aktuellen Mieter keine Gedanken machen. Jette hatte noch ein gutes Dutzend Standkörbe frei und die Vermietung von zwei Strandkörben würde am nächsten Tag enden. Da es außerdem ein großes Plakat mit den Preisen gab, waren alle Fragen beantwortet. Blieb nur noch die Frage nach der Kasse. Darüber hatte sie sich gestern in der Eile beim Abschließen keine Gedanken gemacht. Katja schaute in die Schublade des Tisches, und wie fast schon erwartet stand hier eine alte Geldkassette. In der Kassette lagen ein paar Scheine und Münzen. Wechselgeld war also auch vorhanden – perfekt!

Zufrieden trug Katja einen Stuhl nach draußen, trank ihren Kaffee und aß ein Brötchen. Von ihrer erhöhten Position konnte sie den Strand besonders gut überblicken. Bis auf eine Spaziergängerin mit Hund und einen einsamen Jogger war noch niemand hier. Es fühlt sich an, als gehörte dieser Teil des Strands mir ganz alleine, dachte sie belustigt. Katja Hollenhorst, Herrin des Horndorfer Strands.

»Tach, junge Frau! Sagen Se mal, die Jette Klöntman, wat is mit der? Hat die heut frei?«

Katja schluckte schnell den letzten Happen ihres Brötchens herunter und stellte den Kaffeebecher auf den Boden der Veranda.

»Ja, guten Morgen. Frau Klöntmann ist … ähm … verhindert. Ich helfe hier aus. Was kann ich für Sie tun?«

Der Mann vor der Veranda war stämmig, wobei seine Oberarme so muskulös waren wie bei anderen die Oberschenkel. Katja schätzte ihn auf Mitte fünfzig. Durch sein glatt rasiertes Gesicht zogen sich erste Falten. Die kurzen braunen Haare waren mit Gel zu einer Igelfrisur gestylt. Das blaue T-Shirt zierte die Aufschrift *Tägliches Pils-Training formte diesen Körper*. Der durchaus sichtbare Bierbauch, über dem sich der Stoff des T-Shirts bedenklich spannte, zeugte von dem Erfolg dieses Trainings. Kurze Hosen und Badeschlappen vervollständigten das Strandoutfit.

Der Mann kniff ein Auge zu und schaute Katja misstrauisch an. »Sie wolln mich auch nich aufn Arm nehmen? Ich mein, dat die Jette verhindert is, dat is in etwa so häufig wie der Meistertitel für Schalke, wennse verstehn, wat ich sagen will. Weil, mir müssense nix erzähln. Die Jette is praktisch sonne Art Freundin von mir und vonner Moni, also meiner besseren Hälfte. Die is nur noch mal für kleine Königstigerinnen vorne anne Stranddusche abgebogen.«

Eigentlich sieht er ja ganz nett aus, überlegte Katja, und Jettes Unfall war sicher schon Tagesgespräch in Rubbenhoog.

»Jette ist gestern gestürzt und hat sich verletzt. Sie hat einen Sehnenriss und liegt im Krankenhaus. Wie gesagt, ich helfe hier aus.«

»Abba vonner Insel sind se nich, dat hör ich doch.«

»Nee, ich komme aus Köln. Ich heiße Hollenhorst …«

»Meine Fresse, nee, jetz im Ernst? Sind Se etwa mit der Claudi verwandt?« Die Begeisterung stand dem dicken Mann ins Gesicht geschrieben.

»Ähm, ja … das ist meine Mutter.«

»Is dat die Möglichkeit? Dann müssen Se die Katja sein.«

»Ja, die bin ich, aber ich … ich versteh nicht so ganz …«

»Klar, kannste auch nich. Also du musst unbedingt du sagen. Die Claudi, die kennen meine Moni und ich – ja, wie lange? Och, dat müssen Jahre sein. Ich bin der Uli, Uli Zimmerbach aus Wattenscheid. Die Moni und ich, wir kommen schon seit bestimmt fünfundzwanzich Jahren nach Rubbenhoog. Und ganz oft hamwa bei der Jette auch die Claudi getroffen. Nee, wat is die Welt klein, dat is wie 'n Dorf, sach ich imma.«

Hinter Uli Zimmerbach tauchte jetzt eine Frau auf, eine Handbreit kleiner und in ein grasgrünes Sommerkleid mit großen roten Blüten gekleidet. Bestimmt war das Moni, die bessere Hälfte. Die tiefschwarz gefärbten Haare trug die Frau ähnlich kurz und gestylt wie Uli – da gab es offenbar einen gemeinsamen Frisör.

»Moni, du glaubs nich, wer dat is. Dat is, halt dich fest, dat is die Tochter vonne Claudi – die Katja. Wat sachse jetz? Und die Jette, die liegt im Krankenhaus.«

»Nee, nee. Mann, Mann, Mann.«

Eindeutig war Uli der Gesprächigere – so viel stand fest.

»Ja, da bisse platt. Also, Katja, die Moni und ich nehmen son Standkorb für zwei Wochen. Kannste dat klarmachen?«

»Ja, sicher. Kommt doch rein, dann suchen wir einen Korb aus und regeln das Finanzielle.«

Als sie in der Blockhütte standen, stieß Moni einen kleinen Freudenschrei aus. »Guck ma, Uli. Der Korb mit der Muschel is frei. Ne, watn Zufall. Komm, den nehm wa.«

»Hasse gehört, Katja. Der Wunsch meiner Göttergattin is mir Befehl. Also dat Körbchen mit der Muschel für vierzehn Tage.« Uli seufzte leise.

Das Seufzen passte so gar nicht zu Ulis bisherigem Auftreten. Deshalb fragte Katja. »Alles in Ordnung, Uli?«

»Dat is nur … ich liebe Jettes Strandkörbe und den Blick auf dat Meer, abba die fiesn glattn Kunststoffpolster, da kleb ich imma so mitm haarigen Rücken dran fest. Zwei Wochen lang festkleben, dat is ne lange Zeit, verstehsse?«

Herr, nimm mir die Bilder, dachte Katja und bemühte sich um einen möglichst neutralen Gesichtsausdruck. Außerdem setzte sie spontan Desinfektionsspray auf eine imaginäre Einkaufsliste.

»Da musse eben dat große Handtuch drunterlegn, du dummer Bär«, erklärte Moni und schüttelte dabei missbilligend den Kopf. »Männer, wat, Katja?«

»Äh, ja, sicher, also hier ist der Schlüssel für das Vorhängeschloss. Und vierzehn Tage, das macht zusammen …«, Katja schaute auf die Preisliste, »ah, richtig, aber am dreizehnten Tag gibt es ja noch mal Rabatt, dann kostet der Korb nur neun Euro fünfzig. Also vierzehn Tage, das sind dann zusammen einhundertdreiunddreißig Euro, Uli.«

Uli zog aus seiner hinteren Hosentasche ein Portemonnaie. »Dat die Jette ihre Preise noch nich erhöht hat, dat nenn ich ma anständig. Hier hasse hundertfünfunddreißig Euro,

Katja. Allet in kleinen, nich durchnummerierten Scheinen, wie dat imma so schön heißt.«

Katja legte die Scheine in die Geldkassette, gab das Wechselgeld heraus, schloss die Schublade zu und zog den Schlüssel ab. Sie hatte schließlich jetzt die Verantwortung für Jettes Einnahmen, da wollte sie auf Nummer sicher gehen.

»Ich wünsche euch einen schönen Tag am Strand.«

»Und dir noch ein gutes Vermieten, man sieht sich.«

Moni und Uli zogen durch den Sand davon, während Katja zufrieden in der Tür stehen blieb. Na, das fängt doch ganz gut an, dachte sie.

»Es gab natürlich schon viel früher sogenannte Korbhütten, aber man darf doch wohl getrost behaupten, dass der Rostocker Hof-Korbmacher Wilhelm Bartelmann der Erfinder des heutigen Strandkorbs ist. Er hat ihn im Frühjahr 1882 gefertigt und dann ging der Korb bald in Serie. Ja, und seine Frau Elisabeth hat, wenn ich mich richtig erinnere, bereits ein Jahr später am Leuchtturm in Warnemünde den ersten Standkorbverleih eröffnet.«

Oje, an diese Stimme erinnerte sich Katja nur allzu gut. Der alte Deutdorf mit seinem Fundus an unnützem Wissen.

»Jannis, lass das liegen. Nein, das ist eine Alge, die steckst du nicht in den Mund. Jannis!«

Katja warf einen verstohlenen Blick an der Hauswand der Hütte vorbei. Kein Zweifel, die komplette Familie Deutdorf steuerte auf das Blockhaus zu. Mama Deutdorf zerrte einen empörten Jannis von einem Haufen Algen weg, die Oma schleppte eine riesige Strandtasche, und Großvater und wahrscheinlich der Sohn gingen entschlossen voran – ohne irgendwas zu tragen. Sie trugen schließlich schon die Verantwortung für dieses Abenteuer. Das Mieten eines Strandkorbs ist Männersache – genauso sahen ihre Gesichter aus. Bei den Deutdorfs wurde offenbar das traditionelle Rollenbild noch gelebt. Katja schüttelte sich innerlich. Für einen kurzen Moment überlegte sie, ob sie nicht einfach die Tür abschließen und sich verstecken sollte, aber erstens wäre das kindisch und albern gewesen, und zweitens brauchte Jette jeden Umsatz, den sie kriegen konnte. Als die beiden Männer vor der Veranda der Blockhütte Halt machten, setzte Katja ihr professionellstes Lächeln auf.

»Guten Morgen, was kann ich für Sie tun?«

»Sie sind nicht Jette Klöntmann. In unserer Pension hat man uns erklärt, dass Jette Klöntmann eine ältere Dame ist.« Großvater Deutdorf musterte Katja dermaßen misstrauisch, als hätte er sie gerade des schweren Betrugs überführt.

»Ältere Dame, jawohl, Papi«, bestätigte Deutdorf junior.

Katja hatte Mühe, das Lächeln beizubehalten. »Da haben Sie beide recht. Ich bin nur die Vertretung von Frau Klöntmann. Wie kann ich Ihnen weiterhelfen?«

»Nun, das ist ja wohl offensichtlich. Meine Frau und ich machen seit Jahren Urlaub auf Langeoog, aber bisher haben wir immer andere Strandabschnitte gewählt. Nun, uns haben die Strandkörbe gar nicht zugesagt. Voller Sand, und wer da alles schon auf den Plastikpolstern gesessen hat, darüber möchte man gar nicht nachdenken. Heute wollen wir Ihren Körben eine Chance geben.«

Der Großvater lächelte huldvoll. Seitenblick zu Sohnemann, der bestätigte das Gesagte mit einem Nicken. Wahnsinn, dachte Katja, das muss man auch erst mal schaffen, sich an der Nordsee über zu viel Sand zu beschweren. Wie wäre es mit den Alpen?

Laut sagte sie: »Ich kann Ihnen versichern, dass unsere Strandkörbe regelmäßig desinfiziert werden. Gegen Sand an der Küste haben wir allerdings auch noch kein Mittel gefunden. Da sollten Sie vielleicht mal mit der Kurverwaltung sprechen.«

»Wie sehen denn Ihre Preise aus? Ich erwarte schon ein

preisliches Entgegenkommen, wenn wir – sagen wir mal – einen ganzen Tag mieten.«

Jetzt wäre Katja doch fast das Lächeln abhandengekommen. Ihr Lieblingskäsehändler auf dem Wochenmarkt in Köln pflegte immer zu sagen: Wenn du Rabatt willst, gib mir zwei Minuten, um den Preis zu erhöhen.

»Sie haben Glück«, erwiderte sie, »wir haben unseren Standardkorb zurzeit für sechs Euro fünfzig den halben Tag und für elf Euro, wenn Sie sich entscheiden sollten, einen ganzen Tag den Korb zu nutzen.«

»Zwei Euro Rabatt? Ist das alles, was Sie anzubieten haben?«, fragte Deutdorf junior. Wahrscheinlich wollte er seinem Papi mal zeigen, dass er es auch drauf hatte.

»Doch, da wäre noch unser Premiumservice.«

»Ah, na, dann lassen Sie mal hören.« Der Großvater verzog abschätzig das Gesicht.

Katja überlegte fieberhaft. Das Wort Premiumservice war ihr nur so rausgerutscht. »Nun … ähm, … ja, damit meinen wir die Tagesmiete des Strandkorbs, natürlich zu dem günstigen Tagespreis, sowie für jeden Erwachsenen zwei Mal am Tag und zwar gegen elf und um fünfzehn Uhr friesische Teezeit direkt am Strandkorb. Für die Jüngsten gibt es am Nachmittag außerdem ein Eis.« Je länger sie redete, umso sicherer wurde Katja. »Billig ist der Premiumservice natürlich nicht, das ist eher etwas für anspruchsvolle Gäste.«

Sie konnte selbst von der Veranda aus sehen, wie sich die Deutdorfs in die Brust warfen. »Lassen Sie hören.«

»Fünfunddreißig Euro für alles, inklusive Miete.« Katja sagte das so gelassen, wie sie konnte. Insgeheim rechnete sie damit, dass die beiden Männer das unverschämte Angebot, für ein paar Becher Tee und ein Wassereis fast fünfundzwanzig Euro mehr zu bezahlen, weit von sich weisen würden. Aber es kam anders.

»Premiumservice, Papi.« Die beiden Männer wechselten

einen kurzen Blick, ein Nicken, da fühlten sich offenbar zwei bei der Ehre gepackt.

»Sehr gut, wir nehmen den Premiumservice«, verkündete der Großvater.

»Dann kommen Sie doch bitte herein, damit wir die Formalitäten erledigen können«, sagte Katja und gab den Weg ins Blockhaus frei.

***

»Du hast *was?*«

»Ich habe den Strandkorb für fünfunddreißig Euro am Tag vermietet, zwei mal vier Becher Tee vorbeigebracht und beim Bäcker ein Wassereis gekauft, um es dem Kleinen zu geben. Alles in Ordnung, Jette?«

Jette ließ den Kopf zurück aufs Kissen sinken. »Ich fass es nicht. Wenn sich das herumspricht.«

»Ich denke, man könnte das Angebot noch ausbauen. Natürlich nur, wenn du einverstanden bist.«

Jette schüttelte ungläubig den Kopf. »Verrückt, das ist absolut verrückt.«

Katja hatte den Strandkorbverleih direkt nach dem Servieren des Tees geschlossen, die Deutdorfs gefragt, ob sie auch am nächsten Tag den Strandkorb mit Premiumservice in Anspruch nehmen wollten. Tatsächlich hatten die Deutdorfs zugesagt – damit hatte Katja am wenigsten gerechnet.

Zufrieden mit ihrem ersten Tag als Strandkorbverleiherin war sie mit der Fähre nach Bensersiel und dann weiter mit Bus und Bahn ins Krankenhaus nach Wittmund gefahren. Jette hatte darauf bestanden, dass Katja ihr als Erstes alle Neuigkeiten von der Insel berichten sollte, also hatte sie in den letzten zehn Minuten vom zurückliegenden Tag berichtet.

»Aber erzähl doch mal. Was sagen die Ärzte, wie soll es weitergehen?«, fragte Katja.

Jette lächelte schief. »Sie haben mir Schmerzmittel gegeben, und solange ich hier liege, ist alles erträglich. Wenn alles gut geht, werde ich morgen Mittag operiert. Und in drei, vier Tagen entlassen.«

»Ich könnte dir Wäsche bringen.«

»Ach, Katja, das ist so furchtbar nett von dir. Ich weiß gar nicht, was aus mir geworden wäre, wenn du dich nicht so schnell um alles gekümmert hättest. Und dann hast du auch noch heute meinen Verleih geführt, und du kommst mich sogar noch besuchen.«

»Das alles ist doch eine Selbstverständlichkeit«, wiegelte Katja ab. »Schließlich bist du Mamas älteste Freundin.«

Sie sah ein paar Tränen in Jettes Augen schimmern, und ihr wurde bewusst, wie sehr die ältere Frau auf Hilfe und Unterstützung angewiesen war. Jockels düsteres Bild von Jettes Finanzen fiel ihr wieder ein.

»Was wirst du nach der OP machen?«

»Ich habe eine Freundin in Esens, Ernestine heißt sie, bei der werde ich bleiben. Zumindest für vier Wochen. In Esens haben sie einen guten Physiotherapeuten, ich kann aber unmöglich jeden Tag mit der Fähre hin und her fahren.« Jette lachte verbittert auf. »Ich kann mich ja nicht mal selber anziehen. Deshalb bin ich froh, dass Erni mir angeboten hat, mich in ihrem Gästezimmer aufzunehmen. Ich soll natürlich dann auch langsam mit dem Laufen anfangen, nur im Sand am Strand, davor habe ich höllischen Respekt. Ich dummes Huhn, warum musste ich auch versuchen, das lose Kabel am Solarpanel wieder reinzustecken … eine richtige Leiter hätte ich holen sollen.«

»Ja, das war leichtsinnig, aber es hätte dir noch mehr passieren können.«

»Also mir reicht es schon, herzlichen Dank.«

»Du weißt genau, wie ich das gemeint habe.«

Jette griff nach Katjas Hand. »Ja, du hast recht. Ich kann

dir gar nicht sagen, wie dankbar ich bin, dass du die Zeit geopfert hast, es ist doch schließlich dein Urlaub.«

Katja drückte Jettes Hand, sie hatte ausführlich nachgedacht und ihre Entscheidung abgewogen. »Also, wenn du einverstanden bist, würde ich in den kommenden vier Wochen deinen Verleih weiterführen.«

»Unmöglich, das kann ich nicht verlangen.«

»Tust du ja auch gar nicht, Jette. Das ist ganz allein meine Entscheidung. Sei doch vernünftig, oder willst du mitten in der Haupturlaubszeit alles schließen?«

Jette nickte betrübt. »Ich muss zugeben, dass die nächsten vier Wochen wirklich wichtig sind. Ich brauche die Einnahmen. Der April und Mai waren verregnet, da lief es nicht gut. Aber ich kann dir kein Gehalt zahlen.«

Katja lachte auf. »Das wäre ja noch schöner. Wenn das Mama erfahren würde, würde sie mir die Ohren lang ziehen. Behalt du dein Geld.«

Jette richtete sich im Bett auf und ihr Gesicht bekam einen entschlossenen Ausdruck. »Ich möchte, dass du für die vier Wochen wenigstens in mein Haus einziehst. Dort hast du es bequemer, und du musst nicht die Pension bezahlen, das ist das Mindeste, was ich dir anbieten kann.«

Katja sah, wie wichtig Jette dieser Vorschlag war, so konnte sie zumindest etwas zurückgeben.

»Ich weiß zwar nicht, was die in der Pension sagen werden, aber abgemacht«, erwiderte Katja.

»Pff, da mach dir mal keine Sorgen. Die Chefin der Pension Dünenglück, Ingrid Klaasen, kenne ich gut. Die kriegt das Zimmer innerhalb eines Tages wieder vermietet, und dann wahrscheinlich noch zu einem höheren Preis, als ich für deine Mama ausgehandelt hatte.« Jette griff nach ihrem Schlüsselbund, den Katja auf dem Nachtschränkchen abgelegt hatte, und nestelte drei Schlüssel ab.

»Hier, Kind, das ist der Hausschlüssel, der Schlüssel zum

Gartenschuppen und der Briefkastenschlüssel. Den Schlüssel für die Blockhütte hast du ja noch.«

Katja nickte.

»Gut, dann erklär ich dir jetzt den Weg. Wenn du von der Blockhütte den Dünenweg zurück nach Rubbenhoog gehst und vor der Bäckerei links in den Brombeerweg abbiegst, gehst du einfach bis zum Ende des Weges. In dem weißen Haus mit den hellblauen Fensterrahmen und den Stockrosen an der Hauswand, da wohne ich. Mein Schlafzimmer ist das mit dem Doppelbett. Für dich gibt es im ersten Stock ein großes Gästezimmer. Da kannst du dich einrichten, und ansonsten fühl dich in meinem Haus einfach wie zu Hause. Du kannst alles benutzen, die Küche, die Waschmaschine, das Wohnzimmer, den Garten, meine Bücher, alles. Mach's dir gemütlich.«

»Das werde ich tun. Ich kümmere mich um alles, und ich halte dich auf dem Laufenden. Übermorgen komme ich wieder und schau nach dir. Und nach Esens zu deiner Freundin kann ich dich auch begleiten.«

»Das wird nicht nötig sein. Erni hat einen großen Kombi, und sie will mich abholen. Ich weiß gar nicht, wie ich dir danken soll, Katja.«

»Ich mache das wirklich gern, das musst du mir glauben. Hier, ich habe dir noch meine Mobilnummer aufgeschrieben. Überleg, was ich dir übermorgen mitbringen soll, dann packe ich alles ein. Du musst ja in den nächsten vier Wochen etwas zum Anziehen haben.«

»Ja, das werde ich tun. Ich habe ja Zeit zum Nachdenken. Ich ruf dich an. Und – Katja?«

»Ja, Jette?«

»Versprich mir, dass du es mit deinen Premiumangeboten nicht übertreibst.«

»Natürlich, Jette, natürlich.«

Das Haus am Brombeerweg

Die Chefin der Pension Dünenglück, Ingrid Klaasen, zeigte sich überraschend hilfsbereit, als Katja abends nach ihrer Rückkehr auf die Insel darum bat, vorzeitig ausziehen zu dürfen.

»Normalerweise erheben wir ja Stornogebühren bei vorzeitigem Auszug, Frau Hollenhorst. Aber ich habe schon gehört, dass Sie Jette helfen. Außerdem habe ich heute Mittag eine Anfrage nach einem Einzelzimmer reinbekommen. Sie könnten also morgen ausziehen, und ich würde Ihnen die bezahlte Zimmermiete komplett erstatten. Schließlich geht es hier um Jette.«

»Das ist sehr freundlich von Ihnen. Das Angebot nehme ich gerne an.«

»Wenn Sie wollen, können Sie morgen früh – Sie sind ja immer zeitig auf den Beinen – Ihr Gepäck hier unten abstellen und später, wenn Sie vom Strand kommen, holen Sie es sich einfach ab. Das Finanzielle regeln wir dann morgen Abend, einverstanden?«

»So machen wir das, Frau Klaasen. Das ist sehr freundlich von Ihnen.«

»Fein, und jetzt entschuldigen Sie mich bitte, ich habe noch viel zu tun.«

Ingrid Klaasen verschwand in der Küche und Katja überlegte, was sie jetzt tun sollte. Ihren Koffer konnte sie in einer Viertelstunde packen, dazu war später immer noch Zeit. Es war gerade mal halb acht, der ganze Abend lag noch vor ihr. In ihrer Hosentasche fühlte sie die Schlüssel zu Jettes Haus. Ich könnte hingehen und es mir ansehen, überlegte sie, sozusagen einen Abendspaziergang mit einem besonderen Ziel machen. Außerdem knurrte ihr der Magen. Ich kaufe mir ein Fischbrötchen, beschloss sie, und dann gehe ich in aller Ruhe zu Jettes Haus.

Aus dem Fischbrötchen wurde nichts, denn als sie an der Fischbude angekommen war, sah Katja, dass es als Tagesgericht Backfisch und hausgemachten Kartoffelsalat gab. Allein bei dem Gedanken daran lief ihr das Wasser im Mund zusammen. Zehn Minuten später saß sie auf der Holzbank vor der Bäckerei und pustete auf ihren Backfisch. Vorsichtig biss sie hinein. Der knusprige Backteig gab sofort nach, darunter war das feine weiße Fischfilet. Es war genau richtig gegart, saftig und innen noch ganz heiß. Auf den nächsten Happen streute sie sich ein paar Körnchen von dem Meersalz, das sie in einer kleinen Tüte dazubekommen hatte. Mhmmm! Der Fisch schmeckt auf Langeoog so viel besser als in Köln, dachte sie, bestimmt, weil er frisch zubereitet wird und nicht aus der Tiefkühlung kommt. Und auch der Kartoffelsalat schmeckte himmlisch. In der nächsten Viertelstunde konzentrierte sich Katja ganz auf ihr Essen.

Danach machte sie sich satt und zufrieden auf den Weg, um Jettes Haus zu suchen.

***

Hätte man Katja in den Weg an der Bäckerei geführt und ihr die Aufgabe »Suche Jette Klöntmanns Haus« gestellt – sie hätte es sofort entdeckt. Auch ohne Jettes Beschreibung hätte Katja auf genau dieses eine Haus getippt, denn es war wie Jette selbst: anders als die anderen. Es tanzte aus der Reihe, war unkonventionell und originell. Im Brombeerweg, so hieß die kleine ungepflasterte Straße neben der Bäckerei, standen nur fünf Häuser. Vier davon gleich zu Beginn des Wegs, und alle vier waren im, wie Katja es für sich nannte, modernen Langeooger Stil gebaut. Schlichte Einfamilienhäuser aus unverputzten roten Backsteinen. An den Giebeln befanden sich weiße Holzblenden, und zwei Häuser besaßen darüber hinaus sogar noch geschnitzte Holzspitzen an den Giebelverkleidungen. Alles hübsch anzusehen, keine Frage.

Jettes Haus dagegen lag am Ende des Wegs, nach hinten versetzt, fast schon an der rückwärtigen Grenze des Gartens. Das Grundstück war von einer dichten, schulterhohen Hecke als Windschutz umgeben. Mit einem leisen Quietschen schwang das weiße hölzerne Gartentor auf. Dahinter schlängelte sich ein schmaler Weg durch den Garten. Der Wegbelag aus hellen, etwa faustgroßen Findlingen war zwar etwas holprig, dafür bot er aber Abwechslung fürs Auge. Linker Hand wuchsen mehrere knorrige Obstbäume, rechts vom Weg gab es drei rechteckige Gemüsebeete. Spezielle Blumenbeete konnte Katja nicht entdecken, die bunten Sommerblumen schienen ganz zufällig im Garten hingetupft zu sein. So wie es sich gerade ergeben hatte, teils zwischen den Salatköpfen, einige unter den Stachelbeersträuchern, und einige leuchtend orangene Blüten prangten sogar mitten auf der sauber gemähten Wiese. Wenigstens diese erkannte Katja, es waren Ringelblumen. Das Haus selbst war ziemlich untypisch für die Insel, genauso gut hätte es auch in Nordjütland stehen können. Es war niedrig, weiß verputzt, hatte ein Reetdach und hellblaue Fensterrahmen und Fensterläden. Dicht an der Hausmauer blühten Stockrosen und eine ebenfalls hellblau gestrichene Friesenbank lud zum Ausruhen ein.

Während Katja auf die mit Schnitzerei verzierte Haustür zuging, war sie ganz verzaubert. Dieses Häuschen ist ein Traum, dachte sie. So würde ich auch gerne wohnen. Der große Garten, die Obstbäume, das Haus – unwillkürlich zog Katja einen Vergleich mit ihrer und Bennes Loftwohnung in Köln. Die war auch ungewöhnlich, gleichzeitig aber auch ein bisschen protzig. Benne nannte das lieber repräsentativ. Sie war in den letzten Jahren zu der Überzeugung gelangt, dass ihr der am Industrial Design orientierte Wohnstil in seiner kalten Schlichtheit gefiel.

Aber jetzt – in diesem einen Moment, wo das Abendlicht auf der rauen weißen Hauswand leuchtete, die Stockrosen im Licht zu schimmern schienen – wurde ihr schmerzlich bewusst, dass sie sich die ganze Zeit etwas vorgemacht hatte. Wenn sie überhaupt einen eigenen Stil hatte, und daran zweifelte sie in diesem Augenblick der Unsicherheit, dann war es dieser hier. Skandinavisch, warm, irgendwie heimelig und behütet. Diese Erkenntnis machte ihr keine Freude, im Gegenteil, und Katja nahm sich vor, später darüber nachzudenken. Vielleicht kann ich in unserer Wohnung behutsam ein paar Dinge ändern, grundsätzlich ist Benne ja durchaus offen für Neues.

Katja atmete einmal tief durch, trat auf die breite steinerne Stufe vor der Haustür und schloss auf.

Sie durchquerte einen kleinen Flur mit einer übervollen Garderobe. Von diesem Flur kam man direkt in einen großen Raum, der Jette offenbar als Wohnzimmer, Esszimmer und Büro diente. An den Wänden hingen etliche gerahmte Schwarz-Weiß-Fotos und mehrere große Ölgemälde, die Segelschiffe und Strandlandschaften zeigten. Der Boden des Raums war mit altem Holzparkett belegt, das an einigen Stellen schon Flecken und Risse aufwies, aber Katja hätte sich für diesen Raum keinen anderen Bodenbelag vorstellen können. Mehrere Orientteppiche – vor allem in der Nähe des schwedischen Kaminofens und der alten Ohrensessel – sorgten für Farbe auf dem Boden. Die Einrichtung des Raums war wild zusammengewürfelt. Jette musste dafür ganze Flohmärkte geplündert haben. So standen allein um den Esstisch, der mit hellblauen holländischen Kacheln belegt war, sechs völlig unterschiedliche Essstühle. Alle waren allerdings in einem gebrochenen matten Weiß lackiert, sodass sie trotz allem zusammenpassten. Auf dem Tisch türmten sich geöffnete Briefe und Zeitungen. Die Fächer der weiß gestrichenen Regale bogen sich unter der Last der vielen Bücher. Die Wände des Raums waren mit einem weißen Rauputz versehen, der an einigen Stellen schon reichlich abgenutzt aussah. Durch die Sprossenfenster fiel die Abendsonne, und im Licht tanzten Staubflocken. Der Raum war chaotisch, aber Katja hätte am liebsten sofort den Ofen angezündet und sich mit einem Buch in einen der gemütlichen abgewetzten Ohrensessel gesetzt.

Das kann ich morgen Abend tun, dachte sie, schließlich werde ich hier vier Wochen lang wohnen. Der Gedanke versetzte sie in Hochstimmung.

An den Wohnraum schloss sich eine kleine Küche an, die war aus einem Guss, ein bisschen alt, ein bisschen angeschlagen, aber wie Katja auf den ersten Blick sehen konnte, schien alles sehr funktional eingerichtet zu sein, es gab sogar eine Mikrowelle.

An einer Seite des Wohnraums führte eine Holztreppe mit honiggelben Eichenstufen und einem weiß gestrichenen Geländer in die obere Etage. Katja warf einen kurzen Blick in das erste Zimmer. Kleidungsstücke auf einem Korbstuhl, Schmuck, Fotos und Parfüm-Flakons auf der Kommode – ganz offenbar war das Jettes Schlafzimmer. Hinter der Tür gegenüber lag ein geräumiges Badezimmer mit einer sehr großen alten Badewanne, die auf Löwentatzen mitten im Raum stand. Eine Tür weiter ein Abstellraum, und die letzte Tür führte ins Gästezimmer. Auch hier lagen Teppiche auf dem alten Holzboden. Eine Holzkommode mit Granitplatte und ein großer Kiefernschrank mit einem ovalen Spiegel auf der Tür bildeten die Einrichtung. Dominiert wurde das Zimmer aber von einem weiß lackierten großen Himmelbett. Die gedrechselten Ständer trugen einen hellblauen Stoffhimmel mit weißer Spitzenbordüre. Katja stieß einen kleinen Freudenschrei aus, lief zum Bett und ließ sich rückwärts auf die Matratze fallen, die kurz unter ihr nachfederte. Herrlich – ein Bett in der richtigen Länge! Der Stoffhimmel sah aus, als würde sie in den Sommerhimmel am Meer schauen. Katja schloss die Augen und seufzte glücklich. Ich kann es gar nicht erwarten, hier morgen einzuziehen, dachte sie.

Ich hab was gegen Zugluft

Zufrieden saß Katja auf ihrem Lieblingsplatz, einem Stuhl auf der Veranda des Blockhauses. Exklusiver Ausblick, direkter Zugang zum Teekocher, Windschutz … nicht schlecht, dachte sie. Sie hatte den Moselkrimi schon fast durch. Der Vormittag war entspannt verlaufen, sie hatte für drei Strandkörbe neue Verträge abgeschlossen. Das war auf der einen Seite erfreulich. Aber auf der anderen Seite war ihr dabei bewusst geworden, wie anfällig Jettes Geschäftsmodell war. Andere Anbieter waren längst dazu übergegangen, in der Hochsaison den größten Teil ihrer Strandkörbe nur wochenweise zu vermieten. Nicht so Jette, die hatte Katja schon bei ihrem ersten Zusammentreffen erklärt, dass sie lieber den Tagesgästen eine Chance geben wollte. Die Sache hatte bloß einen Haken: Keine knallige Sonne, eine miese Wettervorhersage für den Tag oder auch nur die Andeutung von Regenwolken … und das Strandkorbgeschäft ebbte ab. Katja nahm einen Notizblock und begann zu rechnen. War ja keine große Sache. Ging man von durchschnittlich zehn Euro pro Korb und Tag aus, multiplizierte das Ganze mit dreißig Tagen und insgesamt sechs Monaten, hatte man schnell die Summe, die Jette maximal jedes Jahr einnehmen konnte. Davon gingen dann noch Steuern, Beiträge für Krankenversicherung, Altersvorsorge und andere feste Ausgaben ab. Gut, ich bin keine gelernte Betriebswirtin, dachte Katja, aber selbst ich sehe, dass Jockel recht hat, wenn er sagt, dass Jette die Sommereinnahmen dringend benötigt.

Sie grübelte eine Weile. Was konnte sie tun, um Jette zu helfen? Wenn der April und der Mai dieses Jahr verregnet gewesen waren, lag es auf der Hand, dass sie die verlorenen Einnahmen jetzt nachholen musste. Nachdenklich kritzelte Katja auf dem Block herum. Wenn es um neue Ideen für den Unterricht ging, macht sie es genauso – sie nannte das insgeheim Brainstorming mit sich selbst. Sie schrieb einfach alles auf, was ihr in den Sinn kam. Nachdenken, ob die Ideen Hand und Fuß hatten, konnte sie später. Nach wenigen Minuten standen auf dem Block die ersten Stichwörter: Mehr Strandkörbe – mehr Einnahmen, zusätzliche Angebote schaffen, Preise erhöhen, Strandkörbe wetterfest machen.

Zugegeben, manches davon war Quatsch, das war ihr sofort klar. Niemand würde sich auf Jettes Strandkorbvermietung einlassen, wenn hier andere Preise als auf dem Rest der Insel genommen würden. Katja knabberte nachdenklich an der Unterlippe. Hätte Jette mehr Körbe, hätte sie auch höhere Einnahmen, aber das war kurzfristig nicht umsetzbar. Wenn man es genau nahm, blieben von ihrem Brainstorming eigentlich nur zwei brauchbare Punkte übrig. Katja machte ein großes Ausrufezeichen hinter den Stichworten »zusätzliche Angebote schaffen« und »Strandkörbe wetterfest machen«. So wie sie spontan bei der Familie Deutdorf den Premiumservice eingeführt hatte, musste sie auch überlegen, ob es nicht noch weitere Ansatzpunkte gab.

»Entschuldigen Sie, junge Dame, sind Sie für die Vermietung der Körbe verantwortlich?«

Überrascht schaute Katja hoch. Sie war so in Gedanken versunken gewesen, dass sie die Ankunft der neuen Kundinnen gar nicht mitbekommen hatte. Ein bisschen peinlich war ihr das schon. »Ja, natürlich, wie kann ich Ihnen helfen?«

Drei Frauen, Katja schätzte, dass alle um die siebzig Jahre alt waren, betraten die Veranda. »Wir sind erst gestern angekommen, und eigentlich würden wir gerne einen Strandkorb mieten. Das heißt, einer wird wohl für uns drei nicht ausreichen. Vielleicht nehmen wir noch einen zweiten dazu. Aber wir sind noch ein bisschen unsicher. Wissen Sie, heute ist ja recht angenehmes Wetter, aber wenn die Sonne mal weg ist … Ich vertrage die Zugluft nicht gut.«

Die Wortführerin war mittelgroß, nicht sonderlich schlank und hatte ein nettes, offenes Lächeln. Die grauen Haare trug sie kurz geschnitten, wobei der stufige Haarschnitt durch einige blonde Strähnchen aufgepeppt wurde. Ihre Begleiterinnen brachten ein paar Pfunde mehr auf die Waage, besaßen aber ähnliche Frisuren.

Drei zum Preis von einer, Mengenrabatt, wenn alle die gleiche Frisur nehmen – ob es das bei Frisören gibt?, fragte sich Katja für einen winzigen Augenblick. Laut sagte sie: »Grundsätzlich ist ein Strandkorb ja nicht nur als Sonnenschutz optimal, sondern auch, um nicht direkt im Seewind zu sitzen«, erklärte Katja. »Innen ist jeder Strandkorb mit Stoff ausgekleidet, sodass Sie rundherum geschützt sind. Sie werden sehen, das ist sehr behaglich, auch wenn es mal etwas kühler wird.«

»Siehst du, Käthe, das sag ich die ganze Zeit, aber auf mich willst du ja nicht hören«, sagte eine der Begleiterinnen.

»Ich vermute mal, die junge Frau hier ist vom Fach. Was weißt du denn schon von Strandkörben, Gitte. Doch genauso viel wie ein Dackel vom Schachspielen«, gab die Wortführerin zurück. Dabei klang sie immer noch ausgesprochen liebenswert, und besagte Gitte schien den Tadel auch nicht übel zu nehmen.

»Ich denke, wir nehmen mal zwei, nur so zum Ausprobieren.«

»Kann ich Ihnen nur empfehlen, und wenn Sie feststellen, dass Ihnen das gar nicht gefällt, dann melden Sie sich einfach wieder bei mir.«

»Da nehmen wir Sie beim Wort, junge Dame. Ach, noch eine Frage: Hätten Sie vielleicht auch Decken, die wir mitmieten könnten?«

Katja wollte gerade den Kopf schütteln, besann sich aber in letzter Sekunde eines Besseren. »Wissen Sie was, ich besorg Ihnen welche.«

Käthe winkte ab. »Sie müssen sich da keine Umstände machen.«

»Würden Sie die Decken wirklich mieten wollen?«

»Ja schon, habe ich ja gerade gesagt.«

»Dann ist es ausgemacht. Ich besorge Ihnen drei Decken zu einem Tagespreis von … ähm … drei Euro pro Decke und Tag.«

Die drei Frauen wechselten kurze Seitenblicke. Wenn es sie überraschte, was Katja da gerade aus dem Hut gezaubert hatte, ließen sie es sich jedenfalls nicht anmerken.

»Gut, wir machen das«, erklärte Käthe.

Die Formalitäten waren rasch erledigt, und während Katja den »Golden Girls«, wie sie die drei Frauen im Stillen getauft hatte, hinterherschaute, plante sie ihre nächsten Schritte. Blockhaus abschließen, Zettel mit Hinweis auf Mittagspause an die Tür kleben, Rad holen, in den Hauptort fahren. Bestimmt würde sie dort fündig werden. In der Fußgängerzone gab es mindestens zwei Textilgeschäfte, so viel hatte sie schon gesehen. Voller Tatendrang beeilte sich Katja, ihren Plan in die Tat umzusetzen. Drei Fleecedecken am Tag vermietet, das war fast der Wert eines weiteren Strandkorbs. Sie nahm sich vor, heute Abend noch intensiver über das Thema »Neue Angebote« nachzudenken.

Doppelt und dreifach

»Und was hast du dann gemacht?« Birte trank einen großen Schluck von ihrem Guinness und schaute Katja erwartungsvoll über den Glasrand hinweg an.

»Ich habe für nicht mal fünf Euro pro Stück einen großen Stapel wunderschöne dunkelblaue Fleecedecken mit einem Muster aus kleinen weißen Ankern gekauft. Und sechs davon habe ich bereits heute vermietet, direkt am ersten Tag. Ich habe mir vorgenommen, Jette zusätzliche Einnahmen zu verschaffen. Ich denke, das mit den Decken ist ein guter Anfang. Ich brauche aber noch weitere Ideen, denn ich kann ja nicht den Tagespreis für einen Strandkorb höher setzen oder noch mehr Strandkörbe anschaffen.«

Katja hatte am Nachmittag eine kurze Nachricht an Birte geschickt und sich mit ihr im Pub verabredet. Die beiden Frauen saßen draußen in der Abendsonne, und Katja hatte in der letzten halben Stunde Birte von ihrem Tag als Strandkorbverleiherin erzählt.

»Mal nachdenken, die Idee mit den neuen Angeboten ist auf jeden Fall sehr vielversprechend«, lobte Birte. »Ich verstehe gar nicht, warum Jette noch nicht selbst darauf gekommen ist.«

»Ich bin ja auch nur zufällig darauf gestoßen. Diese schreckliche Familie mit den beiden Besserwissern, bei denen war mir klar, dass alles, was mit dem Wort Premium beginnt, begeistert angenommen wird. Und die Golden Girls, also diese drei älteren Damen, die haben mich ja konkret gefragt.«

»Aber eine Frage gestellt zu bekommen und dann auch

gleich die Lösung zu finden und umzusetzen – dazu gehört auch etwas.«

»Herzlichen Dank. Und jetzt erwarte ich weitere Ideen.«

»Schon klar, ich denk ja bereits nach.« Birte, die von ihrem Platz die Fußgängerzone überblicken konnte, nickte plötzlich in Richtung Wasserturm. »Schau an, meine kleine Schwester. Ganz allein, das heißt, Dominik kümmert sich um die Kinder und sie hat Zeit. Hast du was dagegen, wenn ich Annika an unseren Tisch bitte?«

»Überhaupt nicht! Eine doppelte Ausgabe von dir, da erwarte ich auch doppelt so gute Ideen. Doppelt und dreifach, wenn man das mitrechnet, was mir noch einfällt.«

Birte verdrehte kurz die Augen – lustige Sprüche über Zwillingsschwestern hatte sie in ihrem Leben wahrscheinlich schon mehr als genug gehört – und hob dann die Hand, um ihre Schwester an den Tisch zu winken.

»Guten Abend, ihr beiden. Störe ich?«

»Gar nicht, setz dich, Schwesterherz. Katja hat mir gerade erzählt, dass sie den Strandkorbverleih weiterführt, während Jette krank ist, und nicht nur das, sie hat sich auch vorgenommen, mehr Umsatz zu machen.«

»Wie das denn? Mehr Strandkörbe aufstellen ist ja wohl nicht möglich?«

»Nee, natürlich nicht«, versicherte Katja. »Ich habe aber schon ein paar coole Ideen, wie man das machen könnte.«

»Du kommst gerade rechtzeitig, denn sie hat mich gefragt, ob ich noch weitere Ideen hätte«, ergänzte Birte.

»Na, da geh ich mal besser rein, hole mir was zu trinken, und dann schauen wir, was uns gemeinsam einfällt.«

Diesmal trug Annika eine weite Latzhose über einem weißen ärmellosen Top und weiße Stoffschuhe. Die beiden sprechen sich mit der Kleidung nicht immer ab, dachte Katja, als sie Annika hinterhersah. So kann ich sie wenigstens heute auseinanderhalten. Aber hätte Birte nicht einen Minirock und ein hellblaues T-Shirt getragen, wäre der Verwechslungsgefahr wieder Tor und Tür geöffnet gewesen. Sobald die beiden Schwestern zusammen am Tisch saßen und sich Katja nur noch auf die Gesichter konzentrierte, fiel es ihr schon nach wenigen Sekunden wieder schwer zu sagen, wer von beiden wer war.

»Dann erzähl doch mal. Du willst also für Jette mehr Geld verdienen, wie willst du das denn anstellen? Woran hast du konkret gedacht?«, fragte Annika neugierig.

»Ein paar Sachen habe ich schon ausprobiert. Da gibt es zum Beispiel eine Familie, der serviere ich zweimal am Tag Tee am Strandkorb, und der kleine Sohn bekommt immer nachmittags ein Wassereis. Heute waren drei Damen da, die nach Decken gefragt haben, also habe ich Fleecedecken besorgt, die ich jetzt für drei Euro am Tag mit vermiete. Zehn Decken habe ich insgesamt, sechs davon sind schon für die ganze Woche vorbestellt. Mir ist klar geworden, dass das Wetter beim Strandkorbgeschäft eine wichtige Rolle spielt. Den drei Damen war zum Beispiel der Seewind zu kühl. Also, meine Gedanken gehen in Richtung extra Leistungen, für die die Leute gerne ein paar Euro ausgeben, weil es ihren Urlaub schöner macht. Viele schauen im Urlaub gar nicht so genau aufs Geld. Sie wollen es einfach nur schön haben.«

»Ah, verstehe. Es gibt Strände, da werden Schlafstrandkörbe vermietet«, sagte Annika.

»Übernachtung am Strand, Strandkorb bei Sternenhimmel, das spricht viele an, aber mit Jettes Körben wird das nicht funktionieren. Dafür brauchst du Strandkörbe, die ganz anders gebaut sind.«

»Nee, stimmt, das wird nichts. Lass uns noch mal bei dem Wetter ansetzen. Katja hat recht. In einem Strandkorb kann man zwar mal einen kleinen Nieselregen überstehen, aber wenn dann das ganze Polster nass ist, will man sich auch nicht wieder reinsetzen.«

Fasziniert beobachtete Katja die Schwestern, wie sie im Gespräch die Sätze hin und her warfen, wie die eine sofort wusste, was die andere meinte.

»Wie sieht es eigentlich mit Strandkorbhüllen aus?« Birte schaute ihre Schwester fragend an und erklärte Katja: »Annika hat ganz gute Kontakte zur Kurverwaltung, vielleicht kann man dort einige von den Schutzhüllen ausleihen, die sonst für die Einlagerung im Winter verwendet werden.«

»Ich könnte zumindest mal nachfragen«, bestätigte Annika. »Es könnte gut sein, dass wir welche bekommen.« Zu Katja gewandt, erklärte sie: »Diese Hüllen werden über den Strandkorb gezogen. Rechts und links sind zwei Reißverschlüsse, sodass man den vorderen Teil hochrollen kann. Wir müssen nur noch sehen, ob man das Ganze irgendwie gegen Wind sichern kann. Damit wäre dann das Thema Nieselregen schon mal abgehakt. Katja, du hast doch gerade gesagt, dass du einer Familie Tee an den Strandkorb gebracht hast. Könntest du dir auch vorstellen, einen Salat oder einen Mittagsimbiss zu servieren? Man könnte das ja beim Rubbenhoog-Imbiss besorgen, und du würdest lediglich einen gewissen Aufpreis für deine Arbeit zusätzlich berechnen. Du wärst sozusagen der Essenskurier.«

»O ja, und das Ganze nennen wir dann Vollpension im Strandkorb.«

Katja holte aus ihrer Umhängetasche ihren Notizblock und einen Stift heraus und kritzelte eifrig. »Ich finde eure Ideen super. Wenn du Regenhüllen organisieren kannst, wäre das klasse, Annika. Und die Idee mit dem Mittagsimbiss werde ich gleich morgen ausprobieren. Ich sage einfach, das ist eine Sonderaktion, gibt's nur diese Woche.«

»Ich habe auch noch eine Idee«, sagte Birte. »Vor ein paar Jahren bin ich mal mit einer dänischen Fähre unterwegs gewesen, da gab es unter anderem einen Ruheraum an Bord. Vielleicht könnte man ja ein Areal ein paar Strandkörben als

Ruhezone definieren, und an anderen Stellen wären ausdrücklich Aktivitäten und Sport erwünscht.«

»Klasse! Die Leute werden vielleicht nicht mehr zahlen, nur weil ihr Korb in der Ruhezone steht, aber wenn sich das herumspricht, dann entscheiden sich vielleicht mehr Kunden für einen Strandkorb bei Katja. Dominik hat im Keller noch ein paar Pfosten stehen, daraus könnte man die Hinweistafeln für die jeweiligen Zonen basteln«, sagte Annika. »Ich könnte die gleich morgen früh mit dem Lastenrad vorbeibringen, sobald ich die Jungs in die Kita gebracht habe.«

Katja schrieb weitere Stichworte auf ihren Block. Die Vorschläge der beiden Schwestern hatten Hand und Fuß. Alles ließ sich ohne großen Aufwand umsetzen, und wenn die Angebote nicht angenommen wurden, hätte sie auch nicht viel verloren, außer ein bisschen Zeit, um einige Schilder zu malen und aufzustellen.

Sie ließ den Stift sinken und schaute wieder hoch. »Was machen die Leute eigentlich den ganzen Tag am Strand?«

»Du meinst, wenn sie nicht rumliegen und sich einen Sonnenbrand holen? Sie spielen. Na klar, sie spielen Strandtennis, Frisbee, Boules, Fußball … Du, das könntest du auch alles vermieten, das ist eine Goldgrube.« Jetzt blitzten Birtes Augen vor Begeisterung. »Und wenn sie keine Spiele machen, lesen die meisten.«

»Ha!«, unterbrach Katja, »dann geben wir ihnen doch etwas zu lesen! Jette hat in ihrem Haus unglaublich viele Bücher. Meint ihr, ich dürfte ein paar davon am Strand zum Ausleihen anbieten?«

»Auf keinen Fall!« Annika verschluckte sich an ihrem Bier und hustete. »Wenn du das machst, bringt Jette dich um.«

Verständnislos blinzelte Katja in ihre Richtung. Bis jetzt waren sie sich doch in allen Punkten einig gewesen.

Annika beeilte sich zu erklären: »Das geht nur mit Büchern, die man nicht mehr braucht. Die Seiten sind nachher hinten am Buchrücken voll Sand, der nicht mehr rausgeht. Ist dir das noch nicht aufgefallen? Es müssten also nicht mehr benötigte Bücher sein, auf keinen Fall private.«

»Du musst dich gar nicht an Jettes Büchern vergreifen. Ich habe für einen Schulbasar mehrere Kisten mit Büchern gesammelt«, bot Birte an. »Viele Bestseller vom letzten Jahr sind drei- oder viermal dabei. Die Bücher stehen bei mir im Keller, wenn du magst, bringe ich dir morgen Nachmittag ein paar Taschen vorbei.«

»Ihr seid beide klasse.« Das meinte Katja genau so, wie sie es sagte. Sie fühlte sich pudelwohl in der Gegenwart der Zwillingsschwestern. Obwohl sie sich doch erst seit ein paar Tagen kannten, war da eine Vertrautheit und Sympathie, wie man sie sonst nur unter langjährigen Freudinnen empfand. Wären wir Kinder, wäre das ganz normal, dachte Katja. Wie oft hatte sie erlebt, dass in einer Klasse zwei Mädchen quasi während der großen Pause allerbeste Freundinnen wurden.

»Woran denkst du, Katja?«, fragte Annika. »Hast du noch mehr Ideen? Immer raus damit. Wenn unsere Vorschläge ankommen, wird Jette garantiert zusätzliche Strandkörbe anschaffen müssen.«

»Ich habe nur darüber nachgedacht, dass ich sehr froh bin, euch zwei kennengelernt zu haben«, gab Katja zu.

Birte zwinkerte ihrer Schwester zu. »Weißt du was? Das geht uns ganz genauso.«

Ausgebremst

Annika hielt Wort. Schon um kurz nach halb zehn, Katja hatte gerade alles aufgeschlossen und für den Tag vorbereitet, erschien sie vor der Blockhütte.

»Moin, Moin, Katja. Kannst Du wohl gerade mit anfassen? Ich habe mein Fahrrad oben am Weg stehen gelassen.«

»Moin, Annika, klar, warte, ich schließe nur schnell ab.«

Die beiden Frauen liefen über den Bohlenweg zum Fahrradstellplatz. Annika hatte ein Dreirad mit einer fast einen Meter langen Transportbox aus Buchenholz. Katja kannte solche Lastenräder, in Köln waren etliche davon auf der Straße unterwegs. In so einer Transportbox konnten zwei Kinder gut nebeneinander auf einer Bank sitzen. Jetzt ragten allerdings keine Jungenköpfe, sondern vier Holzpfähle aus der Box heraus.

»Und wo haben deine beiden Jungs gesessen?«, fragte Katja.

»Ach, die fanden das ganz spannend. Sie haben die Füße eingezogen und so getan, als müssten sie die Pfähle festhalten. Die beiden sind jetzt zwei Wochen zur Probe in der Kita. Nach den Sommerferien geht es dann richtig los.«

Annika löste einen Spanngurt und zog einen der Pfähle heraus. Erst jetzt sah Katja, dass am oberen Ende des Pfahls bereits ein Brett angeschraubt war, ungefähr in der Größe eines DIN-A3-Blatts.

»Dominik hat die Pfähle mal benutzt, um Hinweisschilder bei einem Radrennen aufzustellen. Ich denke, die kannst du einfach in den Sand schlagen.« Annika beugte sich über den Rand der Transportbox und holte einen schweren Vorschlaghammer heraus. »Hier, ich dachte mir, dir fehlt bestimmt das richtige Werkzeug, um die Pfähle einzuschlagen.«

»Mensch, klasse, da kann ich ja gleich anfangen. Gib her, ich trage zwei Pfähle und den Hammer.«

Gemeinsam trugen die Frauen die Holzpfähle zum Blockhaus. Annika lehnte sie an die Brüstung der Veranda. »So, ich mach mich wieder auf die Socken.« Sie schaute auf ihre Armbanduhr. »Ich muss in einer halben Stunde im Geschenkladen sein. Was ich übrigens ganz vergessen habe – Birte allerdings auch –, wir feiern nächste Woche Mittwoch unseren Dreißigsten. Und wir würden uns freuen, wenn du kommen würdest. Du bist hiermit von Birte und mir ganz herzlich eingeladen. Wir feiern bei Birte, die Anschrift schickt sie dir noch.«

»Danke für die Einladung, die nehme ich gerne an. Habt ihr beide einen besonderen Wunsch?«

»Nee, haben wir nicht. Wir haben uns was anderes überlegt. Da Birte an dem Tag vorher noch arbeiten muss und ich auch wenig Zeit habe, dachten wir, wir verzichten auf Geschenke und stattdessen bringt jeder was zu essen mit. Du musst dir aber keine Umstände machen. Vergiss nicht, du bist schließlich im Urlaub.«

»Quatsch, das geht schon. Ich wohne ja jetzt in Jettes Haus, da kann ich in der Küche ganz nach Belieben schalten und walten. Ich denke mir was aus.«

»Prima, dann gerne. Was Süßes zum Nachtisch vielleicht.«

»Aber warte mal, mir fällt gerade auf, wenn ihr an einem Mittwoch feiert ... ist das nicht blöd für Birte? Dann muss sie ja am nächsten Morgen ganz früh zur Schule.«

»Aber nein. Der Donnerstag ist doch der erste Ferientag in Niedersachsen. Da kann sie ausschlafen. So, ich muss jetzt los, viel Spaß noch und hoffentlich haben unsere Ideen Erfolg.«

Annika umarmte Katja zum Abschied und lief zurück zu ihrem Fahrrad. Bevor sie zwischen den Dünen verschwand, blieb sie noch kurz stehen, drehte sich um und winkte Katja zum Abschied zu. Katja winkte zurück.

Immer noch ein glückliches Lächeln im Gesicht, wandte sie sich ihrer nächsten Aufgabe zu und musterte die Holzpfähle. Schritt eins, mit einem dicken Filzschreiber Blätter beschriften, dann kann ich die Blätter in eine Klarsichthülle stecken und mit Heftzwecken festmachen. Schritt zwei, die richtigen Plätze markieren. Katja schaute sich um. Jettes Strandkörbe waren auf einer Fläche von gut zweihundert Quadratmetern verteilt. Da vorne an der Düne, da könnte ich die Ruhezone einrichten, überlegte sie. Familien, die mit Kindern am Strand sind, wollen bestimmt lieber nah am Wasser sein.

Voller Tatendrang machte sich Katja an die Arbeit. Das Einschlagen der Pfähle war leichter, als sie erwartet hatte, im weichen Sand verschwand die Holzspitze wie ein heißes Messer in der Butter. Die Schläge auf die Holzpfähle hallten weit über den Strand, aber nur wenige Köpfe drehten sich neugierig zu ihr um.

»Moin, ich fürchte, so geht das nicht.«

Die Stimme ließ Katja herumfahren. Vor ihr stand ein Mann, ungefähr in ihrem Alter, mit einer Aktentasche unter dem Arm.

»Moin, was meinen Sie? Was soll nicht gehen?«

»Sie können nicht einfach auf einem öffentlichen Strand ein paar Pfähle einschlagen und eigenständig neue Areale abgrenzen.«

Da war etwas in seiner Stimme, das sie ablenkte. Kaum konnte sie sich auf das konzentrieren, was er sagte. Es kam ihr so vor, als hätte sie seine Stimme irgendwo schon einmal gehört, aber sie war sich gleichzeitig vollkommen sicher, dass sie diesen Mann noch nie gesehen hatte. Trotzdem, dieser dunkle Bass, dieser Tonfall … Sie schüttelte den Gedanken ab. »Entschuldigung, könnten Sie das noch mal sagen?«

Geduldig und überdeutlich wiederholte der Unbekannte: »Sie dürfen auf dem öffentlichen Strand keine eigenen Areale abgrenzen. Das widerspricht dem Paragrafen 12b der allgemeinen Nutzungsverordnung für Strände.«

»Sagt wer?«

»Sagt die Kurverwaltung der Insel Langeoog, die zufällig auch die Aufsicht über die Strände und damit auch den Horndorfer Strand hat.«

Allgemeine Nutzungsverordnung für Strände, wie kleinkariert kann es denn noch werden, dachte Katja.

»Was wollen Sie jetzt tun? Mich anzeigen oder in Strandhaft nehmen?« Sie merkte selbst, wie aufsässig und schnippisch sie klang. Da hatte man einmal eine gute Idee, und schon kam da einer mit einer Nutzungsverordnung und maulte herum.

Den Mann schien Katjas Tonfall nicht zu stören, jedenfalls ließ er sich nichts anmerken.

»Ich habe die Regeln nicht gemacht. Hier, bitte schön.«

Der Mann zog aus der Aktentasche eine Broschüre und überreichte sie Katja, die sie zögernd entgegennahm.

»Die Verwaltung hat gehört, dass Sie Jette Klöntmanns Strandkorbvermietung vertretungsweise führen, und man bat mich, Ihnen die aktuelle Fassung der Nutzungsverordnung zu übergeben. Und hier sind noch die Bestimmungen für die Vermietung von Strandkörben und Sportgeräten, die Hygiene-Bestimmungen, die Gebührensatzung der Inselverwaltung und eine Willkommens-Broschüre für Kleinunternehmer.«

Weitere Broschüren wechselten den Besitzer. Mit dem Stapel in ihren Händen wuchs auch Katjas Ärger.

»Hören Sie, ich habe diese Pfähle doch nur eingeschlagen, um den Nutzern einen … ähm … Hinweis zu geben. Niemand muss sich an diesen Vorschlag halten und ich weiß, dass ich niemanden zwingen kann, in der Ruhezone nicht Ball zu spielen.«

»Klar, verstehe ich. Aber Sie können auch nicht einfach auf einer Gemeindewiese ein paar Parkplätze markieren, um den Nutzern den Vorschlag zu unterbreiten, doch genau da ihre Räder abzustellen.«

»Das ist ja wohl was ganz anderes.«

»Nö, nicht wirklich.«

Katja presste genervt die Lippen aufeinander und musterte den Mann von oben bis unten. Jeans, Turnschuhe, weißes Polohemd mit eingesticktem Langeoog-Logo. Sehr amtlich sah er nicht aus, aber das, was er sagte, schien er ernst zu meinen. In seinem schmalen Gesicht mit dem Dreitagebart fehlte jeder Hinweis von Ich-lass-Ihnen-das-mal-durchgehen. Da blitzte kein Verständnis auf, keine Idee, dass man gemeinsam über den Amtsschimmel lachen oder sich über die Verordnungen hinwegsetzen könnte, nicht mal der Anflug von einem Lächeln war zu entdecken.

»Also soll ich die Pfähle rausreißen?«

»Wäre eine Lösung. Also, hier ist meine Empfehlung: Pfähle wieder raus, bevor die Kollegen mit Strafzetteln kommen. Bauen Sie Sandburgen, das ist erlaubt.«

»Ich soll Sandburgen bauen?«

»Ja, als Halter für das Hinweisschild. Ist aber nur ein Vorschlag.«

»Toller Vorschlag.«

»Weiß ich. Also, schönen Tag noch.«

Am liebsten hätte Katja dem arroganten Kerl die Broschüren wieder in die Hand gedrückt, aber der hatte sich bereits umgedreht und stiefelte durch den Sand davon.

»Weiß ich. Schönen Tag noch«, äffte Katja ihn leise nach. »Mist, verdammter!« Sie pfefferte die Broschüren in den Sand und zerrte mit beiden Händen den ersten Pfahl wieder heraus, was viel mühsamer war, als ihn einzuschlagen.

In der folgenden Viertelstunde entfernte sie alle vier Pfähle und schleppte sie zurück zum Blockhaus. In ihrem tiefsten Inneren war ihr klar, dass der Mann recht hatte. Sie ärgerte sich, dass ihr nicht vorher der Gedanke gekommen war, sich über die offiziellen Bestimmungen zu informieren – aber trotzdem … Während sie die Broschüren in den Papierkorb warf, fielen ihr noch ein paar wirklich gute Antworten ein, die sie hätte geben können. Hatte sie aber nicht. Das passierte ihr öfter. Im Nachhinein fielen ihr brillante, schlagfertige Antworten ein, aber dann war es meistens schon zu spät.

»Bauen Sie doch eine Sandburg«, murmelte Katja. Sie schaute durchs Fenster auf den Strand. Vielleicht war die Idee gar nicht so blöd. Eine Sandburg und vielleicht sogar ein Schriftzug aus Muscheln … das würde schon klappen. Wenn sie den Sand etwas anfeuchtete und gut festklopfte, würde so eine Burg mindestens zwei, drei Tage halten. Und danach könnte sie sich etwas anderes überlegen oder die Burg wieder herrichten. Sie könnte Hilfe beim Graben gebrauchen. Ihr Blick fiel auf ein hellgrünes Hemd mit aufgedruckten gelben Bananen, das gerade an ihrem Fenster vorbeiging.

Warum eigentlich nicht, dachte Katja. Versuch macht klug. Schnell lief sie zu Tür. »Uli, hast du mal kurz Zeit?«

Uli Zimmerbach drehte sich um und grinste breit.

»Schätzelein, ich bin im Urlaub. Dat is sozusagen gleichbedeutend mit ner Frage wie hasse mal kurz Zeit. Klar hab ich Zeit. Wollte nur mal schnell noch der Moni den Rücken einreiben. Worum gehtet dir denn?«

»Ich brauche ein paar kräftige Männerarme. Ich muss zwei große Sandburgen schaufeln und das möglichst flott.«

»Hah, Sandburgen schaufeln. Hömma, du siehst den ungekrönten Könich im Schaufeln vor dir. Hasse denn auch Schüppen?«

»Borge ich mir gleich. Wollen wir, sagen wir mal, in einer Viertelstunde loslegen?«

»Viertelstündchen? Geht klar. Kannst auf mich zählen.

Soll die Moni auch wat helfen? Wobei, mit so ner Schüppe is die eher ne Nulpe.«

»Ich brauche Muscheln, ziemlich viele, für die Beschriftung der Sandburgen.«

»Na, dat klingt abba spannend. Sandburgen und ne Beschriftung. Mann, Mann, Mann, hier kommt noch richtig Leben in die Bude. Also, im Muschelsuchen, da macht meiner Moni niemand wat vor. Hol du dat Werkzeug, ich sach schomma der Göttergattin Bescheid.«

Katja schloss rasch das Blockhaus ab und machte sich auf den Weg. Bestimmt hat Jette in ihrem Gartenschuppen das passende Werkzeug, dachte sie. Ich lass mich doch nicht von irgendwelchen Paragrafenreitern ausbremsen.

***

Es dauerte eine schweißtreibende Stunde, dann hatten Uli und Katja zwei längliche Sandwälle fertiggestellt. Einen knappen Meter hoch und gut zwei Meter lang. Uli hatte nicht übertrieben. Dieser Mann war mit seinen Oberarmen eine wahre Sandschaufel-Maschine. Katja stützte sich auf ihrem Schaufelstiel ab und spürte, wie ihr der Schweiß den Rücken hinunterlief. Uli dagegen war noch nicht mal außer Atem, und er war auch nicht großartig ins Schwitzen geraten.

»Ich kann dir gar nicht genug danken, Uli. Allein hätte ich Tage für die Aufgabe gebraucht.«

»Na, Kleinigkeit. Bevor ich Dächer in Wattenscheid gebaut hab, war ich Lehrling aufm Bau, hab mir da die erste Knete für nen gebrauchten Ford Capri verdient. Ich sach dir, da wird dir nix geschenkt. So zwei Wälle aus Sand, dat is doch Pillepalle. Guckma, die Moni is auch schon mit der ersten Beschriftung fertich. Mann, ich glaub, morgen ziehn wa auch in die Ruhezone.«

Moni Zimmerbach hatte, nachdem der erste Sandwall fertig geschaufelt war, damit begonnen, aus Muscheln das Wort »Sportzone« in den Sand zu legen. Jetzt kam sie mit einem weiteren Eimer voll weißer Muschelschalen, um die »Ruhezone« im Sandwall auszuschildern.

»Na, Bärchen, hattet Spass gemacht? Dann lass mich auch ma ran«, sagte Moni liebevoll zu ihrem Mann. »Und du, Katja, du kanns dich widda um den Vermietungskrams kümmern. Ich glaub, da kommen grad neue Kunden.«

Moni hatte recht. Zwei Familien steuerten das Blockhaus an.

»Okay, Mittagspause vorbei, ich mach das auch wieder gut. Ich meine, eure Hilfe hier.«

»Hör auf, dat machen wa doch gerne. Ich mein, wenne natürlich noch n kaltes Pilsken inna Kühlung hättes, da würde Mama Zimmerbachs Liebling nich Nein sagen.«

»Geht klar. Bier kommt in spätestens fünfzehn Minuten.«

Katja drückte Uli ihre Schaufel in die Hand und rannte hinüber zum Blockhaus, um die zwei Familien in Empfang zu nehmen.

Benedikt, Darling

Katja schaute auf die Uhr. Sechs Uhr früh. Sie gähnte herzhaft und rechnete im Kopf noch einmal nach. In Los Angeles musste es jetzt neun Uhr abends sein. Katja zog die dicke Sweatshirtjacke, die sie über ihrem Nachthemd trug, über der Brust zusammen. Sie hatte sich extra den Wecker gestellt, um Benne im Hotel anzurufen. Sie streifte die Flipflops von den nackten Füßen, setzte sich in einen der Ohrensessel am Kaminofen und zog die Beine unter sich.

In den letzten Tagen hatten Benne und Katja immer nur ganz kurz miteinander gesprochen, entweder war er morgens schon auf dem Sprung gewesen, oder er war am Abend zu einem Geschäftsessen eingeladen. Für mehr als ein paar hastig ausgetauschte Sätze hatte es nie gereicht. Dazu kam, dass die Gespräche immer wieder durch winzige Lücken unterbrochen wurden, meistens nur Sekundenbruchteile, manchmal waren es auch ein oder zwei Sekunden, in denen nichts zu hören war. Manchmal hörte sie sogar ihren eigenen Satz noch einmal wie ein Echo, während gleichzeitig Benne sprach. Die Telefonate fühlten sich immer unentspannt an, oft fielen sie einander ins Wort, es war einfach nicht dasselbe wie eins ihrer normalen Gespräche am Ende eines Arbeitstags. Sie wollte endlich mal wieder in Ruhe mit Benne sprechen und ihm von den Neuigkeiten der letzten Tage erzählen. Um diese Zeit, hatte sie sich überlegt, würde er wahrscheinlich Gelegenheit zum Telefonieren haben.

Sie nahm ihr Handy und wählte seine Nummer. Es dauerte ein paar Sekunden, bis die Verbindung aufgebaut war. Es klingelte ein, zwei Mal. Katja seufzte. Was sie jetzt am wenigsten brauchte, war Bennes Mailbox.

»Hi, wer ist denn da?«

Katja erstarrte. Die Stimme sprach Deutsch mit amerikanischem Akzent, und es war eindeutig die Stimme einer Frau.

»O sorry. Ich habe mich wohl verwählt. Ich wollte Benedikt Groß sprechen. Ich ...«

»Kein Problem. Benedikt, Benedikt, es ist für dich! Kann einen Moment dauern. Benedikt duscht gerade.«

Katja schloss die Augen. In ihrem Kopf bauten sich in Sekundenbruchteilen Bilder auf, die sie nicht denken wollte. Eine Frau, die an Bennes Handy ging, während er gerade was tat ... duschen?

»Dann sagen Sie ihm doch bitte, wenn er wieder trocken ist, dass Katja angerufen hat.« Katja hörte selbst, wie zickig ihre Stimme klang. Gut so, die fremde Frau sollte ruhig merken, wie irritiert sie war. Vergeblich, offenbar ging ihr verärgerter Tonfall irgendwo auf den fast neuntausend Kilometern Entfernung zwischen Langeoog und Los Angeles verloren. Die Frau jedenfalls ließ sich nichts anmerken und erklärte unbekümmert: »Klar, mach ich gern. Er sieht ja Ihre Nummer in der Anrufliste. Have a nice day.«

»Ja, Sie au...« Katja schaut verdutzt auf ihr Smartphone. Die Verbindung war schon unterbrochen.

»Dass Benne in Gegenwart einer anderen Frau um neun Uhr abends in seinem Hotelzimmer duscht, hat bestimmt gute Gründe«, murmelte Katja. Nur fiel ihr kein einziger ein.

Sie saß steif im Ohrensessel und hielt ihr Handy umklammert. Als es dann aber nach nicht mal zwei Minuten klingelte, hätte sie es vor Schreck fast fallengelassen.

»Hi, Katja, du hast gerade angerufen, sagt Susan.«

Susan, den Namen hatte Benne doch schon mal erwähnt. Klar, dachte Katja, das war in seiner ersten Nachricht vom Flughafen. Susan war die Frau, die ihn dort abgeholt hatte.

Einfach Susan. Ist ja auch üblich in L.A., dass man sich beim Vornamen nennt. Besonders bei Frauen, die an dein Handy gehen, während du gerade unter der Dusche stehst.

»Ja, sie sagte, du würdest duschen, da wollte ich natürlich nicht stören.« Susan hatte auf ihren zickigen Tonfall nicht reagiert, Benne dagegen schien ihn sehr wohl wahrzunehmen.

»Ich war wirklich duschen«, verteidigt er sich. »Wir haben irrsinnig lange hier im Haus von Susan getagt, und wir wollen gleich noch mit ein paar Leuten essen gehen. Deswegen habe ich mich gerade frisch gemacht.«

»Ihr tagt im Haus von dieser Susan?«, fragte Katja ungläubig und gab sich nicht einmal Mühe, ihre Verblüffung zu verbergen. »Wer ist sie überhaupt?«

»Hoppla, bist du etwa eifersüchtig? Deine Stimme klingt ja ganz aufgeregt.« Benne lachte. »Ja, ich bin aus dem Hotel ausgezogen. Susan ist die Entwicklungsleiterin bei unseren Gastgebern, du weißt schon, das Partnerunternehmen, das die Hardware optimieren wird. Eigentlich heißt sie Susanne und kommt aus Österreich, aber sie ist schon als Teenager mit ihren Eltern in die USA gezogen. Du musst beim nächsten Mal mitkommen, dir wird diese Ranch gefallen. Ein riesiges Anwesen. Da ist so viel Platz, dass sie einen Tagungsraum haben. Und eigene Suiten im Gästetrakt.«

»Du wohnst auch bei ihr?«

»Klar, es wäre ja bekloppt, für alle Meetings vom Hotel zur Ranch rauszufahren. So ist es viel praktischer …«

»Benedikt, Darling, kommst du?« Die Stimme im Hintergrund unterbrach Benne.

»Sekunde, bin gleich fertig.« Benne lachte leise. »Irre, sie nennt jeden Darling, selbst ihren Chef. Gab es etwas Wichtiges, was du besprechen wolltest?«

Katja atmete einmal tief durch. »Nein … nein, nicht wirklich. Viel Spaß beim Essen, Benedikt, Darling.« Bei den letzten beiden Worten nahm ihre Stimme einen ätzenden Klang an, während sie Susans Anrede imitierte. Diesmal reagierte Benne nicht auf ihren Tonfall. Eigentlich hätte sie ihn fragen wollen: Wer ist Susan, hast du eine Affäre mit ihr angefangen, was ist hier los? Aber da war etwas in seiner Stimme, das jedes weitere Wort überflüssig zu machen schien. Er wirkte fast geistesabwesend, und jede seiner Antworten war wie ein Schlusssatz und nicht wie der Anfang eines Gesprächs.

»Ich habe das Gefühl, du willst jetzt nicht so richtig mit mir telefonieren«, sagte Katja. Das war wohl die Untertreibung des Jahres.

Wieder keine Reaktion.

»Alles klar«, beendete Benedikt ungerührt das Gespräch. »Meld dich ruhig wieder. Ciao, meine Schöne.«

Katja, ließ das Handy sinken und legte den Kopf an die Lehne des Sessels. Benedikt, Darling – na, klasse! Meld dich ruhig wieder ... sicher, wenn du dann nicht gerade bei Susan unter der Dusche stehst, mache ich das gerne.

»Mistkerl«, murmelte Katja, pfefferte das Handy auf das Polster des Nachbarsessels und stand auf. Noch mal zurück ins Bett zu gehen war jetzt keine Option. Ein Becher Kaffee und Morgensonne auf der Bank vor dem Haus waren jetzt die bessere Alternative, um das Wutgrummeln im Bauch zu beschwichtigen.

Wir werden dreißig

Schon während Katja von ihrem Fahrrad abstieg und es an den hohen Holzzaun lehnte, hörte sie Stimmen und Gelächter aus dem Garten. Vorsichtig löste sie nacheinander die Gummibänder der Gepäckspinne, mit der sie die große Plastikkiste auf dem vorderen Gepäckträger gesichert hatte. Sie hob vorsichtig den runden Tortenbehälter heraus und spähte durch den Deckel. Zum ersten Mal war sie wirklich dankbar für Dominiks Empfehlung. Wie sonst hätte ich wohl den Kuchen unbeschädigt zur Party bringen können, dachte Katja. Ja, sie hatte am Nachmittag gebacken. Nicht ohne Stolz prüfte sie den Kuchen, dessen goldbraunes Rautenmuster durch die durchsichtige Tortenhaube zu sehen war. Nein, die Schlaglöcher auf dem holprigen Weg hatten ihm nichts ausgemacht.

Sie balancierte den Kuchen auf einer Hand und angelte aus ihrer Transportkiste noch zwei kleine Blumensträuße, die sie extra im Blumenhaus in der Nähe der Kirche vorbestellt und gerade eben, kurz vor Ladenschluss, abgeholt hatte. Sie legte die Blumen auf die Kuchenhaube und trug dann beides zum Gartentor. Birte hatte ihr gesagt, dass sie einfach ohne an der Haustür zu klingeln in den Garten kommen sollte. Leichter gesagt als getan, wenn man mit beiden Händen eine Kuchenplatte festhalten und gleichzeitig darauf achten musste, dass zwei Blumensträuße nicht herunterfielen. Mit einem missmutigen Brummen ging Katja in die Knie und drückte mit dem Ellenbogen die Klinke herunter. Als daraufhin das Tor lautlos nach innen aufschwang, atmete sie erleichtert auf.

Sie folgte einem gepflasterten Weg, die Stimmen wurden lauter. Auf einer großen Rasenfläche waren zwei Pavillons aufbaut, in dem einen wurden offenbar die Getränke ausgegeben, in dem anderen Pavillon präsentierte ein langer Tisch ein Dutzend Schüsseln und verschiedene Platten. Ganz klar, da wurde das Büfett vorbereitet.

»Katja, da bist du ja, wie schön.«

Katja hätte auf den ersten Blick nicht sagen können, wer ihr da entgegenkam: Birte oder Annika. Deshalb zögerte sie einen Moment mit ihrer Antwort, aber dann nahm sie einen der Sträuße von der Haube und überreichte ihn mit den Worten: »Alles Gute zum Geburtstag, Annika. Ganz herzlichen Dank für die Einladung.«

»Hey, das ist das erste Mal, dass du nicht nachgefragt hast, wer von uns beiden wer ist.«

Katja lächelte zufrieden. »Ich hab auf den Trauring geachtet, ist mir aber auch erst heute eingefallen. Birte ist ja noch nicht verheiratet. Ansonsten hätte ich auch heute wieder Schwierigkeiten, euch beide auseinanderzuhalten.«

Annika schlug sich mit der flachen Hand vor die Stirn und lachte. »Der Ehering – ich fass es nicht, den muss ich in Zukunft abnehmen, wenn ich mit Birte tauschen will. Komm mit, sie ist gerade drinnen und mixt Cocktails.«

Katja hob kurz die Kuchenplatte an. »Wenn du nichts dagegen hast, würde ich gerne vorher noch den Kuchen drüben auf den Tisch stellen.«

»Natürlich, du hast recht. Lass mal sehen, was hast du denn gebacken? Mhm, der sieht aber lecker aus.«

»Rheinischer Riemchenkuchen. Ein Rezept, das meine Oma früher immer gebacken hat. Je nach Jahreszeit kann man verschiedene Obstsorten verwenden. Rhabarber und Apfel beispielsweise sind meine Favoriten, aber die Rhabarberzeit ist ja vorbei. Das Schöne ist, dass man für diesen Kuchen auch Apfelmus verwenden kann. Ich dachte, wenn ich schon einen Beitrag für das Büfett mitbringen soll, dann doch etwas aus dem Rheinland.«

»Toll – Apfelkuchen steht auf Birtes und meiner Hitliste ganz oben.«

Katja stellte die Kuchenplatte auf den Büfetttisch und nahm die Haube herunter, um sie im hinteren Teil des Zeltes abzulegen. Sie hatte beides bei Jette ausgeliehen und mit einem kleinen Aufkleber gekennzeichnet. Nicht umsonst hatte sie in den letzten Jahren etliche Schulfeste miterlebt, auf denen am Ende herrenlose Tortenplatten und Schüsseln übrig geblieben waren. Oder noch schlimmer, wenn der teure Behälter mit integrierter Kühlplatte einen anderen Liebhaber gefunden hatte, während die Kuchenspenderin noch gerührt der Theateraufführung der dritten Klasse zusah. Wäre ja noch schöner, wenn jemand Jettes Kuchenplatte einkassieren würde, dachte sie.

»Jetzt muss ich aber den zweiten Strauß loswerden«, sagte Katja und hielt den Blumenstrauß hoch.

»Hast du Lust auf einen Caipirinha?«, fragte Annika. »Bestimmt ist Birte mit den ersten Cocktails fertig. Lass uns mal nachschauen.«

Annika führte Katja zu dem doppelstöckigen Haus. Die bodentiefen Schiebefenster standen offen. Der Wohnraum war gut und gerne dreißig Quadratmeter groß, schätzte Katja. Hier stand nur eine ausladende cremefarbene Sitzgruppe, an einer Wand hing ein Flachbildfernseher, und eine andere Wand wurde von einem riesigen offenen Kamin dominiert.

»Das war das Haus unserer Oma, die jetzt in Hamburg lebt. Sie hat es Birte und mir überlassen, eine Zeit lang haben wir hier zu zweit gewohnt. Wir haben damals mehrere Wände eingerissen, weil wir unbedingt einen großen Wohnraum mit Übergang zum Garten haben wollten. Aber weil Dominik schon ein eigenes Haus hatte, als wir uns kennengelernt haben, wohnt jetzt nur noch Birte hier. Wir haben uns da schwesterlich einigen können.«

»Ein schöner großer Wohnraum ist das, und der Garten sieht ebenfalls fantastisch aus«, lobte Katja.

Annika schaute sich um und seufzte kurz. »Wenn ich jetzt den Raum hier sehe, werde ich ganz neidisch und wehmütig. Du machst dir keine Vorstellung davon, was zwei kleine Jungen alles an Spielzeug und Krams auf dem Boden liegen lassen. Einfach ein leeres, aufgeräumtes Wohnzimmer – das wäre ein Traum.«

»So schlimm wird es schon nicht sein, und deine Jungs werden ja auch größer.«

Annika lachte leise. »Die cremefarbenen Sofas hat Birte nach meinem Auszug gekauft. Bei uns würden die keine zwei Tage überleben, dann hätte jemand die ersten Matschhände darauf verewigt. Ganz unter uns, schon für Birte und mich war das Haus zu groß. Birte allein nutzt aktuell gar nicht alle Zimmer.«

»Würdest du denn hier wieder gerne wohnen?«

»Nein, wenn ich mir auf Langeoog ein Haus aussuchen dürfte, dann wäre es ein Haus wie das von Jette.«

»Das stimmt, Jettes Haus, das ist ein absoluter Traum. Mit meinem Freund wohne ich in Köln in einem Loft. Es ist eine riesige Wohnung, die in einer ehemaligen Industriehalle eingebaut worden ist. Aber …« Katja sprach nicht weiter, und Annika warf ihr einen prüfenden Seitenblick zu.

»Kann es sein, dass du auf unserer Insel neue Einsichten über deinen Alltag in Köln gefunden hast?«

»So kann man das auch bezeichnen. Wenn wir uns das nächste Mal abends sehen, erzähl ich dir mehr. Glaub mir, ich beneide dich und Dominik. Ihr habt schon Kinder, davon muss ich meinen Freund Benne erst noch überzeugen.«

»Du hast recht, ich sollte mich nicht beschweren. Ein bisschen Unordnung und Chaos im Alltag, was macht das schon? Ich weiß beispielsweise, dass auch Birte immer ganz neidisch ist.«

»Birte ist Single?«

»Nee, da ist Holger, er ist Ingenieur, Spezialgebiet Brückenbau. Leider wohnt und arbeitet er in Aurich. Das Büro, bei dem er angestellt ist, ist international tätig. Holger ist ständig unterwegs, zurzeit in Dubai. Birte führt also im Moment eine Art Fernbeziehung und ist unglücklich darüber, dass er zu ihrem Dreißigsten in der Wüste steckt. Aber das Ingenieurbüro zahlt unglaublich gut. Ich denke, sobald sich für ihn was Neues ergibt, werden die zwei zusammenziehen. Komm, wir suchen Birte, und dann muntern wir sie auf.«

***

»Also, dieser Apfelkuchen schmeckt ganz köstlich«, schwärmte Tanja, »wag es nicht, die Insel zu verlassen, ohne mir vorher das Rezept zu geben, Katja.«

»Versprochen, ich schreibe es gleich morgen auf.«

Katja saß mit der Lehrer-Clique, wie sie insgeheim Birte, Jockel und Elli nannte, in einer Ecke des Gartens. Die Schwestern hatten überall Kerzen in Windlichtern aufgestellt, was mit zunehmender Dämmerung ausgesprochen gemütlich aussah. Es war eine tolle Feier. Katja genoss ihre Cocktails und fühlte sich rundum zufrieden. Nachdem sie zusammen mit Birte und Annika die Tabletts nach draußen getragen hatte, war sie von allen herzlich begrüßt worden. Besonders die Lehrerkollegen, Birte und Annika vermittelten ihr das Gefühl, den Abend mit alten Freunden zu verbringen.

»Ich habe schon gehört, dass du Jette gerade bei ihrer Arbeit unterstützt. Das ist eine ganz großartige Idee, die Strandkorbvermietung weiterzuführen. Da hätte ich mal draufkommen müssen«, lobte Jockel.

»Natürlich, du lässt einfach die Schule sausen und vermietest Strandkörbe, wirklich clever, du Superhirn«, neckte Tanja ihren Gatten.

»Zugegeben, der Plan hat ein paar Haken und Ösen«, sagte Jockel. »Ich muss den vielleicht noch ein bisschen verfeinern. Aber Scherz beiseite, gut, dass du schon Ferien hast, Katja. Läuft denn alles?«

»Ja, super. Ich habe mir sogar mit Birte und Annika ein paar Ideen überlegt, wie wir Jettes Umsatz noch ein bisschen ankurbeln können. Ich habe sogar schon ein paar Bälle und Strandspiele besorgt, die man ausleihen kann, dann Bücher und Decken, damit man sich wohlfühlt. Getränkeservice am Korb und Vollpension. Das Einzige, was nicht geklappt hat, war unser Plan, Pfähle einzuschlagen und damit eine Ruhe- und eine Aktivitätszone einzurichten.«

»Klingt doch erst mal klasse«, sagte Tanja, »warum ging das nicht?«

»Ja, warum, ich hatte dir doch die Pfähle von Dominik gebracht. Haben die nicht gehalten?«, fragte Annika.

»Nee, die Pfähle ließen sich perfekt einschlagen, aber dann kam so ein arroganter Schnösel von der Kurverwaltung und hat mir erklärt, dass man auf einem öffentlichen Strand keine Bereiche abgrenzen darf. Den hätte ich am liebsten dahin geschickt, wo der Pfeffer wächst. Ich musste alle Pfähle wieder rausziehen und habe schließlich mit Sandhaufen improvisiert. Gegen Sandhaufen an einem Strand kann selbst so ein eingebildeter Paragrafenreiter nix sagen.«

Annika verschluckte sich hustend an ihrem Cocktail. »Echt jetzt? Und wie sah der aus, dieser Paragrafenreiter? Mittelgroß, braune, kurze gelockte Haare, schmales Gesicht, Dreitagebart?«

»Du kennst ihn?«

Die ganze Runde fing plötzlich an zu lachen und fixierte einen Punkt hinter Katja.

Die schloss kurz die Augen. »Lasst mich raten, er steht gerade hinter mir.«

»Und ich wehre mich entschieden gegen die Begriffe arrogant, eingebildet und Paragrafenreiter«, sagte eine tiefe, Katja nicht mehr ganz unbekannte Stimme in ihrem Rücken, »ich habe lediglich die Wahrheit in Bezug auf die Nutzungsverordnung gesagt.«

Katja drehte den Kopf. Tatsächlich da stand er, der Kerl vom Strand, diesmal aber mit einem amüsierten Grinsen im Gesicht und einer großen Salatschüssel in den Händen.

»Sorry Leute, ich bin in der Station aufgehalten worden.« Der Mann beugte sich vor und küsste Annika auf die Wange. »Alles Gute zum Geburtstag, Schwägerin. Wo ist denn Birte?«

»Die ist, glaube ich, im Wohnzimmer, sie wollte eine neue Playlist für die Musik hier draußen raussuchen.«

»Bin gleich wieder da«, der Mann zwinkerte Katja zu, »und dann muss ich wohl meinen ersten schlechten Eindruck wiedergutmachen.«

Katja spürte, wie ihr die Röte ins Gesicht schoss und hoffte nur, dass das niemand bemerkte – vergeblich.

»He, du wirst ja ganz rot«, Annika prustete los.

»Ja, lach du nur, mit so was habe ich wirklich nicht gerechnet. Was meint er mit Schwägerin?«

»Ja, was wohl, Martin ist der jüngere Bruder von Dominik. Dominik ist mein Mann. Martin ist also mein Schwager«, setzte Annika langsam und mit übertrieben deutlicher Aussprache hinzu, und fuhr dann mit ihrer normalen Sprechstimme fort: »Wir haben zusammen Biologie studiert. Über ihn habe ich Dominik erst kennengelernt. Die beiden sind vor ein paar Jahren nach Langeoog gezogen.«

»Ein Biologe? Aber er hat mir Broschüren von der Kurverwaltung vorbeigebracht.«

»Und? Martin ist bei der Inselverwaltung angestellt, wahrscheinlich hatte er gerade Pause oder war auf dem Weg zur Station. Na, das erklärt er dir besser selbst.«

Jockel beugte sich vor und flüsterte: »Das muss dir nicht

peinlich sein, woher sollst du denn wissen, dass Martin zur Familie gehört? Und er ist wirklich alles, aber nicht arrogant.«

Katja trank einen Schluck, um ihre Nerven zu beruhigen, dann noch einen. Eigentlich war es ja auch ein bisschen komisch. »O Mann, ein Fettnäpfchen in der Größe von einem Planschbecken und ich springe voll rein.«

Tanja zog sie am Arm hoch. »Blödsinn, komm, wir holen uns noch einen Nachtisch.«

»Aber ich bin schon total satt.«

»Schon wieder Blödsinn. Meine Oma hat immer gesagt: Pudding macht nicht dick, er zieht nur die Falten glatt.«

Nach einem Teller mit drei verschiedenen Puddingvarianten war Katja sich sicher, in den nächsten Stunden nichts mehr essen zu können. Mit einem Glas Weißwein in der Hand und einer gewissen Cocktail-Leichtigkeit im Kopf schlenderte sie durch den Garten. Sie wusste, was sie zu tun hatte. Wenn man einen Fehler gemacht hat, muss man dazu stehen und versuchen ihn wieder auszubügeln, dachte sie. Sie entdeckte Martin, wie er gerade die Bank einer Biertischgarnitur über den Rasen trug.

»Soll ich mit anfassen?«, fragte Katja.

»Geht schon, aber bleib genau da stehen, ich bin in einer Minute zurück. Geh nicht weg.«

Martin stellte die Bank zu einer Gruppe von Gästen, nahm vom Boden ein Bierglas auf und kam zu Katja zurück.

»Du hast auf mich gehört. Hätte ich nicht gedacht.«

»Sehr witzig. Ich habe dich gesucht, weil ich mich entschuldigen wollte. Die Aktion mit dem Pfählen … na ja, was soll ich sagen? Wahrscheinlich hast du recht gehabt. Es tut mir jedenfalls leid, wie ich mich benommen habe.«

»Ganz sicher hatte ich recht, und das sage ich jetzt nicht, weil ich eingebildet und arrogant bin …«

»Ach, hör auf! Ich habe mich doch gerade entschuldigt.«

»Okay, fangen wir doch einfach noch mal von vorne an.«

Martin stieß mit seinem Bierglas ganz leicht gegen Katjas Weißweinglas. »Hallo, ich heiße Martin. Ich bin der Schwager von Annika. Was hat dich nach Langeoog verschlagen?«

Katja lächelte und spielte mit. »Schön, dich kennenzulernen, Martin. Ich heiße Katja, bin für fünf Wochen auf Langeoog, komme aus Köln und helfe einer alten Schulfreundin meiner Mutter. Die Schulfreundin hat sich nämlich eine Oberschenkelsehne gerissen, also führe ich ihren Strandkorbverleih weiter, solange sie nicht arbeiten kann.«

»Oh, das mit der Schulfreundin war mir neu, das mit Jettes Sehne hatte ich schon gehört. Ich muss sagen, ich finde es sehr anständig von dir, deinen Urlaub zu opfern, um Jette zu helfen.«

»So groß ist das Opfer gar nicht. Ich bin tagsüber am Strand und ich habe mit Birte, Annika, Jockel, Tanja und Elli nette Leute kennengelernt. Ich darf in Jettes Haus wohnen, was für mich das absolute Traumhaus ist. Also unterm Strich sind das mit Abstand die schönsten Sommerferien seit Jahren.«

Die beiden schlenderten nebeneinander mit ihren Gläsern in der Hand über die Rasenfläche. Katja musterte Martin aus dem Augenwinkel. Er sah gut aus, das war ihr beim ersten Treffen gar nicht so aufgefallen. Er war durchtrainiert, unter seinem roten T-Shirt zeichneten sich deutlich die Muskeln ab, und er hat ein nettes Lächeln. Er erinnert mich an Benne, so wie Benne war, als wir uns kennenlernten. Die Erinnerung daran, wie distanziert und wie wenig erfreut Benne auf ihren Anruf reagiert hatte, und an ihren kurzen Kontakt mit der unbekannten Susan sorgten bei Katja für ein Grummeln im Bauch.

»Dann hast du auch Birte bei den Strandspielen der Schule geholfen – oder?« Bevor die kurze Gesprächspause in ein unangenehmes Schweigen übergehen konnte, unterbrach Martins Frage ihr Grübeln.

»Ja, dadurch habe ich die anderen kennengelernt. Ich hab Birte am Strand getroffen, während sie ihre Klasse unterrichtet hat, und wir sind ins Gespräch gekommen. So habe ich von den Strandspielen erfahren. Ich unterrichte in Köln unter anderem auch Sport, daher war das für mich keine große Sache. Und was genau machst du bei der Inselverwaltung als Biologe? Annika hat etwas von einer Station erzählt.«

»Interessiert dich das wirklich?« Martin warf ihr einen forschenden Seitenblick zu.

»Na hör mal, würde ich sonst fragen?«

»Auch wahr«, Martin fuhr sich mit der Hand durch das wellige Haar, »also, anders als Annika habe ich meinen Abschluss und einen Doktor gemacht.«

»Du hast promoviert? Mensch, da warst du aber schnell.«

»Sagen wir mal, ich bin gut durchs Studium gekommen.«

Okay, arrogant musste sie wirklich von ihrer Liste streichen. Hochbegabt, aber nicht arrogant.

»Und was machst du nun konkret bei der Inselverwaltung?«

»Ich werde Leiter der neuen Seehundaufzuchtstation am äußeren Ende von Rubbenhoog.«

Katja schlug sich mit der flachen Hand vor die Stirn. »Das Video! Jetzt weiß ich, woher ich deine Stimme kenne. Ich hab ein Video gesehen, in dem jemand mit genau derselben Stimme begeistert über die neue Seehundaufzuchtstation berichtet hat.«

»Soso.«

»Komm schon, gib's zu, das warst du. Ich habe dich allerdings nicht wiedererkannt. Der Mann im Video war so in Winterkleidung eingepackt, dass man eigentlich nur seine Augen sehen konnte. Ansonsten war da …«, Katja verdrehte die Augen nach oben, um sich auf die Bilder in ihrem Kopf zu konzentrieren, »eine blaue Mütze bis über die Augenbrauen, eine wild flatternde Kapuze, o ja, und ein Vollbart.«

»Okay, der dichte Vollbart ging mir im Sommer auf die Nerven, der musste weg.« Er strich sich mit der Hand über den stoppeligen Dreitagebart. »Ansonsten, schuldig im Sinne der Anklage. Im Übrigen, das wird dann die dritte Seehundaufzuchtstation an der deutschen Nordseeküste sein. Ansonsten gibt es noch Stationen in Friedrichskoog und Norddeich. Eigentlich sollte alles bereits im Juni fertig sein, aber es gab Probleme mit den Bauunternehmern. Ich denke, in sechs Wochen werden wir so weit sein. Ich muss mich im Moment um Handwerker, Förderer, Bundeszuschüsse und Umweltverbände kümmern – mit Biologie hat das alles wenig zu tun.«

»Nicht zu vergessen die Botendienste für die Verwaltung.«

»Haha, ich war lediglich auf dem Weg zur Station und habe einer Kollegin die Arbeit abgenommen.«

»Und gibt es denn Seehunde auf Langeoog? Ich war zwar früher schon mal auf der Insel, aber am Strand habe ich noch nie welche gesehen.«

»Sicher … also … klar, man sieht sie ab und zu am östlichen Ende der Insel, in Osterhook gibt es eine Seehund-Beobachtungsplattform.«

Katja hatte in diesem Moment das Gefühl, dass Martin ihr auswich, um irgendetwas herumredete, aber sie wollte nicht weiter nachbohren. Dafür kannte sie ihn nun wirklich noch nicht gut genug. Wenn er etwas für sich behalten wollte, war das sein gutes Recht. Sie kamen zu den Stufen, die zur Terrasse hochführten. Martin setzte sich und schaute Katja auffordernd an. Sie zögerte einen Augenblick, dann setzte sie sich neben ihn.

»Jetzt erzähl du mal. Was machst du normalerweise in Köln? Dass du Sportlehrerin bist, weiß ich ja schon. Ich hab mal zwei Semester in Bonn studiert. Ein bisschen kenne ich also das Rheinland.«

Katja begann zu erzählen: von ihrem Studium, von der Arbeit, von Benne und seiner Firma. Martin war ein guter Zuhörer. Als sie fertig war, begann er mit ein paar Anekdoten aus seinem Alltag in der Kurverwaltung. Katja amüsierte sich köstlich.

»Ihr beide habt ja Spaß. Kommt, wir wollen ein paar Gruppenfotos machen«, sagte Birte, die zur Terrasse kam. Martin stand auf und hielt Katja die Hand hin, um ihr beim Aufstehen zu helfen. Sie nahm seine Hand, schaute ihn an und ließ sich dann hochziehen. Für einen kurzen Moment, als er ihre Hand in seiner hielt, sah sie so etwas wie Bedauern in seinen Augen. Aber vielleicht ist es auch nur das Kerzenlicht, das mir etwas vorgaukelt, dachte sie.

Katerstimmung und Regenhüllen

Grelles Sonnenlicht im Zimmer weckte Katja auf. Mit einem unwilligen Brummen drehte sie sich zur Seite, um nach ihrer Armbanduhr zu angeln. Für einen Moment hatte sie schon befürchtet, sie hätte verschlafen. Aber es war erst halb neun. Die Versuchung, einfach noch ein bisschen liegen zu bleiben, war groß.

»Raus aus den Federn. Wer feiern kann, kann auch arbeiten«, murmelte sie und stand auf. Vielleicht ein wenig zu hastig, die Weichholzkommode verschwamm kurz vor ihren Augen. Katja blinzelte, und ihr Blick wurde wieder klar, dafür setzten jetzt die Kopfschmerzen ein. Mit einem Stöhnen rieb sie sich die Stirn. Sie wusste genau, warum sie sich so fühlte, wie sie sich fühlte. Erst die Cocktails, dann der Weißwein und womöglich noch ein Grappa als Absacker. Aber da war sie unsicher. Nicht unsicher, ob es Grappa gegeben hatte – da gab es keinen Zweifel, aber war es wirklich bei einem einzigen Absacker geblieben?

Jedenfalls hatte sie nach der Hälfte des Rückwegs sicherheitshalber ihr Fahrrad geschoben, daran erinnerte sie sich noch gut. An das Schieben und an ihr Bedauern, Martins Angebot abgelehnt zu haben. Der hatte sie nämlich noch nach Hause begleiten wollen. Aber Katja war vernünftig genug gewesen, darauf nicht einzugehen. Das Telefonat mit Benne, der gerade bei Susan im fernen L.A. weilte, hatte ihr ziemlich zugesetzt. Und plötzlich tauchte da ein Mann auf, der nicht nur gut aussah, sondern auch charmant, witzig, intelligent und augenscheinlich an ihr interessiert war.

Na und, dachte sie trotzig, niemand hat gesagt, dass ich

nicht mit anderen Menschen reden darf oder im Urlaub mal was mit anderen Leuten unternehmen kann. Schließlich war es Benne gewesen, der ihren gemeinsamen Urlaub abgeblasen hatte und der sich nun im fernen Los Angeles vergnügte. Und Benne, der nicht gezögert hatte, auf die Ranch dieser Susan zu ziehen.

Ihre Mutter hatte für solche Fälle immer einen Spruch von Oscar Wilde parat: Nur wer das Spiel mit dem Feuer nicht beherrscht, verbrennt sich die Finger. Katja war sich nicht sicher. Würde sie sich die Finger verbrennen oder beherrschte sie das Spiel? Welches Spiel überhaupt? Spielte sie denn mit dem Feuer?

Ich bleibe nur ein paar Wochen auf Langeoog und ich bin nicht der Typ für Urlaubsaffären, also besser aufpassen, dachte sie. Der winzige Stachel Unsicherheit blieb trotzdem. Was wäre, wenn? Nee, nicht darüber nachdenken. Eine heiße Dusche, eine Kopfschmerztablette und einen Eimer Kaffee, das war es, was sie jetzt brauchte, und zwar in genau der Reihenfolge.

***

Als Katja zum Blockhaus kam, stand ein Pärchen wartend vor der Veranda. Ein hastiger Blick auf die Armbanduhr, nö, sie war noch pünktlich. Der Strandkorbverleih öffnete immer ab Viertel nach neun, sie hatte also noch zwei Minuten.

»Guten Morgen, ich helfe Ihnen sofort weiter. Geben Sie mir bitte eine Sekunde, um aufzuschließen.«

»Ach, gar kein Problem, wir wollten uns auch erst mal erkundigen, wie bei Ihnen die Preise sind.«

»Oh, die Mietpreise sind auf ganz Langeoog gleich, aber bei mir gibt es verschiedene zusätzliche Angebote, die Sie sonst nirgendwo bekommen.« Katja schloss die Tür auf, nahm ein Informationsblatt aus einer Ablage und reichte es dem

Pärchen, das ihr gefolgt war. »Bitte schön, hier haben Sie eine kurze Übersicht.«

»Ach, das ist ja mal interessant. Wir waren schon auf so vielen Inseln, aber Tee hat uns noch nie jemand an einem Strandkorb serviert.« Der Mann schaute seine Begleiterin an und die nickte begeistert. »Und hier, die Sache mit der Ruhezone …«

»Die kostet Sie natürlich nichts zusätzlich, schließlich kann ich nur alle Mieter bitten, sich daran zu halten, durchsetzen kann ich das nicht.«

»Die Idee ist trotzdem gut. Ich schlage vor, wir nehmen einen Korb für eine Woche, in der Ruhezone. Auf das Angebot mit dem Tee und auf das Mittagessen kommen wir später noch zurück. Was meinst du, Schatz?«

Die Frau schien sich zu freuen. »Und zwei Fleecedecken nehmen wir auch, bitte. Haben Sie vielleicht eine Speisekarte?«

Katja nahm aus einer zweiten Ablage ein zusätzliches Blatt. »Hier ist die aktuelle Wochenkarte des Fisch-Imbiss' in Rubbenhoog. Für das Liefern berechne ich zehn Prozent vom Bestellwert.«

»Finde ich fair, dafür müssen wir dann ja auch nicht selber loslaufen«, erklärte die Frau.

Ein paar Minuten später hatte Katja das Finanzielle geregelt und den Schlüssel zum Strandkorb überreicht. Als das Pärchen in Richtung Ruhezone davonging, fühlte sich Katja einmal mehr darin bestätigt, dass sie die richtigen Ideen hatte. Das Einzige, was ihr heute Sorgen machte, waren die Wolken, die sich von der Seeseite in Richtung Strand schoben. Der verkaterte Morgen hatte ihr keinen Spielraum für das Studieren des Wetterberichts gelassen. »Einfach ein paar Wochen Sommer, ist das denn zu viel verlangt?«, murmelte sie.

»Moin, Moin.«

Der Gruß und ein lautes Klopfen an der offenen Holztür ließ sie herumfahren.

»Entschuldige, ich wollte dich nicht erschrecken. Ich dachte mir nur, dass du vielleicht Interesse an fünfundzwanzig Regenhüllen haben könntest, die ich unter Einsatz all meiner Überredungskünste unserem Lagerverwalter abgeschwatzt habe.« Martin stand in der Tür und lächelte zufrieden.

O Mann, für dieses Lächeln braucht er einen Waffenschein, das haut einen ja um. Katjas Herz schlug schneller, als sie Martin sah. Sofort schalt sie sich: Finger weg. Du bist mit Benne zusammen. Einfach an was anderes denken, dachte sie, Steuererklärung, Strandnutzungsverordnung, das Telefonbuch von Köln. Durchatmen und so tun, als würde mein dummes Herz gar nicht freudig klopfen.

»Moin, Martin, das ist aber nett. Gerade eben habe ich gedacht, dass dein … ähm … Erscheinen genau zum richtigen Zeitpunkt kommt. Oder was sagt der Experte zu den Wolken da am Horizont?«

»Was weiß ich, ich wohne ja erst seit ein paar Jahren auf Langeoog. Wir Zugereisten gucken nicht nach den Wolken, wir haben dafür eine Wetter-App.« Das belustigte Funkeln in seinen Augen strafte seine Worte Lügen.

Katja streckte kurz die Zunge raus. »Bäh, falsche Antwort.«

»Okay, jetzt noch mal im Ernst. Es sieht nicht so prall aus, für den Nachmittag ist Nieselregen angekündigt. Zwischendurch könnten sogar einzelne Schauer dazwischen sein. Morgen wird es aber schon wieder besser. Und als mich Annika daran erinnert hat, dass du die Regenhüllen heute gebrauchen könntest, bin ich losgezogen, um sie in unserem Lager abzuholen.«

»Lass mal sehen.«

Katja folgte Martin nach draußen. Auf der Veranda lag ein großer Stapel zusammengefalteter dunkelblauer Hüllen. Katja konnte auf der obersten Hülle einen Teil des weißen Insellogos erkennen – eine angedeutete Düne und der Umriss des alten Wasserturms.

»Wollen wir mal eine über einen Strandkorb ziehen? Ich habe noch ein halbe Stunde Zeit, bevor ich mich mit dem Klempner treffe. Ich könnte gerade mit anfassen«, bot Martin an.

»Liebend gerne. Lass uns den Strandkorb da vorne nehmen, der ist noch nicht vermietet.«

Martin nahm die oberste Hülle und trug sie zu dem Korb, auf den Katja gezeigt hatte. Mit Schwung warfen die beiden die Hülle darüber. Katja zog und ruckelte an den Ecken, bis die Hülle optimal saß. Sie passte sehr gut, und vor allem, die Vorderseite ließ sich mit zwei Reißverschlüssen öffnen und nach oben aufrollen.

»Das ist perfekt. Bei ein paar Tropfen kann man einfach im Korb sitzen bleiben, und bei einem stärkeren Regen geht man nach Hause, macht die Hülle zu und so werden wenigstens die Polster nicht nass.«

»Na, das wäre doch egal, die sind wetterfest und abwischbar.«

»Schon, aber nicht die Decken und Kissen, die ich im Paket mitvermiete, und die lassen die Mieter in den Körben zurück.«

»Zugegeben, da ist so eine Hülle schon praktisch. Hier unten sind übrigens Bänder, mit denen kannst du das Ganze noch fixieren, das sollte dem einen oder anderen Windstoß standhalten.« Martin zeigte auf die zusätzlichen Befestigungsriemen.

»Ganz klasse. Was will die Verwaltung denn für die Hüllen haben?«

Martin grinste breit. »Ich konnte mein ganzes Verhandlungsgeschick in die Waagschale werfen und habe damit argumentiert, dass das sozusagen eine Wirtschaftsförderungsmaßnahme ist. Die Hüllen kann Jette die Saison über kostenlos behalten. Aber dich wird das eine Kleinigkeit kosten.«

»So? Und woran hast du da konkret gedacht?«

»Wird nicht verraten. Morgen Abend halb acht, ich hole dich ab. Normale Kleidung, allenfalls eine warme Fleecejacke wird benötigt.«

»Abgemacht. Ich bin gespannt.«

»Bis morgen Abend dann. Tschüs.«

Katja schaute Martin hinterher, wie er zum Dünenweg zurückging. Und da war es wieder: das Herzklopfen. Ich bin doch nicht ganz gescheit, dachte Katja, jetzt stimme ich auch noch einem Date zu.

Okay, ein Date ist es nur, wenn das beide so sehen. Sie wusste ja auch gar nicht, was sie erwartete, Martin hatte nur gesagt, die Verabredung sei die Gegenleistung für die Regenhüllen. Wahrscheinlich sollte sie ihm bei einer Aktion der Kurverwaltung helfen. Gut so, dann war es auch wirklich nur die Möglichkeit, sich für seine Hilfe und die Regenhüllen zu bedanken. Da war kein Konflikt, kein Date. »Zumindest sollte es nicht mehr werden«, sagte sie entschlossen und machte sich an die Arbeit, die Regenhüllen einzeln zu den Strandkörben zu tragen und windsicher zu befestigen.

Ein unbedachter Moment?

Martin sollte mit seiner Wettervorhersage recht behalten: Am Nachmittag setzte Nieselregen ein, der bald von kurzen Regenschauern abgelöst wurde. Zunächst bewährten sich die Regenhüllen. Vom Blockhaus aus konnte Katja beobachten, wie sich die Strandkorbmieter in ihre Körbe zurückzogen, um die Schauer abzuwarten. Doch der Sand wurde immer nasser und die Bereitschaft, im Strandkorb zu hocken, immer geringer. Als aus den vereinzelten Schauern gegen halb fünf ein ausgewachsener Dauerregen wurde, verschlossen die meisten ihren Strandkorb, zogen die Regenhüllen zu und verließen eilig den Strand. Es dauerte keine zwanzig Minuten und Katja war mutterseelenalleine am Horndorfer Strand.

Die Idee mit den Regenhüllen ist gut, dachte sie, aber gegen das, was der Norddeutsche Schietwetter nennt, bietet auch eine Regenhülle keinen Schutz. Zumal es sich bei dem Regen da draußen nicht um einen leichten Sommerregen handelte, denn gleichzeitig frischte der Wind auf. So musste es im Herbst am Strand sein, kaum Menschen, tief daherziehende Wolken und ein Wind, der den Regen praktisch waagerecht gegen die Fenster schlagen ließ. Eigentlich hätte sie sich über dieses fiese Wetter ärgern müssen, aber zu ihrer eigenen Überraschung erkannte Katja, dass sie sogar diese Wetterkapriolen am Strand mochte.

Zum Glück hatte sie sich angewöhnt, im Blockhaus eine Tasche mit zusätzlicher Kleidung parat zu haben. Auch die neuen gelben Gummistiefel, die sie im Rubbenhooger Strandshop gekauft hatte, warteten hier auf ihren ersten Einsatz. Es war noch viel zu früh, um zurück in Jettes Haus zu gehen und dort das Abendessen vorzubereiten. Sie musste nichts einkaufen, hatte keine Verabredung für den Abend, und später wäre immer noch genug Zeit, um in Ruhe auch den zweiten Band der Moselkrimi-Reihe zu lesen.

»Wie wäre es mit einem kleinen Strandspaziergang, Frau Hollenhorst?«, sagte sie laut, einfach nur, um mal eine Stimme zu hören. Kurz entschlossen zog sie sich Socken und Gummistiefel an, schlüpfte in den Fleecepulli und nahm ihre Regenjacke vom Kleiderhaken an der Tür. Auf der Holzveranda des Blockhauses zerzauste eine erste Windböe ihre Haare. Rasch zog sich Katja die Kapuze über den Kopf und den Reißverschluss bis unters Kinn zu. Mit entschlossenen Schritten stapfte sie in Richtung Wasserlinie. »Rechts oder links, das ist hier die Frage«, murmelte sie. Aus einem Impuls heraus und ohne lange nachzudenken ging sie nach links. Einmal bis zur alten Holzbank und wieder zurück, man musste schließlich ein Ziel haben.

Katja ging zügig am Wasser entlang. Bis auf einen älteren Herrn mit zwei Hunden begegnete ihr keine Menschenseele. Nicht schlimm, sie genoss die Einsamkeit und den Wind in ihrem Gesicht. Sie brauchte gut zwanzig Minuten, bis die alte Holzbank in Sicht kam.

Schon von Weitem sah sie, dass die Bank besetzt war. Da saß jemand, den Kragen einer blau-weißen Segeljacke hochgeschlagen und eine Schirmmütze tief in die Stirn gezogen. Ein Gesicht konnte Katja noch nicht erkennen. Der Mann, Katja war sich sicher, dass es sich um einen Mann handelte, saß nicht auf der Bank, um sich kurz auszuruhen, und er wirkte auch nicht so, als würde er den Regen scheuen. Im Gegenteil – selbst über die weite Entfernung hinweg wirkte seine ganze Körperhaltung tiefenentspannt. Der Mann hatte die Arme rechts und links auf der Lehne ausgebreitet und schaute aufs Meer.

Schade, dachte Katja, genau das hatte ich selber vorgehabt.

Stattdessen bog sie, kurz bevor sie die Bank erreichte, in Richtung Dünenweg ab.

»Katja? Katja, bist du das?«

Überrascht blieb sie stehen. Es war Martin, der dort auf der Bank saß und ihr jetzt zuwinkte. Unter dem breiten hochgeschlagenen Kragen seiner Regenjacke und der Schirmmütze hatte sie ihn nicht erkannt.

Katja zögerte einen Moment, überlegte, ob sie nicht lieber alleine ihren Spaziergang fortsetzen wollte, dann aber ging sie zu ihm. Es war, als würde eine unsichtbare Kraft sie in seine Richtung ziehen.

»Ich hätte nicht gedacht, dass es noch jemanden gibt, der bei so einem Wetter am Strand unterwegs ist«, sagte Martin mit einem Lächeln und rückte ein Stück zur Seite. »Möchtest du dich einen Augenblick setzen?«

Katja zog aus ihrer Jackentasche ein zusammenfaltbares Sitzkissen heraus. Das hatte sie immer dabei, schließlich machte es nur wenig Spaß, auf kalten Steinen oder einer nassen Holzbank zu sitzen, selbst wenn schon Sonnenschein den Regen abgelöst hatte.

Martin nahm einen Arm von der Lehne und Katja setzte sich neben ihn. Nicht zu nah, damit es nicht allzu vertraulich wirkte. Sie lehnte sich zurück und verlor sich in dem Anblick der hohen Wellen, die Gischt spritzend majestätisch gegen den Strand rollten.

»Schön, nicht wahr?« Martins Frage klang mehr wie eine Feststellung.

»Wunderbar. Ich liebe diesen Platz«, erwiderte Katja leise.

»Ja, ich mag ihn auch. Vor allem, weil es auf diesem Teil des Strands kaum Badegäste gibt. Wenn ich hier sitze, dann habe ich oft das Gefühl, dass der Strand und das Meer mir gehören. Es ist ein guter Ort, um zur Ruhe zu kommen.«

Katja schaute ihn von der Seite an. »Musst du denn zur Ruhe kommen?«

Martin lachte halbherzig. »Das ist nur so eine Redensart. Ich meine, jeder von uns braucht doch mal eine Auszeit, einen Platz, wo er die Gedanken einfach schweifen lassen kann. Am Meer bekommst du keine Antworten, aber du vergisst die Fragen – den Satz habe ich so ähnlich mal in einem Roman gelesen, den Annika geradezu verschlungen hat. Er war gar nicht schlecht, also nicht der Satz, ich meine den Roman. An das Zitat muss ich immer denken, wenn ich hier am Strand sitze und auf die Wellen schaue.«

»Am Meer bekommst du keine Antworten, aber du vergisst die Fragen. Das ist ein schöner Satz«, sagte Katja leise. Wie werde ich mit meinen Fragen zurechtkommen, wenn meine Zeit hier auf der Insel vorbei ist?, dachte sie. Wenn ich kein Meer und keine Wellen mehr sehen kann? Wenn ich keinen Wind, der nach Seeluft schmeckt, im Gesicht spüren kann?

Und plötzlich war in ihr der unbändige Wunsch, eine Hand zu halten, in den Arm genommen zu werden, sich anzulehnen. Als hätte Martin ihre Wünsche erraten, legte sich sein Arm beinah wie zufällig und doch sehr zielgerichtet wieder auf die Banklehne, umfasste ihre Schulter. Für Katja fühlte es sich an, als würde sich seine Hand geradewegs durch ihre Jacke brennen. Sie rutschte näher, den Blick weiter auf das Meer gerichtet, und lehnte ihren Kopf stumm an seine Schulter. So blieben sie auf der Bank sitzen. Zwei Menschen, die für den Wimpernschlag einer Ewigkeit alle Fragen vergaßen.

Katja hätte nicht sagen können, wie lange sie neben Martin gesessen hatte. Schließlich riss sie der schrille, keckernde Schrei einer Möwe aus dem Moment. Sie richtete sich auf, setzte sich gerade hin, rutschte von Martin weg, zupfte ihre Kapuze zurecht. »Entschuldige bitte, … ich … ich weiß nicht, was da in mich gefahren ist. Ich …«

»Nein. Sag einfach nichts. Das waren die schönsten zehn

Minuten, die ich in den letzten Jahren an diesem Strand verbracht habe.«

Was tat sie hier? Abrupt stand sie auf. »Ich muss jetzt los … ähm … nach Hause.«

»Gut, wir sehen uns dann morgen Abend um halb acht.« Martins Lächeln sorgte bei ihr für ein ungeahntes Kribbeln im Bauch. Sie konnte nicht reden, hatte einen Kloß im Hals. Stumm nickte sie zum Abschied und ging davon, zurück zum Wasser. Für sie fühlte es sich wie Flucht an. Himmel, morgen Abend – der Gedanke machte ihr Angst, und gleichzeitig fühlte sie sich beschwingt und leicht. Erst nachdem sie ein paar Minuten gegangen war, klopfte ihr Herz wieder langsamer. »Das vorhin war nichts, nur ein unbedachter Moment. Und morgen haben wir kein Date«, murmelte sie, während sie mit energischen Schritten durch den weichen Sand stapfte.

Paul

»Ich muss mir unbedingt von Martin den Namen seiner Wetter-App geben lassen, das ist ja schon unheimlich, wie genau alles eingetreten ist«, sagte Katja. Birtes Antwort am Telefon war ein amüsiertes Kichern. »Na hör mal, dafür brauche ich aber keine App. Dunkle Wolken, die von der Seeseite zum Strand drängen, was erwartest du, eine Schönwetterfront? Bei grauem Himmel? Nee, war schon klar, dass es heute regnen würde. Was hast du jetzt vor?«

»Ich habe den Verleih schon heute Mittag geschlossen, bei Regen kommen bestimmt keine neuen Gäste mehr. Und was ich vorhabe? Im Moment sitze ich in Jettes superbequemem Ohrensessel und telefoniere mit dir. Danach werde ich mir einen heißen Kakao machen, weil ich da gerade Lust drauf habe, dann lese ich, und vielleicht fahre ich später mit dem Rad in Richtung Osterhook und esse ein Stück Kuchen in der Meierei.«

»Schade, dass ich heute keine Zeit habe, sonst hätten wir uns abends in Harms Kneipe treffen können.«

»Das holen wir nach. Ich bin ganz froh, nach deinen Cocktails gestern mal keinen Alkohol zu trinken«, gab Katja zu.

»Was denn? Hattest du etwa einen Kater?«

»Für meine Verhältnisse war das schon mehr ein Tiger.«

»Uhh, das tut mir leid. Aber glaub mir, Annika und ich waren heute auch nicht wirklich auf der Höhe unserer Fähigkeiten. Gut, dass jetzt Schulferien sind. Übrigens, Annika will demnächst ihre Einladung zum Spaghettiessen wahrmachen.«

»Klasse, ich freu mich drauf.«

»Dann wünsche ich dir jetzt noch einen schönen Resturlaubstag, melde dich ruhig noch mal, wenn dir die Decke auf den Kopf fallen sollte.«

»Das werde ich, Birte. Lieben Dank.«

Katja beendete das Telefonat und schaute aus dem Fenster. Der Nieselregen hatte sich wie ein feuchter grauer Schleier über Jettes Garten gelegt. Jette! Ich werde sie heute Abend anrufen, um sie zu fragen, wie es ihr geht, überlegte Katja.

Ein köstliches Gefühl von Entspannung breitete sich in ihr aus, während sie sich vorstellte, wie sie die nächsten Stunden verbringen würde. Der warme Kakao wäre eine Möglichkeit, das kuschelige Himmelbett samt dem Rest des aktuellen Buches eine weitere Verlockung. Warum nicht beides? Wozu hatte sie schließlich Ferien? Katja stand auf. Oder vielleicht sogar ein kurzes Mittagsschläfchen, dann der Kakao und später ein wenig Radfahren. Am Abend ein Salat, ein bisschen Käse und noch mehr spannende Seiten in dem zweiten Band der Moselkrimi-Reihe rund um den Krimi-Club – der Masterplan für den Tag stand fest.

Mit einem zufriedenen Gefühl im Bauch stieg Katja die Treppe zum ersten Stock hinauf. Diesen freien Nachmittag hatte sie sich wirklich verdient.

***

In einem Punkt lag Martins Wettervorhersage dann aber doch daneben. Das Wetter wurde keineswegs sofort besser. Auch am nächsten Morgen nieselte es und die grauen Wolken hingen tief über dem Strand. Katja nutzte den ruhigen Vormittag im Blockhaus, um die Einnahmen und Ausgaben der letzten Tage zusammenzustellen. Sie wollte Jette auf jeden Fall ein korrektes Kassenbuch übergeben. Keine Frage, die Zahlen sahen gut aus, vor allem, wenn man den zusätzlichen Gewinn betrachtete, den sie nebenbei erzielt hatte. Katja lehnte sich zurück und schaute durch das Fenster auf die graue Wolkenfront. Immerhin machte der Wetterbericht für die kommenden Tage wieder Hoffnung auf Sonnenschein und Temperaturen um die fünfundzwanzig Grad. Und das war auch dringend nötig.

Jette war ganz offensichtlich auf dem Wege der Besserung. In den ersten Tagen war sie ganz damit beschäftigt gewesen, sich von ihrem Sturz zu erholen und über die Schmerzen hinwegzukommen. Jetzt aber war sie so weit wieder hergestellt, dass sie anfing nachzudenken, und bei ihrem erzwungenen Nichtstun hatte sie leider mehr als genug Zeit zum Grübeln. Beim gestrigen Telefonat hatte sie ganz besorgt geklungen, sich mehrfach erkundigt, ob auch wirklich viele Körbe vermietet seien. Jettes Satz »Man kann verlorene Sommerwochen einfach nicht nachholen« hatte sich für Katja geradezu verzweifelt angehört.

Wie sehr war Jette auf sommerliches Wetter angewiesen. Aber das Wetter am Meer konnte durchaus launisch sein. Katja seufzte. Ich bin froh, dass ich mich für einen Beruf entschieden habe, bei dem es egal ist, ob es draußen regnet oder nicht, dachte sie. Ich würde ihr so gerne noch mehr helfen. Aber mehr als das, was ich jetzt für sie tue, kann ich nicht leisten.

Katja beschloss, dass sie jetzt eine ordentliche Portion Frischluft benötigte, um sich die grüblerischen Gedanken vom Wind wegblasen zu lassen. Mit neuen Kunden war auch heute nicht mehr zu rechnen. Sie zog ihre Regenjacke über, schloss das Blockhaus ab und ging am Wassersaum entlang. Sie schmeckte die salzige Seeluft und genoss den Wind im Gesicht. Ja, auch solche Tage am Meer liebte sie. Während sie weiterlief, hörte der Nieselregen auf. Katja passierte den Abschnitt, an dem die Strandspiele stattgefunden hatten, kletterte zwischen eingeschlagenen Wellenbrechern aus Holz hindurch und lief weiter. Als sie von Weitem die alte Holzbank sah, wo sie noch gestern mit Martin gesessen hatte, entschied sie sich spontan für eine Pause. Über der See brach die Wolkendecke auf, zufrieden sah sie, wie die ersten Sonnenstrahlen durch die Lücken blitzten. Augenblicklich verströmten die niedrigen Rosenbüsche einen feinen Duft, der vom Wind zu ihr herübergetragen wurde. Richtig warm war es hier in der Sonne. Sie schlüpfte aus der Jacke, breitete sie auf der Bank aus und setzte sich darauf.

Ja, der Blick von dieser Bank war grandios. Die Wellen, die gegen den Sand liefen, schäumten, es war ein Anblick, der sie ganz ruhig werden ließ. Ein knackig heißer Hochsommertag würde es heute bestimmt nicht mehr werden, aber es war viel freundlicher als am Tag zuvor. Genau wie Martin es vorhergesagt hatte. Martin. Sie dachte an ihre Verabredung. War es falsch, sich mit ihm zu treffen? Der Abend der Geburtstagsfeier war nett gewesen. Warum sollte sie ihn nicht wiedersehen, er wusste von ihrem Freund, schließlich hatte sie ihm ihre Beziehung mit Benne nicht verschwiegen.

Und wenn Benne ohne Probleme die Tage mit dieser Susan verbringen kann, dachte sie trotzig, darf ich mich wohl auch ohne Gewissensbisse mit Martin treffen. Ich habe jedenfalls nicht vor, in seinem Haus zu duschen, nur um das mal fürs Protokoll festzuhalten.

Auf ihrem Rückweg nahm sie den Fußweg hinter den Dünen nach Rubbenhoog. Der ganze Ort sah jetzt, wo die Sonne wieder schien, wie frisch poliert aus. Die großen Sanddornbüsche leuchteten fröhlich orange und die Häuser sahen besonders hübsch aus. Ich kann gut verstehen, dass Mama hier gerne ihren Urlaub verbringt, dachte Katja. Als sie durch den Ort schlenderte, wurde ihr klar, wie wenig sie den ewigen Lärm und die verstopften Straßen in Köln-Ehrenfeld vermisste. Lange genug hatte sie dort gelebt. Vielleicht war ihre Loft-Wohnung auch nicht der Weisheit letzter Schluss. Warum suchten sie sich nicht stattdessen ein Häuschen im Grünen?

Darüber werde ich mal in Ruhe mit Benne reden müssen, beschloss sie.

***

Wartend stand Katja um kurz vor halb acht am Gartentor, neben sich am Gartenzaun das Fahrrad, weil sie nicht wusste, was Martin vorhatte. Gerade warf sie einen prüfenden Blick auf ihre Armbanduhr, als Martin den Brombeerweg entlanggeradelt kam.

»Hallo, Katja, ich hoffe, du hast nicht zu lange gewartet.«

Er hatte ihren Blick zur Uhr wahrgenommen. »Nein, nein, du bist total pünktlich«, beeilte sich Katja zu versichern. »Grüß dich, Martin.«

»Ich hatte ganz vergessen zu erwähnen, dass du dein Fahrrad mitnehmen musst.«

Statt einer Antwort wies sie mit einer Kopfbewegung auf ihr E-Bike. »Jetzt verrate doch, wohin wir fahren.«

»Ach was, lass dich überraschen. Und bevor ich es vergesse«, Martin zog aus seiner Jackentasche das faltbare Sitzkissen, »bitte schön, das hast du gestern vergessen.«

Mit einem verlegenen Lächeln nahm Katja das Kissen entgegen. »Äh, ja, das hätte ich sicher bald vermisst.« Sie steckte das Kissen ein. Forsch, um ihre Verlegenheit zu überspielen, fragte sie: »Wollen wir dann los?«

»Allzeit bereit, wie es bei den Pfadfindern immer heißt.«

Gemeinsam fuhren die beiden nebeneinander durch Rubbenhoog und weiter über den Hauptradweg, der an der Jugendherberge und dem Vogelwärterhaus vorbei zur Meierei führte. Kurz hinter der Meierei bog Martin nach links ab. Während der Fahrt hatte er von seiner Arbeit erzählt und von einer anstehenden internationalen Konferenz in Hamburg. Um den Schutz von Seehunden und Kegelrobben im Wattenmeer sollte es gehen.

Der Weg wurde schmaler, und die beiden mussten hintereinanderfahren, dabei bemerkte Katja den großen Weidenkorb mit Deckel, der auf Martins Gepäckträger festgeschnallt war. Vielleicht will er mich ja zu einem besonderen Platz in den Dünen führen, um mich zu einem Picknick einzuladen, überlegte sie, und es geht doch nicht um einen Arbeitseinsatz für die Kurverwaltung. Als sie sich vorhin zum Gehen fertig gemacht hatte, hatte sie sich noch ganz satt von ihrem Nachmittagskakao gefühlt, aber nun knurrte ihr beim Gedanken an ein Picknick doch ein bisschen der Magen.

Fest stand jedenfalls, dass sie nicht zu einem einsamen Plätzchen in den Dünen unterwegs waren, denn nach einer Kurve traf der schmale Radweg auf eine geschotterte Straße, an deren Rand mehrere Baucontainer standen. Martin bremste, stieg ab und lehnte sein Rad an die Metallwand des ersten Containers.

»Ich habe doch gezögert, als du mich neulich nach den Seehunden auf Langeoog gefragt hast«, erklärte er, als Katja ebenfalls abgestiegen war und neben ihm stand, »und jetzt zeige ich dir, warum. Komm, ich möchte dir jemanden vorstellen.«

Katja musterte die drei Häuser, auf die sie zugingen. Die flachen Gebäude aus Holz hatten große Glasfronten und schmiegten sich zwischen die Dünen.

»Ist das die neue Seehundaufzuchtstation?«, fragte sie.

»Ja, das ist sie. Eine Schönheit, oder? Der Entwurf der ganzen Station geht auf einen Architekturwettbewerb zurück. Die Dächer werden zum Teil begrünt, aber ein Großteil der Fläche ist mit Solarzellen bestückt, denn unsere Station wird ihren Strom selbst erzeugen.«

Katja registrierte den Stolz in Martins Stimme. Sein Gesicht strahlte vor Begeisterung. »Dort drüben haben wir das Besucherzentrum mit einem Vortragsraum, dem Shop und der Dauerausstellung. Daneben das Verwaltungsgebäude, da werde ich mein Büro haben, und dann im Hauptteil die Räume der Aufzuchtstation. Das Wichtigste aber sind natürlich die Außenbecken. Wir werden über vier große Auswilderungsbecken verfügen, in denen die jungen Seehunde schwimmen und Muskeln aufbauen können. Vorher päppeln wir sie aber in dem Bereich dort drüben erst einmal auf, zum Teil mit Fischbrei.« Während Martin erzählte, waren sie zwischen den Gebäuden hindurchgegangen und so zum Außenbereich gelangt. Katja schaute sich staunend um. Die unregelmäßig geformten Wasserbecken passten sich so natürlich in die Strandlandschaft ein, dass sie gar nicht wie etwas Künstliches wirkten.

»Das alles ist viel größer, als ich mir vorgestellt hatte«, sagte sie.

»Der Platz ist großzügig bemessen. Die Station wird auch nicht das ganze Jahr hindurch gleichmäßig ausgelastet sein. Die Sommermonate werden die Hauptsaison für uns sein, weil dann die Robben geboren werden. Andere Stationen haben zwischen achtzig und hundertfünfzig Jungtiere pro Sommersaison, ich bin gespannt, wie viele es bei uns sein werden. Es gibt verschiedene Faktoren, die Einfluss darauf haben, wie viele Heuler pro Sommersaison bei uns künftig versorgt werden.«

»Hm, Heuler«, sagte Katja nachdenklich. »Das Wort habe ich schon so oft gehört, aber was genau ist eigentlich ein Heuler? Ich weiß nur, dass es sehr junge Seehunde sind.«

»Damit liegst du schon richtig. Wenn das Jungtier von der Mutter getrennt wird, stößt es Kontaktlaute aus. So kommuniziert es. Du musst dir das Geräusch vorstellen wie ein heiseres Heulen.«

»Die armen Kleinen. Wieso passiert das denn überhaupt?«

»Einer der Hauptfaktoren sind wir Menschen«, sagte Martin ernst. »Wenn wir die Seehunde stören, dann kann es passieren, dass die Mütter nicht mehr zu ihren Jungtieren kommen, die Heuler bleiben dann verwaist am Strand zurück.«

»Das ist ja schrecklich.«

»Ich werde mit meinem Team dafür sorgen, dass sie großgezogen werden, lernen, selbst Fische zu fangen, und dann bringen wir sie zurück zu den Robbenbänken. Meistens bleiben die Tiere nicht länger als zwei oder drei Monate bei uns.« Martins Augen leuchteten voller Vorfreude auf die kommende Arbeit. »Am liebsten hätte ich schon in diesem Sommer begonnen. Aber ich will mich nicht beklagen. Wir werden einfach die kommenden Monate dafür nutzen, um alles optimal vorzubereiten, und dann sind wir im nächsten Jahr startklar.«

Wie schön muss es sein, ein festes Ziel vor Augen zu haben und genau zu wissen, was man im nächsten Jahr tun wird, dachte Katja neidisch. »Und wen willst du mir nun vorstellen?«, fragte sie neugierig.

»Komm einmal hier herüber. So, und jetzt nicht erschrecken.« Martin steckte zwei Finger in den Mund und stieß einen gellenden Pfiff aus. Augenblicke später sah Katja einen dunklen Schatten unter der Wasseroberfläche entlangflitzen, und mit einem lauten Platschen tauchte ein Robbenkopf am Rand des Beckens auf. Große schwarze Kulleraugen musterten Katja neugierig.

»Darf ich vorstellen, das ist Paul. Ich habe ihn halb tot und dehydriert am Strand gefunden. Eigentlich dürfen wir hier noch gar keine Tiere halten, schließlich sind die Gebäude noch nicht offiziell eingeweiht. Aber ich konnte Paul ja nicht sterben lassen oder ihn bei mir in der Badewanne großziehen. Deswegen habe ich eine Sondergenehmigung bekommen.«

Das Tier hievte sich aus dem Wasser und robbte auf dem Bauch auf Martin zu. »Oje, ich habe seinen Imbiss vergessen«, sagte Martin und lief zu einem der Gebäude. »Keine Sorge, er wird nur neugierig sein«, rief er über die Schulter hinweg.

»Sind Robben bissig?«, fragte Katja zurück.

»Manche schon, aber Paul ist sehr gutmütig.«

Die Robbe blickte zuerst Martin hinterher und entschied sich dann, stattdessen Katja in Augenschein zu nehmen. Mit seiner Länge von etwas über einem Meter war Paul größer, als Katja erwartet hatte. Bestimmt ist er noch nicht ausgewachsen, dachte Katja, wie er mich mit seinen großen schwarzen Augen anschaut! Aber sie erinnerte sich auch daran, dass sie einmal gelesen hatte, dass Seehunde Raubtiere seien – große schwarze, feuchte Kulleraugen hin oder her. Wenn Martin sich keine Sorgen um mich macht, muss ich das wohl auch nicht tun, überlegte sie und ging langsam in die Hocke, um Paul näher zu begutachten. Der robbte unbeirrt auf sie zu und stupste dann mit seiner feuchten Schnauze gegen ihre Jeans. Katja traute sich nicht, das feucht glänzende Fell zu streicheln, auch wenn sie das gern getan hätte.

»Er ist ausgesprochen anhänglich.« Martin war mit einem kleinen Eimer zurückgekehrt und hielt Katja ein Paar Einweghandschuhe hin. »Hier, zieh die über, dann kannst du dir einen Fisch nehmen und ihm geben. Paul liebt Hering zu jeder Tageszeit.«

Katja streifte die Handschuhe über und griff in den Eimer, nahm einen Hering heraus und hielt ihn dem Seehund hin. Der schnappte nach dem Fisch und verschlang ihn als einen einzigen großen Happen. Martin nahm einen zweiten Fisch und warf ihn ins Wasser. »Schau mich nicht so an, Paul, hol ihn dir.« Es war, als hätte der Seehund genau verstanden, was Martin sagen wollte. Schnell robbte er zum Beckenrand zurück und stürzte sich ins Wasser. Schon Sekunden später tauchte der Robbenkopf wieder auf, und Katja sah gerade noch, wie ein Stückchen Fischschwanz im Maul des Seehundes verschwand.

»Wenn die Touristen erst einmal spitzkriegen, dass Paul bereits hier ist, dann muss ich mich nicht nur mit Handwerkern herumschlagen, sondern auch mit neugierigen Seehundfans. Deshalb habe ich so gezögert, als du nachgefragt hast«, gestand Martin.

»Das verstehe ich gut. Und was wirst du mit Paul tun?«

»Er ist bald so weit, dass ich ihn auswildern kann, auch …«, Martin stockte.

»Auch was?«, fragte Katja sanft.

Martin lächelte schief. »Das klingt jetzt sentimental, aber der kleine Kerl ist mir ans Herz gewachsen. Er ist der erste Heuler, den ich großgezogen habe, das ist schon was Besonderes. Aber er kann nicht ewig bei uns im Becken rumschwimmen, er gehört zu seinen Artgenossen ins Wattenmeer.«

»Ich versteh' gut, was du meinst. – Willst du mir vielleicht noch den Rest der Aufzuchtstation zeigen, also zumindest das, was du schon zeigen möchtest?«

»Willst du das wirklich sehen?«

»Natürlich interessiert mich das.«

»Dann komm mal mit. Ach ja, und die gebrauchten Handschuhe kannst du da drüben in die Tonne werfen.« Martin schaute auf seine Armbanduhr. »Ja, das reicht locker.«

»Wovon redest du?«

»Überraschung.«

»Ich dachte, die hätten wir mit dem Robbenbaby Paul schon hinter uns.«

»Ach was, das war nur der erste Teil des Abends.«

»Oh, es gibt noch eine Steigerung zu dem Verfüttern von rohem Hering? Ich muss sagen, Martin, du weißt, wie man bei einer Frau für Spannung sorgt.«

Martin lachte aus vollem Hals, nahm Katja kurz an die Hand und zog sie in Richtung Gebäude. Seine Hand war warm, der Griff zart und Katja versuchte das Kribbeln, das seine Berührung auslöste, einfach zu ignorieren.

***

»So, jetzt hast du alles gesehen. Wir sollte besser losfahren.« Martin hatte während seiner Führung immer mal wieder verstohlen auf die Uhr geschaut.

»Danke, dass du mir das alles gezeigt hast. Ich denke, die Besucher werden hier Schlange stehen. Die Station ist wirklich unglaublich toll angelegt. Mich würde übrigens das pädagogische Konzept im Kinderbereich interessieren. Du weißt schon … die Lehrerin in mir.«

»Für den Kinderbereich arbeite ich mit zwei Museumspädagoginnen zusammen, die schon andere Ausstellungen für Kinder und Jugendliche entwickelt haben. Wenn du Lust hast, kann ich dir das Konzept in den nächsten Tagen gern mal zeigen.«

»Das fände ich spannend.«

»Ist vermerkt. Und jetzt sollten wir Land gewinnen.«

»Du willst mir immer noch nicht sagen, wo es hingeht?«

»Doch, kann ich, das ist kein Geheimnis. Wir fahren zum Drachenstrand.«

Martin grinste, weil er offenbar genau wusste, dass Katja auch mit diesem Hinweis noch nichts anfangen konnte. An seiner Geheimniskrämerei hatte er sichtlich Spaß.

»Der Drachenstrand – ich hätte es wissen müssen.« Katja seufzte theatralisch und zwinkerte Martin dann zu. »Das ändert natürlich alles.«

Sie gönnte ihm den Spaß, aber neugierig war sie wirklich.

Notting Hill

Sie fuhren auf dem gleichen Weg, den sie gekommen waren, wieder zurück, vorbei an Rubbenhoog und weiter in Richtung Hauptort. Der Drachenstrand lag oberhalb des Inselfriedhofs, auf dem – daran konnte sich Katja noch von ihrem ersten Urlaub erinnern – auch die Sängerin Lale Andersen beerdigt worden war.

Martin stellte sein Rad am Strandzugang ab und löste die Spanngurte, die den Weidenkorb hielten. »Komm mit, unseren Platz kenne ich schon.«

Was meint er denn damit, dachte Katja verwundert und folgte Martin.

Schon nach wenigen Metern blieb sie zwischen den Dünen stehen und schaute überwältigt um sich. Der von einem dünnen Wolkenschleier verhüllte Abendhimmel war in jenem kurzen Zwischenzustand angekommen, wenn es nicht mehr richtig hell, aber auch noch nicht dunkel war. In der Stadt erlebt man dieses Zwielicht nie, dachte Katja. Entweder es ist taghell, oder die Straßenlaternen sind schon eingeschaltet. Dazwischen gibt es nichts. Hier dagegen fühlt es sich an, als würde die Dämmerung eine Ewigkeit dauern. Ein ganz leichter Hauch von Dünenrosen und feuchtem Sand lag in der Luft. Nur zögernd setzte sie sich wieder in Bewegung, Martin war ein paar Schritte vorgegangen, und sie wollte ihn nicht länger warten lassen.

Am Ende des Bohlenwegs wurden Martins Schritte langsamer, denn dort standen gut zwei Dutzend Menschen beisammen, ohne dass Katja erkennen konnte, warum. So viel war jedenfalls klar: Sie waren nicht zu einem einsamen, verborgenen Plätzchen unterwegs. Also war dies doch keine romantische Verabredung zu zweit, sie hatte sich umsonst Gedanken gemacht. Martin ließ sich von den wartenden Menschen nicht aufhalten, sondern ging einfach weiter und umrundete die Gruppe, indem er auf einen kleinen, etwas erhöht liegenden Trampelpfad auswich. »Komm hierher«, Martin winkte sie zu sich heran, »schau mal, da drüben kannst du schon unseren Platz sehen.«

Lächelnd deutete Martin nach vorne. Katjas Augen folgten seiner Handbewegung. Sie hielt unwillkürlich den Atem an und drehte sich dann langsam wieder zu ihm um. Wie er strahlte, als er ihr Gesicht sah! Kein hundert Meter von ihnen entfernt war eine große Leinwand aufgebaut. Direkt davor standen mehrere Reihen bunter Liegestühle und in etwas größerer Entfernung helle, geflochtene Strandkörbe. So eine riesige Außenleinwand hatte sie das letzte Mal bei einem Public Viewing auf dem Kölner Heumarkt gesehen. Aber dort war die Stimmung eine völlig andere gewesen. Hunderte von begeisterten Fußballfans hatten sich dort versammelt, überall hatten bunte Fan-Schals geleuchtet, grölende Biertrinker hatten gesungen – nicht schön, aber laut und fröhlich.

Am Drachenstrand dagegen war es ruhig, obwohl so viele Menschen da waren.

»Ich dachte, ich biete dir mal ein wenig Abwechslung«, erklärte Martin. »Heute ist Open-Air-Kino am Strand. Nach dem Nieselregen gestern und heute stand es auf Messers Schneide, ob die Veranstaltung abgesagt werden muss. Aber zum Glück ist es ja seit heute Mittag trocken und halbwegs warm und windstill geworden. So war noch genug Zeit, um alles aufzubauen. Um zehn Uhr geht es los.«

»Open-Air-Kino direkt am Meer, das ist umwerfend«, hauchte Katja.

»Dachte ich mir doch, dass es dir gefallen würde.«

Katja schaute sich weiter um, von der Düne aus konnte sie

alles überblicken. Zwischen den Strandkörben und den Liegestühlen hatte man Kerzen in Windlichtern aufgestellt, noch konnte sie den Kerzenschein allerdings kaum erkennen. Im Westen war der Himmel in den blassesten Rosa- und Rottönen gefärbt, die man sich vorstellen konnte.

Ein leises Knacken und Knistern aus unsichtbaren Lautsprechern war zu hören, und dann wehte der Klang von Elvis Costellos *She* über den Strand.

»Erkennst du die Titelmusik? Heute steht *Notting Hill* auf dem Programm.«

»O ja! Ich liebe diesen Film. Mit einer Freundin habe ich den als Teenager auf DVD gesehen. Nicht im Traum hätte ich gedacht, dass ich ihn eines Tages auf einer großen Leinwand direkt am Meer zu sehen bekomme. Das ist eine wundervolle Idee, Martin.«

»Dann komm, wir haben den Strandkorb 1710, das ist der mit der grün gestreiften Markise. Siehst du ihn? Da vorne in der dritten Reihe. Ich dachte, wir könnten vor dem Film noch etwas essen. Ich habe uns ein Picknick mitgebracht …« Bei diesen Worten hob Martin den Weidenkorb leicht an.

Katjas Magen knurrte jetzt so vernehmlich, dass sogar Martin es hörte.

»Ich nehme das mal als Zustimmung.«

»Himmel, das ist mir jetzt aber peinlich.« Katja wäre vor Verlegenheit am liebsten in einem Sandloch verschwunden.

Martin lachte nur und sagte: »Ich mag das, wenn mein gutes Essen geschätzt wird.«

Sie setzten sich in den Strandkorb, und er stellte den Weidenkorb zwischen ihnen auf den Sitz.

»Klapp schon mal das Tischchen aus, dann kann ich auspacken«, kommandierte er. »O gut, wir haben das Strandkorbmodell mit Getränkehalter. Und jetzt pass auf, was ich Schönes mitgebracht habe.« Während der folgenden Aufzählung griff er immer wieder in den Korb und holte das Essen heraus. »Also, es gibt Baguette, selbst gemachten Kartoffelsalat, einen Brie, Bergkäse und eine wirklich köstliche Chilisalami. Außerdem kann ich dir noch einen Merlot anbieten.«

»In der Reihenfolge bitte, ich komme um vor Hunger.«

Aus den Tiefen des Korbes nahm Martin Servietten, ein Holzbrett, Teller, Besteck, Gläser und den Wein. Katja aß mit großem Appetit, und es war ihr vollkommen egal, ob sie dabei ausgehungert oder gar gierig wirkte. Das hier war nicht der Moment für vornehme Zurückhaltung. Ihr schmeckte alles großartig, und der Merlot passt hervorragend zu dem Brie und der Chilisalami.

»Weißt du was, Martin, mir hat noch nie Baguette und Käse so gut geschmeckt, wie heute Abend«, erklärte sie zwischen zwei Bissen.

»Ich hatte Sorge, du würdest das Ganze vielleicht zu aufdringlich finden. Ich meine, ich weiß ja, dass du … also … in Köln …« Er sprach nicht weiter.

Da war es wieder, das Bedauern in seiner Stimme, und diesmal schien es Katja, als könnte sie es mit Händen greifen. Sie wusste nicht, was sie sagen sollte. War es schäbig, hier mit Martin zu sitzen und ihm womöglich dadurch falsche Hoffnungen zu machen? Die Stille zwischen ihnen wurde länger, als Katja lieb war. Wie gern hätte sie eine einfache Antwort parat gehabt. Hatte sie aber nicht. Schließlich antwortete sie leise: »Eines steht fest: Es ist überhaupt nicht aufdringlich. Ich freue mich auf den Abend, Martin.«

Sie wollte diesen Abend mehr als alles andere. Sie wollte in diesem Strandkorb sitzen, das Essen genießen und Wein trinken. Sie freute sich auf den Film. Köln war unendlich weit weg, Benne sogar noch ein Stückchen weiter. So vieles wirbelte ihr gleichzeitig durch den Kopf. Sie tat ja nichts Unerlaubtes, sie schaute sich nur zusammen mit einem Bekannten einen Film an. Nun ja, wenn sie ganz ehrlich war, lag da eine prickelnde, erwartungsvolle Stimmung in der Luft. Das gehörte nicht bei jedem Kinobesuch zum Programm, zugegeben.

Sie war mit Benne zusammen. Katja und Benne, Benne und Katja. Nichts hatte sich geändert. Oder doch? Seit dem seltsamen Telefonat neulich, bei dem sich herausgestellt hatte, dass Benne seine Zeit in Los Angeles nicht nur aus vollen Zügen genoss, sondern auch gleich auf der Luxusranch einer Kollegin eingezogen war … seit diesem Moment hatte sich in ihren Gefühlen etwas verschoben. Benne machte sich bestimmt keine Gedanken darüber, ob er seine Zeit in den USA zu sehr genoss, er tat es einfach. Und genau das will ich jetzt auch, dachte sie trotzig. Und dann schämte sie sich sofort für diesen Gedanken. In einer Beziehung sollte es nicht darum gehen, sich voreinander zu rechtfertigen oder gar aufzurechnen, wer von zwei Menschen mehr Anspruch darauf hatte, sich zu amüsieren.

»Ich würde einfach gerne diesen Abend heute …«

»Ist gut«, unterbrach Martin sie. »Guck mal, der Film fängt an.« Fast war es, als wollte er verhindern, dass sie noch mehr sagte. Vielleicht etwas sagte, das sich später nicht mehr zurücknehmen ließ.

So schwieg Katja. Sie hatte erklären wollen, was sie fühlte, aber vielleicht hatte Martin recht: Es war gut. In diesem einen Moment war es ein perfekter Abend. Sie lehnte sich zurück und tauchte in den Film ein.

***

Die letzte Szene im Film – eine lange Kamerafahrt. Ein kleiner Park mitten in London, herumlaufende Kinder, eine Gruppe von Menschen trainiert Tai-Chi, die Kamera sucht eine dieser Parkbänke aus Holz und auf der liegt die unvergleichliche Julia Roberts, den Kopf im Schoß von Hugh Grant, die Augen geschlossen, eine Hand auf dem deutlich sichtbaren Babybauch. Und der charmante Hugh Grant hält ihre Hand, während er in einem Taschenbuch liest. Die beiden sind angekommen, leben ihren Traum, sie haben es geschafft, gegen alle Widerstände von außen. Und wieder erklang Costellos *She* und begleitete diese letzte Einstellung.

Katja schloss die Augen und seufzte. Als die Leinwand dunkel wurde, griff sie über den Weidenkorb hinweg nach Martins Hand und drückte sie kurz.

»Danke. Danke für diesen wundervollen Film.«

Martin hielt ihre Hand für einen Moment fest und fuhr ganz vorsichtig mit dem Zeigefinger über ihre Haut. »Genau so hatte ich mir das vorgestellt. Ich habe zu danken, dass du mit mir hier am Strand sitzt.«

So ein warmes Kribbeln im Bauch hatte Katja nicht mehr gefühlt, seit ... Wenn sie ehrlich war, nicht mehr, seit sie sich damals in einer Sommernacht in Benne verliebt hatte. Benne. Benne und Katja.

Behutsam entzog Katja Martin ihre Hand. »Ich ... ich sollte jetzt besser ... ähm ... nach Hause fahren.«

***

Als sie wieder vor Jettes Haustür standen, schaltete Katja das Außenlicht ein, eine alte Schiffspositionslampe aus Messing, um besser aufschließen zu können. »Danke, dass du mich noch nach Hause gebracht hast.« Sie zögerte einen Moment, beugte sich dann vor und küsste ihn sanft auf die Wange. »Gute Nacht, Martin, und noch mal vielen Dank für alles.«

»Ich habe zu danken, Katja. Ich bin jetzt erst mal eine Weile nicht da, bin für ein paar Tage auf dem Festland unterwegs. Aber danach – hast du es schon gehört? Sonntag in einer Woche macht Annika endlich ihre Nudelparty. Am frühen Abend.«

»Dann sehen wir uns nächste Woche.« Katja lächelte ihm

zu. Martin drehte sich um und ging zurück zu seinem Fahrrad.

Katja betrat das Haus, schloss die Tür hinter sich und lehnte sich mit dem Rücken dagegen. Sie hatte seine Wange geküsst. Der leichte, herbe Duft seines Aftershaves war noch da, irgendetwas mit Orange, Zedernholz und … ja, richtig, Rosmarin. Nur ein Hauch, und schon wie eine ferne Erinnerung. Sie hörte, wie das Gartentor zufiel. Er wäre mit hereingekommen, schoss es ihr durch den Kopf. Wenn ich gewollt hätte, wäre er geblieben. Mit einem tiefen Seufzen atmete sie aus. »Du hast etwas Besseres verdient, Martin«, murmelte sie im Dunkeln, »etwas Besseres als eine Urlauberin, die am Ende der Ferien für immer von dieser Insel verschwinden wird.«

Überraschung!

Eine Woche später war die Strandkorbvermietung für Katja zur Routine geworden. Eine Routine, die sie durchaus begrüßte, sie mochte das Gefühl, alles im Griff zu haben, und sie freute sich, dass ihre neuen Angebote bei den Touristen so gut ankamen. Jeden Tag fand sie zwischendurch genug Zeit, um das schöne Sommerwetter am Strand zu genießen. Ein Liegesessel stand jetzt immer neben dem Blockhaus im Sand bereit.

Mit Jette tauschte sich Katja regelmäßig telefonisch aus, ihr entging dabei nicht, dass diese zunehmend ungeduldig wurde – am liebsten hätte die wohl alles selbst wieder in die Hand genommen. Katja konnte es Jette nicht verdenken, schließlich war es ihr Geschäft und ihr Zuhause. Mehr als einmal erklärte Jette, dass die Physiotherapeutin sehr zufrieden mit den Fortschritten sei, dass ihr die Insel fehle, der Horndorfer Strand und ihr kleines Häuschen. Immerhin war Jette inzwischen nicht mehr auf fremde Hilfe beim Anziehen angewiesen, aber klar war auch, solange die Physiotherapeutin kein grünes Licht für eine Rückkehr nach Langeoog gab, musste Jette auf dem Festland bleiben.

Katja achtete peinlich genau darauf, die Unterlagen für die Strandkorbvermietung immer auf dem neuesten Stand zu halten, sodass sie jederzeit alles geordnet an Jette übergeben konnte. Genauso in Jettes Haus: Stets war alles aufgeräumt und sauber, benutztes Geschirr wurde sofort gespült und weggestellt. Hektische Aktivitäten kurz vor Jettes Rückkehr würden nicht nötig sein – auch darauf war Katja ein wenig stolz.

Sie hatte jetzt viel Zeit für sich. Birtes Freund war für ein paar Tage aus Dubai zurück und die beiden verbrachten diese

Zeit auf dem Festland in Aurich. Annika hatte sich einmal kurz gemeldet, um Katja ganz offiziell zur Spaghetti-Party einzuladen, war aber ansonsten völlig in ihrem Alltagsleben eingespannt.

Sie versuchte mit einigen ihrer alten Freundinnen Kontakt aufzunehmen, doch das erwies sich als schwierig. Unter den Lehrerkolleginnen hatte sie zwar nette Bekanntschaften gemacht, die jedoch regelmäßig beim Wechsel zur nächsten Schule wieder eingeschlafen waren. Ihre beste Freundin aus Studientagen war immer noch Kim Schneider – diejenige, die sie damals zu der Party mitgeschleppt hatte, bei der sie Benedikt zum ersten Mal begegnet war. Wie gern hätte sie mit Kim gesprochen oder wenigstens ein paar Nachrichten ausgetauscht, doch ihre Mobilfunknummer schien nicht mehr erreichbar zu sein.

In den letzten Wochen hatte Katja auf Langeoog so viele verschiedene Menschen getroffen, die sie alle mit offenen Armen in ihren Kreis aufgenommen hatten, dass ihr die ersten Tage ohne Abendprogramm ganz fremd vorkamen. Aber nun waren es genau diese Abende, die bei ihr endlich für die nötige Entspannung sorgten. Das war es, was sie sich im hektischen Schulalltag am allermeisten gewünscht hatte: unbeschwerte Tage ohne Verpflichtungen. Sie unternahm lange Spaziergänge, die nackten Füße im Wasser, sie zelebrierte die Abende in einem der Ohrensessel oder auf der Gartenbank mit Blick auf den wunderschönen Garten, sie erlebte Sonnenuntergänge in den Dünen und Fahrten mit dem Rad im Nieselregen und anschließender heißer Schokolade vor dem Kaminofen. Sie las stundenlang und gönnte sich manchmal ein kurzes Schläfchen im Himmelbett mitten am Tag, wenn der Strandkorbverleih es erlaubte.

Katja freute sich auf die Spaghetti-Party. Das würde der Abend sein, an dem sie Martin wiedersah. Wenn sie an Benne dachte, fühlte sich diese Freude falsch an, aber sie ganz zu unterdrücken, so zu tun, als gäbe es sie gar nicht, funktionierte nicht. So sah sie diesem Abend mit Vorfreude, aber auch mit einem gewissen Unbehagen entgegen.

Es war am späten Freitagvormittag, Katja saß auf der Holzveranda des Blockhauses und schrieb gerade eine Einkaufsliste, als drinnen in der Hütte ihr Handy klingelte. Sie legte Block und Stift auf den Holzboden und lief barfuß nach drinnen.

Als sie Bennes Handynummer sah, stutzte sie. Warum rief er um diese Zeit an? Bei ihm in L.A. musste es doch noch mitten in der Nacht sein.

»Benne, ist alles in Ordnung bei dir?«, stieß sie atemlos hervor.

»Na, das ist ja mal eine Begrüßung. Hi, meine Schöne.«

Gut, er klang ganz normal, keine Panik in der Stimme, also gab es wohl keine Schreckensnachricht, schoss es ihr durch den Kopf.

»Hallo, Benne, ich war nur so erschrocken, weil du zu dieser ungewöhnlichen Uhrzeit anrufst.«

»Na ja, bei mir auf der Uhr ist es zwanzig nach elf, so ungewöhnlich ist die Zeit nicht zum Telefonieren.«

»Zwanzig nach … was?«

Katja hörte Bennes amüsiertes Lachen. »Also, das ist jedenfalls die Uhrzeit, die unsere Küchenuhr anzeigt. Aber frag mal meine innere Uhr, und die wird dir versichern, es ist noch mitten in der Nacht.«

»Unsere Küchenuhr? Sag mal, bist du etwa wieder in Köln?«

»Ei, das hat aber lange gedauert, bis der Groschen gefallen ist, Frau Hollenhorst. Ja, ich hab den Aufenthalt in L.A. ein bisschen verkürzt, wir sind dermaßen gut mit allem vorangekommen, und es wird ja auch nicht mein einziger und letzter Aufenthalt dort sein. Ich dachte, du würdest dich ein bisschen mehr freuen.«

»Du alter Dummkopf. Natürlich freue ich mich, dass du zurück bist. Das … das kommt nur alles ziemlich plötzlich.«

»Hör zu, Katja, ich hab mir schon alles ganz genau überlegt. Das passt super. Ich habe mindestens eine Woche Zeit, bevor ich hier in Köln wieder gebraucht werde. Ich werde jetzt ein paar Sachen packen und etwas schlafen. Morgen früh fahre ich nach Frankfurt, nehme den Inlandsflug nach Bremen und von Bremen den Charterflug nach Langeoog. Tadaa – Überraschung! Da staunst du, was?«

»Morgen? Du kommst morgen hierher auf die Insel?«

»Hast du was dagegen?« Seine Stimme klang gekränkt, plötzlich nicht mehr so selbstsicher.

»Nein, nein«, sagte Katja hastig. »Weißt du denn schon, wann du genau ankommen wirst?«

»Nee, das erfahre ich erst am Flughafen. Ich vermute mal, es wird am späten Nachmittag sein. Ich schicke dir auf jeden Fall eine Nachricht.«

»Nachmittags kann ich dich leider nicht selbst abholen, da bin ich noch im Strandkorbverleih. Das Beste wird sein, ich organisiere dir ein Pferdetaxi. Frag einfach am Flugplatz nach Siggi, dem Kutscher, und sag ihm, dass du zum Marktplatz in Rubbenhoog möchtest.«

»Pferde… was? Marktplatz? Wohnst du da?«

»Lass dich überraschen. Wir treffen uns dann am Marktplatz in Rubbenhoog. Ich freue mich, wenn du hier bist.«

»Ich mich auch. Tschüs, meine Schöne.«

Katja ließ ihr Handy sinken und starrte blicklos auf den Horizont. Benne kommt nach Langeoog. Er kommt hierher. Wir können zusammen zu Annikas Party gehen, dann kann er auch gleich die anderen hier auf der Insel kennenlernen. Ich freu mich, ihn endlich wiederzusehen. Ich habe ihn doch vermisst, oder?

Nachdenklich ging Katja zurück zu ihrem Liegestuhl und zu ihrer Einkaufsliste. Sie liebte Überraschungen nicht so sehr, und das wusste Benne ganz genau. Abwechslung hatte sie in ihrem Berufsalltag genug. Aber langsam keimte doch Vorfreude in ihr auf. Sie hatte Benne viel zu erzählen, und es würde Spaß machen, ihm die Insel zu zeigen, auf der sie sich schon wie zu Hause fühlte. Sie freute sich darauf, ihm ihre neuen Freunde vorzustellen.

Allerdings war da auch noch etwas anderes. In ihrem Kopf stellte eine kleine Stimme eine einzige, gemeine Frage: und Martin?

Katja atmete tief durch und beschloss, nicht weiter über diese Frage nachzudenken. Sie hatte Martin weder falsche Hoffnungen gemacht, noch hatte sie ihm etwas verschwiegen. Und es war gut, dass Benne zu ihr kam. Dann würde alles wieder so sein wie immer.

Zeit zu zweit

»Elektroautos – wozu hat der Herrgott denn Elektroautos erfunden? Warum musste ich in einem Pferdetaxi über die Insel zockeln? Himmel, wir sind schließlich im 21. Jahrhundert. In L.A. testen sie autonome Taxis, und hier ...«

»Na, jetzt beruhige dich, Benne. Siggis Pferde finden auch ohne ihn den Weg, die sind sozusagen autonom.« Katjas breites Lächeln brachte Benne zum Lachen.

»Okay, ich hab's kapiert, ich soll nicht so herummosern.«

»Richtig! So ist es.«

Katja hatte Benne auf dem kleinen Marktplatz von Rubbenhoog erwartet. Eben war er mit Siggis Pferdetaxi angekommen. Jetzt gingen die beiden den Brombeerweg entlang. Die ersten Meter zog Benne seinen Rollenkoffer noch hinter sich her, aber auf dem sandigen Weg blockierten die Rollen, sodass er schließlich mit einem verärgerten Brummen den langen Griff in den Koffer versenkte und ihn stattdessen trug.

»Und wir gehen jetzt zu dem Haus von dieser Freundin deiner Mutter? Ist das nicht irgendwie seltsam? Wir könnten doch in ein Hotel ...«

Katja drehte sich zu Benedikt um und musterte ihn mit einem erstaunten Blick. »In ein Hotel? Warum das denn? Wenn ich jetzt noch in der Pension Dünenglück wäre, dann wäre das etwas anderes, aber so ... Jettes Haus ist wirklich viel komfortabler als die Pension. Außerdem habe ich Jette gestern noch gefragt, und sie hat gesagt, du bist herzlich willkommen in ihrem Gästezimmer. Da vorne, da ist das Haus.«

Katja führte Benne durch den Garten und schloss auf. Zögernd betrat Benne Jettes Haus. Er schien immer noch nicht überzeugt, dass das Ganze eine gute Idee war. Im Wohnzimmer stellte er den Koffer auf den Boden und schaute sich neugierig um.

»Hat was von einer Studentenbude. Diese Jette ist offenbar ein großer Flohmarktfan. Ganz nett!«

Katja biss sich auf die Lippen. Bennes »ganz nett« klang gleichzeitig arrogant und herablassend.

»Bestimmt freust du dich schon auf unseren Loft in Köln, was? Ich habe drüben in L.A. Möbel gesehen, die haben mich umgehauen. Stahl, rotes und schwarzes Leder, sehr minimalistisch. Es gibt da mehrere Möbeldesigner, die Unikate entwerfen. Doktor Gereon hat mir den Tipp gegeben. Ich überlege, ob wir uns nicht auch so etwas bauen lassen sollen. Nicht ganz billig, aber so was wie eine Geldanlage.« Katja bemühte sich um einen möglichst neutralen Gesichtsausdruck. Wollte sie minimalistische Möbel aus Stahl und Leder?

»Für mich müssen Möbel bequem sein, keine Geldanlage.«

Benne trat zu ihr und küsste sie auf die Wange. »Das sagst du nur, weil du sie noch nicht gesehen hast. Ich meine, wenn man mehrere Wochen in einem Sperrmüllhaushalt wie diesem lebt, verliert man vielleicht den Blick fürs große Ganze. Glaub mir, die Katja mit den schwarzen High Heels wird diese Möbel lieben.« Benne lächelte amüsiert.

Die Katja mit den schwarzen High Heels, die habe ich in Köln zurückgelassen, dachte sie. Und ich vermisse diese Person überhaupt nicht. Mit Unbehagen dachte sie an die Feier vor ein paar Wochen, wo sie noch voller Stolz mit ihren neuen Schuhen durch die Galerie geschritten war und sich an den bewundernden Blicken erfreut hatte. Mochte sie diese Rolle überhaupt noch? Passte sie noch zu ihr? War das jemand, der sie sein wollte? Das Gespräch mit ihm entwickelte sich in eine Richtung, die ihr nicht behagte, deshalb sagte sie schnell: »Unser Zimmer ist im ersten Stock, komm, ich zeig es dir rasch. Bestimmt willst du dich auch frisch machen.«

»Eine Dusche wäre nicht schlecht, das heißt, wenn diese Bauernkate eine Dusche besitzt, höhö. In welchem Restaurant wollen wir denn heute Abend essen, hast du schon was reserviert?«

»Nein. Ich habe Wein gekauft, Salat, Baguette und frischen Fisch.«

»Oh, okay, dann machen wir's uns eben hier gemütlich.«

Benne trat zu ihr und küsste sie leidenschaftlich. Der Kuss überraschte Katja, und sie brauchte einen Wimpernschlag, bevor sie ihn erwiderte. Als sich Benne von ihr löste, flüsterte er heiser: »Wie wäre es mit einem frühen Abendessen? Ich hatte nur etwas Obst heute Mittag am Flughafen. Ein frühes Essen, und dann haben wir mehr Zeit für uns.« Er nahm seinen Koffer und ging zur Treppe. »Nach oben, hast du gesagt?«

Katja gab sich einen Ruck. Bennes Reaktion auf Jettes Haus, das ganze Wiedersehen – irgendwie fühlte sich alles falsch an. Das ist doch der Mann, den ich liebe, dachte sie, was stört mich also?

Katja führte Benne ins Gästezimmer und schenkte anschließend in der Küche zwei Gläser Weißwein ein. Während oben die Dusche anging, schnitt sie die Zutaten für den Salat klein und bereitete den Fisch vor. Es dauerte nicht lange, bis Benne wieder bei ihr in der Küche war. Seine Haare waren noch feucht vom Duschen, er war barfuß, trug eine weiße Jeans und ein dunkelblaues Polohemd.

»Du hast dir die Haare schneiden lassen«, bemerkte Katja. Sie versuchte, das möglichst beiläufig zu sagen. Sein neuer Haarschnitt war ihr gleich aufgefallen, aber sie hatte es unpassend gefunden, ihn sofort zur Begrüßung auf seine Haare anzusprechen. Die waren jetzt an den Seiten raspelkurz geschnitten, das lange Deckhaar war glatt zur Seite gekämmt. Undercut nannte man das wohl, es sah nicht schlecht aus, war aber ungewohnt.

»Ich brauchte mal eine Veränderung, und Susan kennt einen Starfriseur, bei dem die ganz Großen aus Hollywood ein und aus gehen. Normalerweise braucht man Wochen, um einen Termin zu bekommen, aber sie hat ihre Beziehungen spielen lassen.« Die Weingläser auf dem Tisch waren inzwischen schon leicht beschlagen, erste Tropfen perlten außen am Glas herunter. Benne nahm sich ein Glas. Katja war dabei, ein Holzbrett und die Küchenmesser abzuspülen. Jetzt trocknete sie sich schnell die Hände ab, um mit Benne anzustoßen.

»Cheers.«

»Zum Wohl, Benne.«

Nach dem ersten Schluck schmeckte er noch ein paar Sekunden den Aromen nach, dann nickte er und murmelte: »Ganz annehmbar, wirklich nicht schlecht.«

Katja atmete einmal tief durch. Sie konnte jetzt etwas sagen, oder einfach alles ignorieren.

»Du tust ja gerade so, als wärst du der geborene Weinexperte. Ich erinnere mich, dass du noch vor zwei Jahren die fünf Liter Weißwein im Tetra Pak ganz lecker gefunden hast.«

»Sorry, aber ich hab halt in den letzten Wochen mehr als einmal teure Jahrgänge getrunken, so was kann den Geschmack verderben.« Er lächelte Katja mit seinem schönsten entwaffnenden Blick an und fügte hinzu: »Die Bemerkung eben war unpassend, so habe ich das auch nicht gemeint.«

Na immerhin, dachte Katja, vielleicht muss ich ihm einfach nur mehr Zeit geben. Er gibt sich ja Mühe. Eine Sache aber musste sie noch ansprechen. »Ich hab mich wahnsinnig darüber geärgert, dass du bei dieser Susan eingezogen bist. Sie dann am Telefon zu haben, während du unter der Dusche warst …«

Benne stellte sein Weißweinglas auf die Arbeitsplatte und umarmte Katja von hinten. Seine warmen Lippen berührten zart ihren Hals. Eine Berührung, die bei ihr für Gänsehaut sorgte.

»Sag bloß, du bist eifersüchtig gewesen?«, flüsterte er in

ihre Haare hinein. »He, meine Schöne, das war reines Business. Susan ist nur eine nette Kollegin, die drüben echt Gott und die Welt kennt. Ihre Ranch hat sogar einen eigenen Gästetrakt, da habe ich gewohnt, das hab ich dir doch gesagt. Es war reiner Zufall, dass sie den Anruf angenommen hat. Du musst mir glauben, da ist nichts gelaufen.«

Katja drehte sich in seinen Armen um und suchte seinen Blick. »Aber du verstehst, warum ich wütend war, oder?«

Er lächelte schief. »Schon klar, ich hab nicht darüber nachgedacht, wie das bei dir ankommen musste.« Er trat zurück, nahm sein Weinglas und trank einen weiteren Schluck. »Echt, der ist viel besser als der Wein aus dem Tetra Pak.«

Seine Bemerkung in Kombination mit dem spitzbübischen Lächeln und seinem Augenaufschlag brachten Katja zum Lachen. Es war befreiendes Lachen, ein Lachen, das die Atmosphäre zwischen ihnen veränderte. So, wie ein einzelner Sonnenstrahl durch eine graue Wolkendecke plötzlich alles in einem anderen Licht erscheinen lassen konnte.

***

Katja servierte das Abendessen draußen auf der kleinen Terrasse, die windgeschützt hinter dem Haus lag. Während des Essens erzählte Benne von seinen Tagen in Los Angeles. Der Aufenthalt war offenbar ein großer Erfolg gewesen, seine Marketingstrategie war bei den Investoren auf breite Zustimmung gestoßen.

»Die fressen uns aus der Hand. In spätestens sechs Monaten besitzen wir ein System für den Massenmarkt, und gleichzeitig gibt es erste Regierungsstellen, die ihr Interesse angemeldet haben. Mit diesen Interessenten in der Hinterhand sind wir auch auf dem europäischen Markt ganz anders aufgestellt.«

Katjas Beitrag zum Tischgespräch bestand aus vereinzelten

Nachfragen und zustimmendem Nicken. Sie gönnte ihm die Begeisterung und sie verstand auch, warum die Geschäftsreise so wichtig für ihn war. Aber er fragt nicht einmal, wie es mir in den letzten Wochen ergangen ist, was ich erlebt habe, schoss es Katja durch den Kopf. Noch während sie das dachte, wurde ihr klar, dass es schon in den letzten Monaten vor dem Urlaub ganz ähnlich abgelaufen war. Benne erzählte von seinem Tag, plauderte über die Neuigkeiten aus der Firma, aber er interessierte sich nicht für ihren Alltag, für das, was in der Schule passiert war. Wann hat das eigentlich angefangen?, fragte sich Katja und nahm sich vor, dass sich etwas ändern musste. Keine Frage, die USA-Reise war interessanter als die ruhigen Tage am Horndorfer Strand, aber trotzdem.

»Willst du gar nicht wissen, was ich hier auf Langeoog getan habe?«

»Doch, sicher, aber ich dachte, dich würde erst einmal interessieren, woher unser nächstes Haushaltsgeld kommen wird.«

»Ich werde hoffentlich wieder einen Vertrag bekommen und in der Schule arbeiten.«

»Haha, sehr witzig, ich meinte natürlich die große Kohle. Aber du hast recht. Also, meine Schöne, erzähl mir vom Strandleben.«

In der darauffolgenden halben Stunde erzählte Katja von der Strandkorbvermietung, von Annika und Birte, von ihren neuen Angeboten und den Mietern, die sie in den letzten Wochen kennengelernt hatte. Benne hörte aufmerksam zu, offenbar nahm er sich Katjas Einwand zu Herzen. Und je mehr sie erzählte und sein Interesse genoss, umso mehr wurde der Abend zu einem gemeinsamen Abend. Einem Sommerabend am Meer.

»Wie wäre es mit einem Spaziergang am Strand?«, fragte Katja.

Benne gähnte kurz hinter vorgehaltener Hand und dann

erwiderte er sanft: »Wie wäre es, wenn wir mal ausprobieren, wie sehr die Matratze im Himmelbett da oben federt?«

Katja lächelte bei seinem Vorschlag. Warum eigentlich nicht, dachte sie.

»Geh du schon mal vor. Ich bringe noch das Geschirr in die Küche und verschwinde kurz im Bad.«

Als sie aus der Dusche stieg und sich abtrocknete, bedauerte sie für einen kurzen Moment, dass sie keine Spitzenunterwäsche eingepackt hatte. Die gab es nämlich in Köln, und Katja verband damit ein paar sehr erotische, aufregende Abende.

»Nun, nach drei Wochen Trennung geht es bestimmt auch ohne Reizwäsche«, murmelte sie und zog ihren dünnen Bademantel über. Der helle Stoff hob ihre sonnengebräunte Haut noch mehr hervor. Sie schlang den Gürtel nur lose um die Hüften und ließ den Bademantel bewusst über der Brust halb geöffnet. Barfuß ging sie zum Gästezimmer. Benne hatte zwei Kerzen angezündet, die den Raum in ein warmes Licht tauchten. Er lag nackt auf dem Bett.

»Ich hoffe, ich habe dich nicht zu lange warten lassen«, flüsterte Katja. Statt einer Antwort erhielt sie nur ein leises Schnarchen. Mit zwei Schritten war Katja am Himmelbett. Benne lag auf der Seite, die Augen geschlossen, den Mund leicht geöffnet und atmete tief und gleichmäßig. Der Jetlag hatte gnadenlos zugeschlagen.

»Das war's dann wohl mit der federnden Matratze«, murmelte sie und deckte ihn zu, bevor sie ihr Nachthemd überzog und ihr Buch nahm, um noch ein paar Seiten zu lesen.

So unter Brüdern

Das kurze Stück von der Inselbahn bis zu Dominiks Fahrradverleih legte Martin zu Fuß zurück. Sein Rollenkoffer machte auf den gepflasterten Wegen genauso einen Höllenlärm, wie er ihn sonst nur von den ankommenden Touristen zu hören bekam. Seine Woche in Hamburg war vorbei und mit ein bisschen Glück würde er seinen Bruder Dominik noch erwischen, bevor der seinen Fahrradverleih für heute schloss. Eine Möwe hatte sich hoch oben auf einem Fahnenmast niedergelassen und schaute nun in einer fast hochmütig wirkenden Haltung in die Ferne. Erst als er mit seinem rumpelnden Koffer schon fast neben dem Fahnenmast angekommen war, erhob sie sich in die Lüfte und flog weg.

»Ja, wen haben wir denn da?« Dominik saß draußen vor seinem Geschäft auf einer Holzbank und blinzelte in der Abendsonne. »Mein Bruder, der Weltreisende, ist wieder zurück.« Er sprang auf und ging Martin entgegen. Das Begrüßungsritual der beiden war jedes Mal das gleiche: Sie gingen aufeinander zu, bis sie genau seitlich nebeneinanderstanden, jeder in seine Richtung. Wer dann schneller war und es schaffte, den anderen so anzurempeln, dass der einen Seitwärtsschritt machen musste, gewann. Das hatten sie die letzten fünfundzwanzig Jahre so gemacht, und beide sahen keinen Grund, damit aufzuhören. Heute gewann Dominik, da Martin durch seinen Koffer ausgebremst wurde und nicht schnell genug hatte ausweichen können. Martin taumelte kurz zur Seite und rieb sich den schmerzenden Oberarm.

»Na, komm her, du Weichei. Lass dich umarmen.« Dominik breitete beide Arme aus und strahlte. »Schön, dass du wieder da bist. Wollen wir uns hinsetzen? Ich hab zufällig noch kaltes Bier im Kühlschrank.«

Martin nickte und ließ sich auf der Bank nieder. Er schloss die Augen und legte die Arme rechts und links auf die Rückenlehne. »Ah, das ist gut. In der Stadt ist man irgendwie nie richtig draußen.« Nach wenigen Sekunden öffnete er ein Auge halb, sah, dass Dominik immer noch da war und fügte hinzu: »Äh, kriegst du das mit dem Bier heute noch hin, oder muss ich es selber holen? Ich finde, du bist dran, ich hab schließlich schon fast sechs Stunden Heimreise hinter mir.«

Dominik lachte gutmütig und ging nach drinnen, um zwei Flaschen Bier zu holen.

»Prost, Bruderherz.«

»Prost. Das ist nicht nur gut, Dominik, das ist noch besser. Ich war nur eine Woche weg und hatte doch schon richtig Heimweh.«

»Pah, Heimweh – wohl eher Sehnsucht nach der Frau deiner Träume, was?«

Martin verschluckte sich und hustete.

»Wie bitte?«

»Du weißt schon. Katja. Du hast doch ein Auge auf Katja geworfen.«

»Och, weißt du … also …«

»Du hast dich in Katja verliebt. Und warum auch nicht? Das mit Daniela ist schon zwei Jahre her, darüber bist du doch längst hinweg.«

Dominik hatte eine wunderbar direkte Art, die Dinge auf den Punkt zu bringen.

»Ich hab mit so was nicht gerechnet. Also, ja, wenn ich so drüber nachdenke … ich dachte nicht, dass ich so etwas irgendwann noch einmal fühlen würde.«

»Nein?« Dominik zog eine Augenbraue hoch.

Martin druckste herum. »Ich wollte sagen, ich bin nicht davon ausgegangen, für immer als Single durchs Leben zu gehen, wenn du das meinst. Ich hatte mir überlegt, wenn ich eine Frau kennenlerne, die ich interessant und … ja … irgendwann auch liebenswert finde, dann würde ich die Dinge langsam angehen.«

»Hm.«

»Außerdem ist jetzt gerade ein ganz schlechter Zeitpunkt für die Liebe, ich muss mich doch um den Aufbau meiner Aufzuchtstation kümmern.«

»Deine Aufzuchtstation«, sagte Dominik mit einem Grinsen. »Seid ihr schon bei der Familienplanung?«

Martin schwieg.

»Oje, es ist dir wirklich ernst, oder?«, fragte Dominik behutsam.

»Wie gesagt, ich wollte es langsam angehen lassen. Aber nun ist alles anders gekommen.« Die Sätze sprudelten nur so aus Martin hervor. »Katja hat mich wie eine Sturmflut aus heiterem Himmel überrollt. Dabei war sie so zickig, als wir uns das erste Mal begegnet sind. Aber auf dem dreißigsten Geburtstag …«

»… war spätestens am Ende der Party klar, dass du auf dem besten Weg bist, dich in sie zu verlieben«, ergänzte Dominik.

Die Ellenbogen auf die Knie gestützt, schaute Martin auf den Boden zwischen seinen Füßen. Er redete weiter, als hätte Dominik ihn gar nicht unterbrochen. »Ich liebe ihr Lachen, das Glitzern in ihren Augen, die Begeisterung, mit der sie von Jettes Häuschen spricht, und ihre Hingabe für ihre Arbeit als Lehrerin. Ich liebe sozusagen das Katja-Hollenhorst-Gesamtpaket. Was soll ich nur machen?«

»Das, kleiner Bruder, ist eine dumme Frage«, sagte Dominik. »Hier ist mein Rat, so unter Brüdern. Du bist doch morgen bei uns zum Nudelessen eingeladen. Katja kommt auch. Sprich mit ihr.«

Martin hob seine Bierflasche gegen das Licht, schätzte den

letzten Schluck ab. Er trank schnell aus, drückte seinem Bruder die leere Flasche in die Hand und sagte: »Ich muss jetzt ein bisschen allein sein, zu Hause ankommen. Hey, und danke fürs Bier. Wir sehen uns dann morgen.«

Er freute sich auf Annikas Nudelparty.

Benne

Er wusste nicht mehr, wann er das letzte Mal auf einem Fahrrad gesessen hatte. Das musste Jahre her sein. Aber er wusste genau, warum er das Radfahren nie vermisst hatte. Er hatte jetzt schon drei Fliegen eingeatmet – und wieder ausgespuckt, zumindest zwei davon. Dazu der blöde Seewind, der irgendwie immer von vorne kam, und die Erkenntnis, dass er alles war, nur nicht fit. Trotz des E-Antriebs lief Benne der Schweiß den Rücken herunter.

War ja klar, dass er auf einer Insel ohne richtige Autos mit dem Rad fahren musste. Was blieb ihm anderes übrig? Er wollte nun mal auf den Golfplatz. Gestern hatte er extra seine Golftasche mit den Schlägern am Flugplatz deponiert, der Golfplatz lag ganz in der Nähe. Das war eine gute Idee gewesen – nur mit der Entfernung zwischen Rubbenhoog und dem Golfplatz hatte er nicht gerechnet. Zu Fuß wäre man da locker 'ne Stunde unterwegs gewesen. Also war Katjas Angebot, das Rad zu nehmen, ganz okay gewesen.

Was für ein verkorkster Abend, und heute früh war es auch nicht besser gelaufen. Benne schnaufte, teils aus Atemnot, teils weil ihm alles total peinlich war. Scheiße, dachte er, da macht sich Katja bereit für eine heiße Nummer im Bett, und ich knacke einfach ein. Und heute Morgen lief auch nichts. Benne brummte wütend. Warum zum Teufel musste Katja während ihres Urlaubs Strandkörbe vermieten und um halb neun schon am Frühstückstisch sitzen?

Ich habe doch echt Einfühlungsvermögen bewiesen, bin extra früher aus den USA zurückgekommen und hier auf diese Kack-Insel geflogen. Mal ehrlich: Das Sport-Ressort in Südfrankreich wäre auch eine Möglichkeit gewesen, ich hätte nur noch mal neu buchen müssen. Golfen, ausspannen und Essen vom Feinsten.

»Moin, Moin.« Eine ältere Dame winkte ihm fröhlich zu. Benne lächelte halbherzig zurück. Moin, Moin, klar, die grüßen hier jeden, selbst wenn sie ihn nicht kennen. Die waren wahrscheinlich froh und dankbar, dass es überhaupt Touristen auf diesem Sandflecken in der Nordsee gab.

Benne bremste scharf, weil von rechts eine Kutsche auf die Straße bog. Er versuchte möglichst schnell an den stinkenden Gäulen vorbeizukommen und trat besonders kräftig in die Pedale.

»He, das ist eine Fußgängerzone!«, brüllte eine Männerstimme hinter ihm her.

Du kannst mich mal, dachte Benne, ignorierte den Ruf und bog einfach in eine Seitenstraße ab. So groß konnte das Straßennetz auf Langeoog ja nicht sein, dass man nicht zum Golfplatz finden würde.

Ich kann nicht glauben, dass Katja sich hier die ganze Zeit wohlgefühlt hat. Vielleicht waren da ja sentimentale Gefühle im Spiel. Hatte sie nicht mal mit Claudia hier Urlaub gemacht? Doch, da war sich Benne ziemlich sicher. Ein Glück, dass ich übermorgen schon wieder abfliege, dachte er. Okay, das hatte er Katja noch gar nicht erzählt. Er hatte von vornherein diesen Ausflug an die Nordsee zeitlich begrenzt. Morgen Mittag würde das Büro anrufen und ihn bitten, ganz dringend zurück nach Köln zu kommen. Hatte er alles schon im Vorfeld vereinbart. Damit musste er keine Entschuldigung suchen, um wieder abzuhauen. Die derzeitige Lage in der Firma war so hot, da konnte er sich einfach keine lange Auszeit erlauben, jedenfalls keine, in der es nicht eine Suite und Zimmerservice gab. Zu Krönung des Tages hatte Katja beim Frühstück mit leuchtenden Augen erklärt, dass sie auch heute Abend nicht in ein Restaurant gehen würden, sondern auf eine Nudelparty. Irgendeine Bekannte, die sie in den letzten Wochen kennengelernt hatte, schmiss die Party. Wobei Party und Nudeln – das war schon ein Widerspruch in sich. Es wurde echt Zeit, dass Katja wieder nach Köln kam, und vor allem musste er sie endlich davon überzeugen, diesen nervigen Beruf an den Nagel zu hängen. Grundschullehrerin, wie peinlich war das denn? Spätestens wenn sie im Herbst nach L. A. flogen, musste sie mit was Neuem ihr Geld verdienen. Marketing, PR, Begleitung vom Chef – alles, nur nicht selbst gekritzelte Bilder, hässliche Pappmachéfiguren und Kinderlieder zum Mitklatschen. In der Galerie, da hatte er seine Katja, die richtige Katja erlebt, die Frau an seiner Seite für die nächsten erfolgreichen Jahre.

Heute Abend sollen ja noch weitere Lehrer kommen, die Katja kennengelernt hat, dachte er, boah, der Abend wird echt nicht leicht. Okay, ich werde mich zusammenreißen, sonst läuft mit Katja gar nichts. Und übermorgen kann mir diese Insel den Buckel runterrutschen.

Pasta und Testosteron

Wenn ich gewusst hätte, dass sich der Abend so entwickelt, ich wäre einfach nicht hingegangen, dachte Katja wütend. Oder ich hätte Benne im Gästezimmer eingesperrt. Oder ich hätte dafür gesorgt, dass Martin nicht auf der Nudelparty erscheint. Oder …

Katja schnaufte empört. Sie lag hellwach im Bett und ärgerte sich über den verkorksten Abend. Benne dagegen schnarchte ungerührt auf seiner Bettseite. Katja versuchte sich zu entspannen, um in den Schlaf zu finden. Doch immer wieder ging ihr eine Frage durch den Kopf: Wie können sich zwei erwachsene Männer nur so kindisch benehmen? Unfassbar!

Aber damit hätte vor diesem Abend ja keiner rechnen können. Vor drei Stunden hatte alles noch ganz anders ausgesehen …

***

Drei Stunden vorher …

Annika und Dominik wohnten in einem kleinen, weiß verputzten Einfamilienhaus. Vor der Haustür gab es eine Holzveranda, die sich über die ganze Breite des Hauses erstreckte. Der schmale Bereich zwischen Straße und Haus wurde von einem großen Sandhaufen, drei Paletten mit Steinen und einer unüberschaubaren Anzahl von Spielsachen, Laufrädern und zwei Bollerwagen belegt, sodass der Weg zur Haustür einem Slalomparcours glich. Katja bemerkte sehr wohl, wie

Benne die Lippen zusammenpresste, als er mit einem großen Schritt über ein Laufrad stieg, aber sie sagte nichts.

Auf ihr Schellen hin öffnete Annika die Tür. »Hi, Katja, da bist du ja.« Annika stutzte kurz, als sie Benne sah.

»Annika, das ist Benne, mein Freund, mit dem ich in Köln zusammenlebe«, beeilte sich Katja zu erklären. »Er ist früher aus den USA zurückgekommen, und ich hoffe, du hast genug Nudeln für einen weiteren Gast? Oder hätte ich vorher anrufen sollen?«

»Quatsch, wir haben mehr Spaghetti, als wir essen können, kommt rein. Hi, Benne, schön, dich kennenzulernen.« Nur Katja hatte Annikas Zögern bemerkt, Benne fühlte sich dagegen herzlich begrüßt.

»Mir ist Benedikt lieber. Benne, … also … das sagt so niemand mehr.«

He, bin ich etwa niemand, dachte Katja, und so lange ist das noch nicht her, dass der Name Benedikt als spießig empfunden wurde.

»Geht klar, Benedikt, ich bleib bei Annika, aber niemals Anni oder etwas Ähnliches. So, dann mal rein in die gute Stube. Dominik will einen Teil des Grundstücks vorne pflastern, deshalb sieht es da so nach Baustelle aus. Aber wir haben zum Glück noch den Garten hinten. Die meisten sind draußen. Was wollt ihr trinken? Ich habe Rotwein, Bier und Säfte.«

»Ich nehme ein Glas Rotwein, und du, Benne … äh Benedikt?«, fragte Katja und funkelte ihn dabei sauer an.

»Rotwein würde ich auch nehmen, aber nur, wenn er sehr trocken ist«, setzte Benne an. »Und die Trinktemperatur ist äußerst wichtig. Da kommt es auch auf die Traube an. Kann ich mal die Flasche sehen? Ich habe kürzlich in Los Angeles …«

»Benne … Benedikt trinkt am liebsten Bier«, sagte Katja laut, zu Annika gewandt, und verdrehte entschuldigend die Augen in Richtung Annika. Als Benne sie daraufhin giftig anschaute, fügte sie schnell hinzu: »Nein, war nur Spaß. Gib ihm ruhig Rotwein.«

»Alles klar, dann geht doch schon mal zu den anderen, ich hole schnell die Getränke.« Annika wies mit der Hand in Richtung offene Terrassentür.

Draußen standen Jockel, Tanja, Dominik und Elli, außerdem noch drei Gäste, die Katja nicht kannte. Katja stellte sich und Benne vor und machte ihn im Gegenzug mit den anderen bekannt. Annika kam nach draußen und drückte ihr ein Glas Rotwein in die Hand. »Wirst du brauchen, meine Liebe«, flüsterte sie Katja zu, »Martin wird jeden Moment hier sein.«

So, wie Annika das betonte, klang es vorwurfsvoll und warnend zugleich. Katja beschloss, auf den Tonfall nicht einzugehen.

»Schön, ich habe ihn seit dem Open-Air-Kino-Abend nicht mehr gesehen«, gab sie ebenso leise zurück. Leise und möglichst unbekümmert. Wenn Annika ein Problem damit hat, dass ich mit Martin einen Film angesehen habe, dann soll sie es mir gefälligst sagen, dachte Katja trotzig.

Benne merkte man es nicht an, dass er lieber einen Abend im Restaurant verbracht hätte, er ließ seinen Charme sprühen und war in kürzester Zeit mit Tanja und Elli in ein Gespräch vertieft. Katja unterhielt sich mit Jockel, bis Annika von drinnen alle zum Essen rief. »Wie man in Italien sagt: Der Gast wartet auf die Pasta und nicht umgekehrt, also fangt an, bevor die Nudeln kalt werden.«

Annika hatte ein regelrechtes Nudelbüfett aufgebaut. Es gab Spaghetti, Penne, Fusilli und dazu noch Tortellini. Außerdem eine Lachs-Sahne-Sauce, eine klassische Bolognese-Sauce, rotes und grünes Pesto und einen Teller mit geriebenem Käse.

»Für eine, die angekündigt hat, dass sie tagsüber arbeiten muss und deshalb nur Hackfleischsauce und ein paar Nudeln servieren will, hast du aber ganz schön aufgefahren«, lobte Katja.

»Ach, das war gar nicht so schwer. Meine Schwiegermutter hat heute die Zwillinge betreut, da hatte ich ein bisschen mehr Zeit als gedacht«, erklärte Annika.

Katja nahm von jeder Nudelsorte einen Löffel auf ihren Teller und probierte zunächst die Hackfleischsauce. Die war ein Gedicht. Knoblauch, frische Tomaten, verschiedene Gemüsesorten – mit dieser Sauce hätte Annika jedem Italiener die Glückstränen in die Augen getrieben.

Auch die anderen lobten Annikas Essen. Als Katja sich einen Nachschlag holen wollte, stieg ihr plötzlich ein vertrautes Aftershave in die Nase. Orange, Zedernholz und Rosmarin. Rasch drehte sie sich um. Martin stand dicht hinter ihr, offenbar hatte er sie überraschen wollen.

»Hallo, Martin … ähm, war denn deine Reise erfolgreich? Du warst unter anderem auch in Hamburg, nicht wahr? Hat mit der Anreise alles geklappt? Was sagen die Umweltschützer?«

Katjas hastige Fragen wurden von Martin mit einem breiten Grinsen beantwortet. Ich sollte aufhören, wie ein Wasserfall zu reden, wenn ich unsicher bin, dachte Katja in einem Anflug von Selbsterkenntnis.

Martin dagegen schien die Ruhe in Person zu sein. »Die Antworten lauten in der richtigen Reihenfolge: ja, ja, ja, und die Umweltschützer sind ganz begeistert von unserem Nachhaltigkeitskonzept. Aber mal im Ernst, ich freu mich auch, dich zu sehen. Du, Katja, ich habe nachgedacht. Ich muss mal mit dir …«

»Ah, ein neuer Gast. Willst du uns nicht bekannt machen, Katja?«

Benne war mit seinem Teller ans Büfett getreten und hatte Martin unterbrochen. Den rechten Arm legte er wie nebenbei um ihre Schultern. Jetzt war es Katja unangenehm, so dicht bei Martin zu stehen, unwillkürlich ging sie ein wenig auf Abstand. »Gerne. Martin, das ist Benedikt Groß, mein Freund, mit dem ich in Köln zusammenlebe. Benedikt ist erst gestern auf Langeoog angekommen, er war in den letzten zwei Wochen geschäftlich in Los Angeles. Benedikt, Martin ist Dominik Richters Bruder, und er wird der zukünftige Leiter der Seehundaufzuchtstation hier auf der Insel.«

Benne nickte Martin freundlich zu, was Martin erwiderte. Katja war vielleicht die Einzige im Raum, die darüber hinaus Martins Enttäuschung bemerkte, die sich nur für wenige Augenblicke in den höflichen Gesichtsausdruck mischte. Nicht gut, gar nicht gut, dachte Katja.

»Ich habe euch unterbrochen, sorry, ich wollte auch nur noch einmal die Lachssauce probieren«, sagte Benne und wandte sich dem Büfett zu.

»Kein Problem. Ich wollte gerade sagen: Ich muss mal mit dir über die Regenhüllen der Kurverwaltung reden«, Martin lächelte halbherzig und ohne jede Fröhlichkeit, »aber das hat auch noch Zeit.«

Katja nickte stumm und presste schließlich ein »Ja, dann« hervor. Über die Regenhüllen sprechen, dachte sie empört – im Leben nicht. Martin füllte sich seinen Teller mit Nudeln und Sauce und stellte sich dann zu Jockel und Elli. Der größtmögliche Abstand zu Katja, ohne den Raum zu verlassen. Problematisch wurde es, als Benne sich ebenfalls zu der Gruppe gesellte.

»Ich muss sagen, drüben in L.A. gibt es ja wirklich ein paar fantastische Italiener.«

Benne war nicht zu überhören, und der Satz klang einigermaßen unverfänglich, aber Katja wusste sofort: Benne hatte auf Angebermodus umgeschaltet. So hatte er vorher nicht geredet. Was war anders, dachte Katja. Die Antwort lag auf der Hand. Martin!

Möglicherweise spürte Benne instinktiv eine Art Konkurrenten, den es jetzt zu beeindrucken galt.

»Ach, du warst schon mal in den Staaten?«, fragte Elli. Steilvorlage für Benne.

»Kann man wohl sagen. Wir haben in der Firma, die ich gegründet habe, einen US-amerikanischen Investor, da ist es letztlich eine Selbstverständlichkeit, regelmäßig nach drüben zu fliegen.«

Gütiger Himmel. Katja hätte sich fast an einer Nudel verschluckt. Benne war erst ein Mal in den USA gewesen, aber er redete, als würde er praktisch monatlich pendeln. Vielflieger Benedikt Groß legte nach. »Ich bin erst vorgestern zurückgekommen. Arbeiten unter dem bekannten großen Schriftzug ›Hollywood‹ ist schon was Besonderes. Wusstet ihr, dass der früher mal beleuchtet gewesen ist? Ist natürlich nur ein Detail, aber wenn man öfter drüben ist, dann lernt man eben auch diese Details kennen.«

Katja konnte sehen, dass Elli ziemlich beeindruckt war. Klar, Langeoog ist nicht L.A., dachte Katja. Köln aber auch nicht. Benne klang ziemlich großkotzig. Katja war das mehr als nur ein bisschen unangenehm.

»Eigentlich lautete der Schriftzug ›Hollywoodland‹. Im Sommer 1923 hatte eine Maklerfirma für einundzwanzigtausend Dollar den Schriftzug in den Hollywood Hills aufgestellt. Die Handelskammer von Hollywood entschied dann 1949, im Rahmen einer Restaurierung die Silbe ›land‹ einfach zu entfernen. Dabei wurde dann übrigens auch die Beleuchtung abgeschafft. Details, nur Details.« Martin sagte das mit ruhiger, geradezu aufreizend sanfter Stimme. Seine Ausführungen sorgten dafür, dass sich die Aufmerksamkeit der Gruppe auf ihn konzentrierte. Auweia, da wurde gerade Benne der Fehdehandschuh hingeworfen, oder eher schon um die Ohren geschlagen. Katja spürte, wie ihr der Appetit verging.

»Schon klar, ich meine, ich wollte das auch gerade noch

erzählen«, schob Benne ziemlich lahm nach. »Ich hatte auch zuerst im Freehand Los Angeles gewohnt, also Downtown L. A., das ist ja ein ganz anderer Stadtteil als etwa Beverly Hills. Da spürt man noch das pulsierende Leben, man kann es sich echt gutgehen lassen. Dazu das warme, angenehme Klima, die langen, nicht enden wollenden Sommernächte. Da weiß man dann auch, warum die Spanier diesen Ort die Stadt der Engel getauft haben.«

»Wenn man es ganz genau nimmt, dann ist Beverly Hills kein Stadtteil, sondern eine eigenständige Gemeinde im L.A. County, also im Landkreis Los Angeles. Und das mit der Stadt der Engel glauben viele, tatsächlich haben die Spanier die Stadt aber ›El Pueblo de Nuestra Senora Reina de los Angeles sobre el Rio Porciuncula‹ getauft.« Martins Spanisch war schnell und ziemlich akzentfrei. »Was übersetzt so viel bedeutet wie: Die Stadt der Königin der Engel am Fluss Porciuncula.«

»Tatsächlich?« Bennes Gesicht hatte mit einem Mal viel Ähnlichkeit mit der Farbe der Bolognese-Sauce auf Katjas Teller.

»Herr Richter, Sie scheinen auch schon mal dort Urlaub gemacht zu haben?«, presste Benne hervor.

»Doktor Richter, es sei denn, wir bleiben bei den Vornamen. Und nein, ich habe dort keinen Urlaub gemacht.«

»Ah, ein Fan von Reportagen und Reiseführern.« Benne grinste triumphierend in die Runde und trank einen großen Schluck Rotwein.

»Nö, ich habe dort ein Jahr gelebt und an der University of Southern California Marine Umweltbiologie studiert. Da schnappt man das eine oder andere Detail schon auf. Kann man natürlich nicht mit einer mehrtägigen Arbeitsreise vergleichen, so ein Studium an der USC.«

Benne verschluckte sich an seinem Rotwein und hustete mit hochrotem Kopf einen Teil davon auf den Boden. Die ganze Gruppe wich einen Schritt zurück. Elli und Jockel wandten sich grinsend ab.

»Ach herrje, ich hole mal gerade einen Lappen«, erklärte Martin ungerührt und verschwand in Richtung Küche.

In diesem Moment traf Katja die Entscheidung, dass für sie der Abend a) gelaufen war und sie b) besser mit Benne den Rückzug antrat, bevor die Männer ihre Machtspielchen mit scharfen Waffen austrugen. Testosterongesteuerte Möchtegern-Alpha-Männchen. Seufzend stellte sie ihren Teller auf einen Tisch und suchte Annika, um sich zu verabschieden.

Danke – und tschüs

Das Frühstück am nächsten Morgen verlief ausgesprochen einsilbig. Außer dem Geräusch, mit dem Katja das Frühstücksei aufklopfte, war nichts zu hören. Sie war müde, und sie war immer noch verärgert über den verpatzten Abend. Benne dagegen pflegte sein angeschlagenes Ego, indem er wortlos seine beiden Brötchen aß und dabei vor sich hinbrütete. Dass sie am Vorabend vom Hauptort nach Rubbenhoog zu allem Überfluss noch fast eine Dreiviertelstunde hatten laufen müssen, hatte seine Laune auch nicht verbessert.

»Kann ich noch mal das Fahrrad haben? Ich würde gerne heute Vormittag eine Runde Golf spielen.«

»Sicher, zum Strandkorbverleih kann ich laufen.«

Benne stand auf, trank im Stehen den letzten Rest Kaffee aus seiner Tasse und gab Katja einen flüchtigen Kuss auf die Wange. »Dann bis später. Wie wäre es denn heute Abend mit einem Essen im Restaurant?«

»Warum nicht? Ich mache gegen sechs Uhr auf jeden Fall Feierabend.«

»Ich komme bei dir vorbei, wenn ich mit meiner Golf-Runde fertig bin.«

Als die Haustür ins Schloss fiel, lehnte sich Katja zurück und seufzte. So weit sind wir also schon, dachte sie, wir reden gar nicht mehr über das, was uns bewegt. Business as usual. Noch schlimmer aber traf sie die Erkenntnis, dass sie darüber erleichtert war. Benne wollte nicht über die Gründe für ihren plötzlichen Aufbruch sprechen, und ihr war das gerade recht. Sie dachte an Martins Enttäuschung gestern Abend. Worüber hatte er wirklich mit ihr reden wollen? Vielleicht ist es das

Beste für uns alle, wenn ich auf diese Frage nie eine Antwort bekomme, dachte sie. Katja räumte den Frühstückstisch ab, spülte das Geschirr und stellte Butter, Käse und Wurst zurück in den Kühlschrank. Es war Zeit, an den Strand zu gehen.

***

»Wir wollten nur nochma danke sagen. Also, dat war der bislang schönste Urlaub, den meine Moni und ich hier auffe Insel hatten. Mann, dat war echt spitze.« Uli Zimmerbach hielt Katja eine Geschenktasche mit einer Flasche entgegen. »Is nur ne Kleinigkeit. Vonner Moni und mir. Nich wahr, Moni?«

»Ja, wir ham uns gedacht, wat könnte die Katja wohl gerne trinken. Und der Uli, der hat da gleich gesacht, die Katja, die steht bestimmt nich so auf Doppelkorn, abba auch nich auf die süßen Sachen. Ich denke, dat wird dir schmecken.« Moni zwinkerte Katja verschwörerisch zu. Die öffnete die Schleife, die die Tasche verschloss und zog ein Flasche Grappa heraus.

»Mensch«, freute sich Katja, »ein Grappa. Ja, da habt ihr richtig getippt, den trinke ich lieber als Doppelkorn.«

Moni stieß ihrem Mann den Ellenbogen in die Seite. »Siehste, Herr Zimmerbach, wat hab ich gesacht?«

»Wie imma, Volltreffer, würd ich sagen. Also, grüß die Claudi mal ganz lieb von uns, wir müssen jetz los, heute Nachmittach geht auch schon die Fähre. Wir hoffen, wir sehn uns mal wieda. Machet gut.«

Mit Wehmut schaute Katja den beiden hinterher. Das Urlaubsende von Uli und Moni erinnerte sie daran, dass auch ihr Aufenthalt auf Langeoog bald zu Ende gehen würde. Das Klingeln ihres Handys drinnen in der Blockhütte riss sie aus ihren Gedanken. Schnell lief sie zum Schreibtisch, um den Anruf anzunehmen.

»Hallo?«

»Moin, Katja, ich bin es, Annika. Du, ich wollte fragen, ob du heute früh am Strandkorbverleih bist?«

»Ja, klar, ich hab schon geöffnet.«

»Und … Benedikt?«

»Hat sich mein Rad genommen, um eine Runde Golf zu spielen.

»Gut. Wenn du nichts dagegen hast, würde ich gleich mal kurz vorbeikommen.«

»Ja sicher. Worum geht es denn?«

»Lass uns da gleich drüber reden. Ich bin in zwanzig Minuten da.«

Merkwürdig, dachte Katja, was will wohl Annika mit mir besprechen, und warum hat sie gefragt, wo Benne ist? Abwarten und Tee trinken. Tee – das wäre überhaupt eine gute Idee. Um nicht weiter zu grübeln, schaltete Katja den Wasserkocher ein und holte sich einen Beutel englischen Frühstückstee aus dem Schrank.

***

»Ich will nicht lange um den heißen Brei herumreden. Das war gestern Abend echt peinlich. Ich meine, dein Freund und Martin. Was für ein Auftritt.« Annika pustete auf den Tee, den Katja ihr aufgebrüht hatte, und trank einen Schluck. Die beiden Frauen saßen auf den Stufen an der Blockhütte. Der Seewind war ziemlich frisch an diesem Vormittag, aber hier draußen zu sitzen und aufs Meer schauen zu können, wog den kühlen Wind allemal auf.

»Ich muss dich das jetzt fragen.« Annika schaute Katja ernst an. »Hattest du was mit Martin?«

»Wie kommst du denn darauf?«, erwiderte Katja etwas heftiger, als sie eigentlich wollte. Gleichzeitig dachte sie: Was zum Teufel geht dich das an? Aber das sagte sie nicht laut.

»Ich kenne Martin gut, nicht nur, weil er mein Schwager

ist, ich hab dir ja schon erzählt, dass wir uns bereits im Studium kennengelernt haben. Martin ist ein toller Mann und … und ich möchte nicht, dass er unnötig verletzt wird, das hat er nicht verdient. Nicht nach der Geschichte mit Daniela.«

»Also, um das mal klarzustellen: Ich kenne keine Geschichte mit Daniela. Und Martin ist ein erwachsener Mann, der sicher weiß, was er tut. Müssen wir beide das wirklich ausdiskutieren?«

Annika schaute Katja schweigend an. Sie wartete.

Nach weniger als zwei Sekunden seufzte Katja. »Na gut, ich muss zugeben, dass ich den Abend mit ihm im Strandkino sehr genossen habe. Mehr als viele Abende, die ich in den Wochen davor mit Benne verbracht habe. Martin hat mich dann noch bis zur Haustür begleitet, wir haben uns brav voneinander verabschiedet, und das war es dann. Wenn ich mehr gewollt hätte, hätte ich das an diesem Abend vielleicht sogar bekommen, aber ich wollte nicht mehr.« Oder besser gesagt: Ich wollte es Martin nicht antun, dass er in eine Urlaubsaffäre verwickelt wird, während ich noch mit jemand anderem zusammen bin, dachte Katja.

Annika trank noch einen Schluck, dann stellte sie die Tasse so heftig auf die Veranda, dass der heiße Tee überschwappte. »Ich denke, genau das ist das Problem. Mehr wolltest du nicht. Du hast deinen Spaß gehabt, und Martin steht jetzt mit seinen Gefühlen im Regen.«

»Wie kannst du nur so von mir denken? Das hört sich so an, als hätte ich Martin absichtlich an der Nase herumgeführt.«

»Ich wundere mich auch darüber, aber ja, genau so sieht es für mich aus. Du bist eigentlich in einer festen Beziehung mit Benedikt in Köln, und dann flirtest du im Urlaub mit einem anderen. Es kann dir doch nicht entgangen sein, was Martin für dich empfindet. Und du hast ihn glauben lassen, dass das zwischen euch was werden könnte.« Annika zog ein Papiertaschentuch hervor, hob den Teebecher hoch und fing an, den verschütteten Tee von den Holzdielen zu tupfen. »Ich wollte nicht mit dir am Telefon darüber reden, deswegen bin ich hier.«

»Es ist kompliziert.« Was für ein Klischee, dachte Katja. Aber das war es wirklich – kompliziert.

»Du kannst jetzt vielleicht sagen, das geht mich nichts an. Tut es aber doch. Martin ist mein Schwager und ich hab ihn sehr lieb, und ich werde nicht zulassen, dass du auf seinen Gefühlen herumtrampelst.«

Immer noch hielt Annika den tropfenden Teebecher mit einer Hand hoch und wollte schon wieder daraus trinken, als Katja ihr den Becher schweigend aus der Hand nahm, ihn sorgfältig abtrocknete und dann zurückgab.

»Dein weißes T-Shirt …«, sagte Katja, »du wirst es vollkleckern. Kann ich nicht mit ansehen. Das ist wohl die Grundschullehrerin in mir.«

»Danke«, sagte Annika mürrisch, »aber lenk jetzt nicht vom Thema ab. Was genau ist denn so kompliziert an deiner Situation? Du hast eine Beziehung, die ist anscheinend nicht mehr, wie sie mal war. Dann mach verdammt noch mal Schluss, bevor du was Neues anfängst. Ganz einfach.«

»Oh, ja, natürlich. Ganz einfach. Bist du in deinem perfekten Leben auf dieser perfekten Insel noch nie in einer Situation gewesen, in der du nicht mehr wusstest, wie du weitermachen sollst? Annika, ich mag dich wirklich, aber du scheinst keine Ahnung vom wirklichen Leben zu haben. Es ist nicht immer alles nur schwarz oder weiß.«

»Mag sein. Trotzdem ist es nicht okay, mit den Gefühlen von anderen zu spielen.«

»Das, Annika, habe ich nicht getan, das würde bedeuten, ich hätte mich gegenüber Martin absichtlich berechnend verhalten. Du hast kein Recht, so etwas zu sagen. Und es ist nicht wahr.«

»Ansichtssache. Ich glaube, mehr gibt es dazu nicht zu sagen. Ich bin ziemlich enttäuscht von dir. Dabei dachte ich, wir könnten Freundinnen werden.«

Bevor Katja protestieren konnte, stand Annika auf und ging ohne ein weiteres Wort davon.

Regungslos und wie vor den Kopf geschlagen blieb Katja allein auf den Holzstufen zurück. Mit einem dicken Kloß im Hals schaute sie Annika hinterher. »Dass wir Freundinnen werden, dachte ich auch, Annika«, sagte sie leise. »Das dachte ich auch.«

***

In den nächsten zwei Stunden hatte Katja viel Zeit zum Nachdenken. Wie in Trance erledigte sie mechanisch, was zu tun war, aber Freude empfand sie keine dabei. Immer wieder ging ihr durch den Kopf, was Annika gesagt hatte. Nach wie vor fand sie, dass Annika sich hier in etwas einmischte, das sie nichts anging. Das war eine ganz neue Seite an ihr, eine, die Katja nicht gefiel. Sie hatte Annika als eine warmherzige, offene Frau kennengelernt. Und dass sie ihr nun quasi die Freundschaft kündigte, tat weh. Ja, wenn sie wirklich eine Affäre mit Martin gehabt hätte, dann hätte Annika vielleicht noch einen Grund, sich aufzuregen. Aber ein paar kurze Gespräche, ein Spaziergang am Strand, ein Kinoabend? Das war doch wohl nichts Verbotenes. Wobei – konnte sie sicher sein, dass Martin Annika nicht etwas völlig anderes erzählt hatte? Hatte er vielleicht gelogen, konnte sie ihm überhaupt vertrauen, diesem beinahe Unbekannten? Katja seufzte tief und rieb sich mit dem Handrücken über die Augen. Wie sollte sie das nur wieder in Ordnung bringen?

Um sich abzulenken, fing Katja an, den Sandhaufen wieder herzurichten, mit dem sie die Ruhezone markiert hatte. Der war in den letzten Tagen durch Wind und Regen schon ganz flach geworden. Ihren ganzen Frust arbeitete sie an diesem Sandhaufen ab.

»Hallo! Hallo, Katja!«

Bei dem Ruf hörte Katja auf zu schaufeln. Als sie sah, wer da über den Strand auf sie zukam, traute sie zunächst ihren Augen nicht. Das war Jette! Kein Zweifel. In der einen Hand einen Gehstock, an dessen Ende, wie Katja bemerkte, ein breiter Teller angebracht war, sodass er auch auf dem weichen Sandboden verwendet werden konnte. Vorsichtig, ja geradezu behutsam, als würde sie über eine dünne Eisfläche gehen, lief Jette über den Sand. Doch bei aller Vorsicht und Unsicherheit strahlte sie über das ganze Gesicht.

»Da staunst du, was? Meine Physiotherapeutin und der Arzt haben am Samstag grünes Licht gegeben. Ich muss natürlich immer noch höllisch aufpassen, aber ich wollte doch endlich wieder zurück nach Langeoog. Gestern habe ich dann gepackt, war noch einmal in Wittmund im Krankenhaus, und jetzt bin ich zurück. Den Termin in Wittmund habe ich noch abgewartet, um ganz sicherzugehen. Und heute Morgen habe ich dir dann auf die Mailbox gesprochen, damit du Bescheid weißt, dass ich nach Hause komme. Tja, die hast du wohl nicht abgehört. Aber egal, da bin ich jedenfalls.«

Katja ließ die Schaufel fallen und umarmte Jette herzlich. »Das ist eine tolle Überraschung. Und du bist sicher, dass du dir auch nicht zu viel zumutest?«

Jette winkte ab. »Ach was, ganz verrückt bin ich von dem vielen Nichtstun geworden. Glaub mir, das Beste, was mir passieren kann, ist, meine Arbeit hier am Strand wieder aufzunehmen. Wie habe ich das alles vermisst. Und ich wollte auch nicht länger als nötig anderen zur Last fallen.«

Katja bemerkte sehr wohl, dass Jette das Stehen nicht leichtfiel, deshalb bot sie ihr ihren Arm an. »Komm, stütz dich bei mir ab. Wir gehen zurück zum Blockhaus und dann kann ich dir alles zeigen. Oder noch besser, wir fahren zu dir nach Hause, ich mache uns Tee und besorge Kuchen in der Bäckerei. Wie bist du überhaupt bis zum Strand gekommen?«

»Ich habe Siggi engagiert, er wartet oben am Dünenweg auf mich.«

»Du meine Güte. Siggi hat doch sicherlich etwas Besseres zu tun, als den ganzen Tag zu warten.«

»Mach dir darüber mal keine Sorgen. Ich bin seine Patin, und für seine Patin kann der Junge ruhig mal was tun.«

***

Sie saßen gemeinsam in Jettes Wohnzimmer. Auf den Tisch hatte Katja noch am Abend vorher frische Blumen gestellt, alles war tadellos aufgeräumt. Katja war froh, dass sie die ganze Zeit dafür gesorgt hatte, dass dies ein Ort war, an dem sich Jette sofort wieder wohlfühlen konnte.

»Ich kann dir gar nicht sagen, wie dankbar ich dir bin, Katja. Diese ausgefallenen Wochen hätte ich nie wieder aufholen können. Und was du dir alles hast einfallen lassen.« Jette nahm ihre Lesebrille ab und legte die Papiere auf den Tisch. Katja hatte ihr die Umsatzzahlen der letzten Wochen gezeigt.

»Mit den neuen Angeboten hast du die Möglichkeit, mehr Umsatz zu erzielen, ohne in neue Strandkörbe zu investieren«, erklärte Katja stolz. »Natürlich gäbe es auch bei den Strandkörben noch neue Wege. Ich habe mich informiert: Ein aktueller Trend sind große Körbe, in denen man am Strand übernachten kann, das ist der letzte Schrei. Aber solche Körbe sind natürlich nicht billig.«

»Ich fürchte, von zusätzlichen Investitionen bin ich noch weit entfernt, Katja. Wer weiß, vielleicht will ja sogar die Kurverwaltung noch Geld für die Regenhüllen haben. Bist du sicher, dass du sie kostenlos bekommen hast?«

»Natürlich, da gibt es gar keinen Zweifel.«

»Gut, eine Sorge weniger. Einen Teil der neuen Angebote

werde ich aber nicht weiterführen können. Das mit den Fleecedecken ist eine nette Idee, man muss nur schauen, wie das mit der Reinigung funktioniert. Aber Tee, Kaffee oder Eis am Strandkorb servieren oder gar Essen hier im Dorf abholen, um es an den Strand zu bringen«, Jette schüttelte bedauernd den Kopf, »das werde ich einfach nicht schaffen. Ich kann froh sein, wenn ich heil und gesund morgens zum Blockhaus komme und am Abend wieder zurück. Siggi hat versprochen, mich immer zu fahren. Der Rest? Nein, das wird nicht gehen.«

Katja verstand Jette, aber es versetzte ihr auch einen Stich, dass ihre Ideen nicht weitergeführt wurden. »Bestimmt geht es dir bald gesundheitlich wieder besser. Wenn du erst einmal ohne Stock am Strand laufen kannst, dann …«

Achselzuckend sagte Jette: »Dann bin ich immer noch die Besitzerin einer Strandkorbvermietung. Wenn ich Urlaubern Tee servieren wollte, wäre ich Kellnerin geworden.« Sie lachte.

Herzlichen Dank, dachte Katja verärgert, ob das ein Scherz sein sollte? Viel gründlicher kann man gute Ideen wohl nicht in die Tonne treten.

»Gut, es ist ja nicht an mir, diese Entscheidungen zu treffen, Jette.« Katja stand auf. »Wenn du nichts dagegen hast, geh ich nach oben und mach mich etwas frisch. Benedikt muss auch jeden Moment hier sein. Wir wollen heute Abend essen gehen. Wenn du mitkommen möchtest?«

Jette verzog für einen Wimpernschlag das Gesicht, aber vielleicht bildete sich Katja das auch nur ein. »Nein, nein, geht ihr mal alleine los. Ich hatte für einen Moment vergessen, dass dein Freund auch hier wohnt.«

»Wie gesagt, ich geh jetzt nach oben und mach mich fertig.« Auf halber Treppe drehte sich Katja noch einmal um. Vielleicht würde Jette noch irgendetwas Nettes sagen, sie anlächeln … Sie wartete, doch Jette saß am Tisch und schaute konzentriert einen Stapel Post durch.

Nun, dann eben nicht, dachte Katja, ging ins Gästezimmer und zog die Tür hinter sich zu. Bin ich jetzt überempfindlich? Jette scheint nicht sonderlich begeistert darüber, dass auch Benne unter ihrem Dach schläft. Sie schaute aus dem Fenster. Das Abendlicht tauchte draußen alles in warme Silber- und Goldtöne. Der Gegensatz zu ihrer Stimmung hätte nicht größer sein können. Hatte sie sich noch vor wenigen Tagen auf Langeoog wie zu Hause gefühlt, war plötzlich alles anders. Die Einzigen, die heute zu ihr freundlich gewesen waren, waren Uli und Moni gewesen, zwei Touristen – ausgerechnet. Tränen des Selbstmitleids stiegen ihr in die Augen.

Benne – nein, Benedikt – hatte sie nicht so überheblich in Erinnerung gehabt. Die kurze Trennung hatte ausgereicht, um ihn jetzt mit völlig anderen Augen zu sehen. Er interessierte sich anscheinend nur noch für materielle Dinge, er hörte ihr nicht zu, sein Geschäft war ihm wichtiger als alles andere.

Und Martin? Sie hatte es doch nur richtig machen wollen, als sie sich keinen Gedanken daran erlaubt hatte, dass da mit Martin mehr sein könnte als nur eine kurze Urlaubsbekanntschaft. Am meisten ärgerte sich Katja, dass sie aus Solidarität zu Benne so gehandelt hatte. Und der kam nun hierher und machte ihr alles mies, was sie in den letzten Wochen so genossen hatte. Martins Blick, als ihm klar geworden war, mit wem sie auf Annikas Party erschienen war, diesen Blick würde sie so schnell nicht vergessen.

Annika – sie schluckte. Sie war sich nicht mehr sicher, ob sich ihre gerade erst neu entstandene Freundschaft weiterentwickeln würde. Wie sie Katja angesehen hatte! Da war so viel Enttäuschung in ihrem Blick gewesen.

Und nun auch noch Jette. Jette, für die sie sich so viele Gedanken gemacht hatte, um ihr eine Freude zu machen, um dafür zu sorgen, dass sie in Zukunft finanziell etwas besser dastand. Jette war ihr nicht wirklich dankbar für das, was sie geleistet hatte. Nein, die hatte nichts Besseres zu tun, als alle

Neuerungen und Ideen von Katja so schnell wie möglich wieder abzuschaffen. »Wenn ich Urlaubern Tee servieren wollte, wäre ich Kellnerin geworden«, genau das hatte sie gesagt – pah! Plötzlich war Katja nur noch ein unwillkommener Gast im Haus einer Freundin ihrer Mutter. Jetzt rollten Tränen die Wangen herunter. Schniefend wischte sie Katja immer wieder weg, doch vergeblich. Sie konnte nicht aufhören zu weinen. Ihr Sommertraum war geplatzt, es war nichts mehr übrig.

Sie hörte unten die Haustür schließen. Das musste Benne sein. Auf keinen Fall sollte er sie so sehen. Entschlossen strafften Katja die Schultern, nahm ihr Handtuch und den Kulturbeutel unter den Arm und verschwand eilig im Badezimmer. Es reichte. Was sie jetzt brauchte, war eine heiße Dusche und Zeit für sich allein.

Home sweet home

Sie hatten sich einen ruhigen Zweiertisch ausgesucht. Katja freute sich schon auf frischen Seefisch, aber auch Steaks standen auf der Karte. Optimal – denn Benne hatte bereits auf dem Weg zum Restaurant drei Dinge verkündet. Erstens: Er hasste die langen Spaziergänge von Rubbenhoog zum Hauptort und zurück. Zweitens: Der Golfplatz war durchaus anspruchsvoll gewesen. Und drittens brauchte er heute eine ordentliche Portion Fleisch.

Katja schaute sich um, sah aber kein bekanntes Gesicht – das war ihr heute Abend auch lieber. Sie hatte wenig Lust, auf Jockel oder Elli zu treffen, wer weiß, wie die Bennes und Martins Streitgespräch empfunden hatten. Noch immer lagen ihr Annikas Vorwürfe im Magen. Sie schüttelte den Gedanken ab, es hatte keinen Sinn, darüber nachzudenken. Keine zweihundert Meter die Straße runter war Harms Kneipe. Katja ertappte sich bei dem Wunsch, dass sie jetzt noch lieber dort, ganz nah bei der Liveband, gesessen hätte.

»Wo bist du mit deinen Gedanken? Du hörst mir ja gar nicht zu«, beschwerte sich Benne.

»Was? Oh, entschuldige bitte. Ich … ich musste an heute Nachmittag denken, als ich mit Jette gesprochen habe«, flunkerte Katja. Ganz sicher würde sie Benne nichts von Annika und Martin erzählen.

»Ach Jette, ich fühl mich, als würde ich wieder bei meiner ersten Freundin übernachten. Da haben die Eltern auch nebenan ihr Schlafzimmer gehabt. Alles sehr hellhörig. Das laute Schnarchen des Vaters der Freundin – glaub mir, einen besseren Weg, mal nicht an Sex zu denken, gibt es nicht. Da vergeht dir echt alles. Und bei Jette Klöntmann fühl ich mich wie ein unwillkommener Gast. In einem Hotel …«

»Wir würden Jette vor den Kopf stoßen, wenn wir aus dem Gästezimmer ausziehen würden.« Katja bemühte sich um einen Themenwechsel, damit Benne auf andere Gedanken kam. »Erzähl doch mal, wie ist denn der Golfplatz?«

Ihr Plan ging auf. »Wie ich schon sagte: nicht schlecht, wirklich nicht schlecht. An vielen Stellen durch die Wasserhindernisse auch richtig anspruchsvoll. Neun Löcher, ein Links-Platz.«

»Ein Links-Platz? Wird da linksherum gespielt, oder was heißt das?«

»Nein.« Benne lächelte. »Das ist der Fachbegriff für Plätze, die ganz in der Tradition der ersten schottischen Golfplätze angelegt sind. Früher waren das Plätze, die auf ansonsten unbrauchbaren Grundstücken angelegt wurden, wo weder Ackerbau möglich war noch Vieh grasen konnte. Solche Landschaftszüge haben das Meer mit dem fruchtbaren Ackerland verbunden, englisch ›to link‹ – du verstehst? Daher der Name.«

Katjas Gedanken waren schon längst wieder abgeschweift. Sie konnte es nicht verhindern. Was mache ich eigentlich in den nächsten Tagen, wenn ich mich nicht um die Strandkörbe kümmern muss? Einfach wieder zurück in die Rolle der Touristin schlüpfen?

Laut sagte sie. »Mhmm, interessant.«

Benne schien von ihrem Desinteresse an der Geschichte des Golfsports und möglichen Herleitungen des Namens nichts zu bemerken. »Ich sag dir, die wirkliche Herausforderung auf solchen Plätzen ist die Nähe zum Meer. Da hast du saustarke Windböen. Heute beispielsweise habe ich einen Ball abgeschlagen, der wäre locker seine hundert Meter geflogen, aber dann – paff – mitten im Flug kam eine Böe und mein Ball ist frühzeitig auf den Boden geknallt. Zum Glück nicht in eines der Wasserlöcher oder in einen Teich. Und dann der harte Sandboden. Die Wellen da drin – irre. Mein Ball ist auf zwei Fairways rumgehüpft, das sah aus, als hätte ich einen Flummi anstatt eines Golfballs.«

»Mhm, Junge, Junge.«

»Na, ich habe trotzdem ein respektables Tagesergebnis hingelegt. Ah, schau mal, da kommt unser Essen.«

Der Kellner servierte für Benne ein Rumpsteak englisch mit dick geschnittenen Pommes frites, und für Katja eine Fischplatte mit Petersilienkartoffeln und Butter. Beide teilten sich einen großen gemischten Salat. Erst als das Essen vor ihr stand, stellte Katja fest, wie hungrig sie eigentlich war. Kein Wunder, außer dem Frühstück und einem Stück Streuselkuchen hatte sie heute noch nichts gegessen.

»Du, hör mal, Katja.«

Bei Bennes Einleitung vergaß Katja für einen Moment den Fisch auf ihrem Teller.

»Was ist los?«

»Na ja, das Büro hat angerufen. Heute Mittag, als ich auf dem Golfplatz war, und danach haben sie dann eine Nachricht geschickt. Hier, lies selber.« Benne schob ihr sein Handy hinüber.

Die Nachricht stammte von Gerald Birkner, Bennes Geschäftspartner. »Hi Benedikt, sorry, aber es wäre gut, wenn du möglichst bald zurück nach Köln kommen könntest. Dr. Gereon plant Großes, brauchen dich dringend. Grüße auch an Katja«, las sie halblaut vor.

»Tja, so wie es aussieht, werde ich wohl morgen Nachmittag zurückfliegen. Das heißt natürlich nicht, dass du deinen Urlaub abbrechen musst, nur ich werde wieder in Köln gebraucht«, erklärte Benne.

Katja dachte kurz nach. Gestern hätte sie noch mit Freuden ihre Ferien auf der Insel bis zum letzten Tag ausgekostet, aber nach den letzten Ereignissen …

»Weißt du was, ich komme mit. Das heißt, wenn es möglich ist, ebenfalls zu fliegen?«

»Echt jetzt?«, fragte Benne überrascht. »Klar, das ist kein Problem. Wir buchen einfach morgen früh noch einen Sitzplatz und im Flieger von Bremen nach Frankfurt ist bestimmt auch noch was frei.«

»Gut, dann bringe ich morgen früh das Fahrrad zurück zum Verleih und packe meine Sachen.«

»Viva Colonia – wir kommen«, verkündete Benne mit einem Grinsen und prostete Katja mit seinem Bierglas zu.

Das Ende des Strandkorbsommers

»Hi, Dominik, ich wollte mein Rad zurückgeben.«

Katja schaute durch die offene Ladentür in den Verkaufsraum.

»Guten Morgen, Katja. Aber hattest du das Rad nicht noch für eine weitere Woche gemietet?« Dominik kam nach draußen und musterte das Rad. »Ist irgendetwas kaputt, bist du unzufrieden?«

Unzufrieden bin ich höchstens mit meinem Leben, dachte Katja. Und damit, dass deine Frau schlecht von mir denkt. »Nee, mit dem Rad ist alles in Ordnung. Aber ich werde heute Nachmittag abreisen. Benedikt muss vorzeitig zurück nach Köln, und ich habe mich entschlossen, ihn zu begleiten.«

»Ist es wegen Annika?« Dominik verzog das Gesicht, und weil Katja schwieg, fügte er hinzu: »Ich habe ihr schon gesagt, dass ich nichts davon halte, dass sie sich einmischt. Ich meine, das ist schließlich einzig und allein eine Sache zwischen dir und Martin. Und ich kenne meinen Bruder, der hat sich auch nicht gewünscht, dass Annika die Sache in die Hand nimmt.«

»Mag schon sein, Dominik, aber getroffen hat es mich trotzdem. In einem Punkt hat Annika übrigens recht, ich bin nur eine Touristin, die für ein paar Wochen auf der Insel gewohnt hat. Martin aber wird auf Langeoog bleiben.«

»Blödsinn! Ich meine, das mit ›nur eine Touristin‹. Du hast spontan Birte und der Schule geholfen, du hast deine freie Zeit dafür geopfert, dass Jette ihren Strandkorbverleih nicht dicht machen musste. Das ist doch nicht selbstverständlich.«

»Lieb, dass du das so siehst. Und ich versichere dir hoch

und heilig, dass ich gegenüber Martin mit offenen Karten gespielt habe. Wenn ich dabei aber trotzdem die Gefühle von anderen verletzt habe, tut es mir leid. Aber Fakt ist, ich muss zurück nach Köln, ich muss versuchen, mein eigenes Leben auf die Reihe zu kriegen.«

Mein eigenes Leben und meine Beziehung zu Benne, ergänzte Katja im Stillen.

Dominik nickte langsam und sagte: »Ja, das Leben auf die Reihe kriegen, das muss manchmal sein. Wird schon wieder«, und umarmte sie dann. »Komm wieder, du bist hier jederzeit willkommen. Aber bevor du gehst … warte mal einen Moment.« Dominik ging mit raschen Schritten zurück in den Laden und kam wenige Augenblicke später wieder heraus und hielt Katja einen Umschlag entgegen. »Du hattest ja bereits für die kommenden Tage bezahlt, hier ist das Geld zurück.«

Als Katja keine Anstalten machte, den Umschlag anzunehmen, setzte er hinzu: »Ich kann ja schlecht für ein- und dasselbe Fahrrad zweimal kassieren, und ich habe schon zwei Interessentinnen, die nur darauf warten, dass eins von den E-Bikes zurückkommt.«

Katja nahm den Umschlag und verstaute ihn in ihrem Rucksack. »Wenn das so ist – herzlichen Dank, Dominik. Ja, vielleicht komme ich noch mal wieder. Bestelle Martin Grüße von mir, ich werde es nicht schaffen, ihn vor der Abreise noch zu besuchen.«

Katja schulterte ihren Rucksack, winkte Dominik noch einmal zu und bahnte sich dann ihren Weg durch eine Gruppe von ankommenden Touristen und ihren Rollenkoffern. Als sie an der Straßenecke noch einmal zurückschaute, bemerkte sie, wie Dominik hinter ihr hersah und sich nachdenklich das Kinn rieb.

Katja marschierte zügig durch die Einkaufszone in Richtung Rubbenhoog. Bummeln und an Schaufenstern stehen bleiben, war für sie jetzt keine Option. Sie würde zum Horndorfer Strand gehen, sich in aller Ruhe von Jette verabschieden, ein letztes Mal am Wasser entlangschlendern und dann mit Benne zum Flugplatz fahren. Siggi wusste schon Bescheid und würde sie mit seinem Pferdetaxi abholen.

Plötzlich wurde Katja das Gedränge in der Fußgängerzone zu viel. Sie wollte nur noch weg und ihre Ruhe haben.

***

Als Katja langsam auf das Blockhaus zuging, schweifte ihr Blick über den Strand. Zufrieden registrierte sie die Anzahl der Strandkörbe, die besetzt und vermietet waren. Als ihr das bewusst wurde, musste sie unwillkürlich lächeln. Werde ich je wieder an einen Strand mit Strandkörben gehen können, ohne darüber nachzudenken, wie die Auslastung aussieht, fragte sie sich.

Die Vermietung der Strandkörbe war aber nicht mehr ihre Aufgabe, und dass Jette so wenig Begeisterung für die neuen Angebote gezeigt hatte und geradezu misstrauisch gegenüber dem Hilfsangebot der Kurverwaltung gewesen war, hatte Katja natürlich getroffen. Mit etwas zeitlichem Abstand aber musste sie sich eingestehen, dass Jette jedes Recht hatte, ihre Ideen zu übernehmen oder sie zu verwerfen. Ich fahre schließlich zurück nach Köln, dachte Katja, Jette dagegen bleibt hier auf der Insel. Im Grunde waren die letzten Wochen so etwas wie ein geliehenes Leben gewesen, sie war in die Rolle einer anderen Frau geschlüpft, hatte in deren Haus gewohnt und Menschen getroffen, die sie bei einem normalen Urlaub vielleicht nie kennengelernt hätte. Aber das alles war jetzt aus und vorbei.

Entschlossen klopfte sie kurz an die Tür des Blockhauses, bevor sie das kleine Büro betrat, das in den letzten Wochen auch ihr Büro gewesen war.

Am Tisch saß Jette, über eine Tageszeitung gebeugt, die

Lesebrille wie immer auf der Nasenspitze. Sie schaute hoch und schob die Brille energisch nach oben in die Haare. »Katja, es ist schön, dass du noch vorbeischaust. Du willst dich doch nicht etwa schon verabschieden?«, fragte Jette. »Ist es schon so spät?«

»Ich habe mein Fahrrad abgegeben und ich würde gerne noch ein letztes Mal vorne am Wasser entlangschlendern. Benne hat für kurz nach zwei einen Charterflug gebucht. Ja, ich fürchte, es ist Zeit, Lebewohl zu sagen.«

Jette stand auf, nahm ihren Stock und humpelte auf Katja zu. »Ich war gestern Nachmittag zu harsch, das tut mir leid. Weißt du, ich mache mir Sorgen. Die ganzen tollen Ideen, die du entwickelt hast, die werde ich alle nicht weiterführen können. Und letztlich hat mir deine Arbeit gezeigt, dass ich möglicherweise gar nicht in der Lage bin, mit so viel Elan und Begeisterung etwas zu entwickeln. Ich bin dankbar und froh, wenn alles so ist, dass ich es gut erledigen kann. Kannst du das verstehen?«

Katja nickte, wenn auch zögerlich. Was Jette sagte, hatte Hand und Fuß, auch wenn Katja immer noch enttäuscht war, dass alle ihre Ideen abgeschrieben worden waren.

Jette lächelte wissend. »Denk darüber nach, und dann wirst du mich bestimmt verstehen. Eines aber kann ich dir versichern, ich werde dir immer unendlich dankbar sein für das, was du geleistet hast. Claudia kann sich glücklich schätzen, eine solche Tochter zu haben. Du bist hier in Rubbenhoog jederzeit willkommen, und mein Haus steht dir immer offen.« Jette lehnte den Stock an die Wand, zog Katja an sich und umarmte sie herzlich. Als sie sie wieder freigab, sah Katja einen feuchten Schimmer in Jettes Augen.

»Das war ein außergewöhnlicher Sommer, Jette«, Katja lächelte schief, »ich durfte ein anderes Leben leben, aber jetzt werde ich mir mein eigenes wohl wieder zurückholen müssen.«

»Ich habe keinen Zweifel, dass dir das gelingen wird, Katja Hollenhorst.« Jette beugte sich vor und drückte Katja einen Kuss auf die Wange. »Pass auf dich auf.«

Katja nickte, die Worte blieben ihr im Hals stecken vor Rührung. »Dann mach's gut, Jette. Ich werfe dir den Haustürschlüssel in den Briefkasten. Und schreib mir, ich will wissen, wie es hier weitergeht.«

Katja verließ das Blockhaus. Beim Blick über die Schulter sah sie Jette in der Tür stehen und winken. Sie erwiderte den Gruß und ging dann weiter in Richtung Nordsee. Sie schlüpfte aus den Sneakern, um ein letztes Mal mit den Füßen durchs Wasser zu laufen.

Ihr Strandkorbsommer ging zu Ende, und es würde keine Fortsetzung geben.

Der neue Vertrag

Genau in dem Moment, als Katja dachte, dass das Ende der Startbahn fast erreicht war, hob das Flugzeug ab. Katjas Magen sackte einmal kurz nach unten und sie umklammerte ihre Armlehne so fest, dass sich die Knöchel weiß abzeichneten. Sie war schon öfter geflogen, aber noch nie in so einer kleinen Maschine. Das war so … nahe dran. Benne und sie waren die einzigen beiden Passagiere im Flugzeug. Katja hatte nicht damit gerechnet, dass Benne tatsächlich einen exklusiven Charterflug buchen würde. Auf der kurzen Strecke nach Bremen wären sie also zu zweit, erst in Bremen würden sie einen Linienflug nach Frankfurt nehmen. Auch dafür hatte Benne am Vormittag bereits online Sitzplätze gebucht.

»Cool, oder?« Benne nahm seine Kopfhörer von den Ohren und beugte sich zu ihr herüber. »Demnächst wird sich unsere Firma vielleicht an einer eigenen Chartermaschine beteiligen. Individuell in die USA fliegen ist natürlich eine ganz andere Sache, als wenn man in so einem Linienflug festhängt – das hier ist nur ein kleiner Vorgeschmack. Schau mal aus dem Fenster, ich hab den Piloten gebeten, noch eine Schleife über die Insel zu fliegen, sozusagen als Abschiedsmöglichkeit für dich.«

»Das ist aber lieb von dir«, erwiderte Katja und meinte es auch genauso. Dass Benne an so etwas gedacht hatte, rührte sie. Dass er nach diesem kurzen Gespräch die Kopfhörer sofort wieder aufgesetzt und die Augen geschlossen hatte, war klar – schließlich verband ihn nichts mit Langeoog und er hätte keinen Grund gehabt, einen letzten Abschiedsblick darauf zu werfen. Das kleine Flugzeug flog viel niedriger als die großen Passagiermaschinen, mit denen Katja bislang geflogen war. Entsprechend gut konnte sie alles am Boden erkennen. Es dauerte keine Minute, da tauchte unter ihr bereits Rubbenhoog auf. Katja konnte sogar den Horndorfer Strand und Jettes Blockhaus erkennen. Als dann unter ihr die fast fertiggestellten Gebäude der Seehundaufzuchtstation zu sehen waren, wünschte sie sich für einen Moment, dass Martin draußen arbeiten würde. Aber bei den Gebäuden war niemand zu sehen, und dann war dieser kurze Moment, in dem sie diesen Teil der Insel vom Flugzeug sehen konnte, auch schon vorüber. »Mach's gut, Martin. Pass auf dich und Paul auf«, murmelte Katja fast unhörbar. »Lebwohl, Langeoog.« Tränen brannten in ihren Augen, während unter ihr die Nordsee vorbeizog.

***

Die Stufen zum Loft stieg Katja wie betäubt hoch. Der Flug von Bremen nach Frankfurt hatte eine mehrstündige Verspätung gehabt, sie hatten endlos laufen müssen, um in Frankfurt vom Gate zum Langzeitparkhaus zu kommen, und anschließend hatten sie gut zweieinhalb Stunden im Auto verbracht. Ein Glück, dass Benne die Fahrt mit dem Auto übernommen hat, dachte Katja, ich hätte mich kaum noch konzentrieren können. In ihrer Wohnung roch die Luft abgestanden und muffig. Hier ist wochenlang nicht gelüftet worden, sagte sie sich, ging ins Schlafzimmer und öffnete die Fenster. Sofort erfüllte Autolärm von der nahen Bundesstraße den Raum. Wie habe ich jemals denken können, dass der Lärm Ähnlichkeit mit Meeresrauschen hat, fragte sie sich verwundert.

»Hier ist die Post, ich leg sie auf die Küchentheke«, rief Benne. »Ich geh rüber ins Arbeitszimmer und melde mich bei Gerald und Alexander, mal hören, wo es brennt. Apropos brennt: Lust auf den Grill unten an der Straße? Sagen wir, in einer Stunde?«

»Warum nicht? Aber danach muss ich dringend in die Wanne und ins Bett, ich bin total geschafft.«

»Alles klar, dann in einer Stunde.«

Katja streifte die Schuhe von den Füßen und zog das Haargummi heraus, das den Pferdeschwanz zusammenhielt. Sie fuhr sich mit beiden Händen durch die Haare. So war es schon besser. Sie holte den Poststapel von der Theke und ließ sich aufseufzend damit am Esstisch nieder. Sie machte sich an die Arbeit. Alles, was geöffnet und durchgesehen war, kam auf einen der vier Stapel: kann weg, ist für Benne, ist für mich persönlich, betrifft uns beide oder unsere Wohnung.

Plötzlich sah sie, dass weiter unten ein Briefumschlag mit dem Stempel der Schulbehörde hervorschaute – Katja vergaß alles andere, zog diesen Brief heraus und schlitzte ihn ungeduldig mit dem Daumen auf. Schon beim Überfliegen sank ihre Laune ins Bodenlose. Ja, sie war für ein weiteres Schuljahr eingestellt, bis zum Beginn der nächsten Sommerferien – das war dann aber auch schon die einzige gute Nachricht in diesem Schreiben. Der Rest machte sie fassungslos. »… bitten wir Sie, an folgenden Schulen Ihren Dienst anzutreten: Karl-Hermann-Grundschule, Grundschule Löwenzahn und St.-Agnes-Grundschule«, las sie laut vor. »Moment mal, spinnen die jetzt total?«, murmelte Katja entsetzt, »ich soll zwischen drei Schulen wechseln und pendeln?« Rasch las sie den Text noch einmal. Nein, kein Zweifel, da standen drei Schulen.

Sie ließ das Schreiben sinken. Dieser neue Vertrag setzte den Vertragsangeboten der letzten Jahre die Krone auf. Drei verschiedene Schulen? Das konnten die bei der Schulbehörde doch nicht wirklich ernst meinen? Sie hatte vor zwei Jahren eine Kollegin gehabt, die sich bitterböse darüber beschwert hatte, an zwei Schulen gleichzeitig eingesetzt worden zu sein, wobei die beiden Schulen zehn Autominuten voneinander entfernt gewesen waren.

Wie betäubt griff Katja nach ihrem Handy und googelte

die Grundschulen, an denen sie in Kürze arbeiten sollte. Schon bei der ersten Schule fluchte sie, denn diese lag in Köln-Kalk, was nichts anderes bedeutete, als morgens quer durch die Stadt und auf die andere Rheinseite zu fahren. Aber es kam noch schlimmer, denn die St.-Agnes-Grundschule war in Köln überhaupt nicht zu finden. Nee, dachte Katja, kann nicht sein, so blöd ist doch niemand bei der Behörde. Aber tatsächlich spuckte Google nur einen einzigen Treffer für diesen Namen aus – und das war eine Grundschule in Troisdorf bei Bonn.

»Troisdorf? Unmöglich!«, murmelte Katja. Für eine Autofahrt nach Troisdorf, das wusste sie auswendig, musste man locker mit fünfundvierzig Minuten rechnen, natürlich nur, wenn man glatt und ohne Stau durchkam. In der Zeit zwischen zweiundzwanzig Uhr abends und vier Uhr morgens mochte das vielleicht gelingen, ansonsten eher nicht.

»Das ist doch ein schlechter Scherz«, schimpfte sie, »haben die denn ein Rad ab?« Im Kopf überschlug sie mögliche Szenarien. Unterricht an der Schule in Ehrenfeld, dann eine Stunde Fahrzeit, um in Troisdorf zu unterrichten, wieder zurück und womöglich noch nach Kalk.

»Hey, du siehst aus, als wolltest du jemanden erwürgen.« Benne war in die Küche gekommen, um sich etwas zu trinken zu holen.

»Mein neuer Vertrag ist da. Die haben mich fürs nächste Schuljahr gleich an drei Schulen eingeteilt.«

»Drei? Ist das nicht etwas stressig?«

»Etwas stressig?« Katja war ungewollt laut geworden, sodass Benne zusammenzuckte.

»Sorry, war die falsche Frage. Ich sollte wohl besser sagen, das wird stressig. Wo liegen denn die Schulen? Wenigstens hier in der Gegend?«

»Ehrenfeld, Kalk und Troisdorf.«

Benne verschluckte sich hustend, und es dauerte einen

Moment, bis er wieder Luft bekam. »Du willst mich verarschen? Troisdorf – echt, warum nicht gleich ein anderes Bundesland? Okay, ich weiß schon, was du sagen willst«, Bennes Stimme wurde ernst, »das ist doch der absolute Wahnsinn. Womöglich musst du sogar an einem Tag zwischen den Schulen pendeln. Katja, ich hab es schon die ganze Zeit gesagt: Schmeiß denen den Vertrag vor die Füße. Die sollen sich eine andere Dumme suchen, die sie am Nasenring herumführen können.«

»Du vergisst eine Kleinigkeit: Ich bin gerne Lehrerin, es macht mir Spaß, mit Kindern zu arbeiten.«

»Klar, aber doch wohl nicht unter diesen Bedingungen – oder?«

Katja atmete resigniert aus und sackte auf ihrem Stuhl zusammen. »Ich weiß es nicht, Benne. Das«, sie hob das Schreiben der Schulbehörde hoch, »das ist mehr als ich heute verarbeiten kann.« Katja stand auf. In der Tür fragte sie noch über die Schulter: »Bist du schon fertig zum Gehen?«

»Nee, wir haben uns für eine Videokonferenz in einer Viertelstunde verabredet.«

»Dann entschuldige mich bitte, mir ist der Appetit sowieso vergangen. Ich steige jetzt in die Wanne und dann will ich ins Bett.« Katja küsste Benne auf die Wange. »Sei leise, wenn ich nachher schon schlafen sollte, und grüß Gerald und Alex von mir.«

Von wegen Missverständnis

Als Katja am nächsten Morgen aufwachte, war Benne bereits geduscht und angezogen.

»Guten Morgen, meine Schöne. Ich hab dich ausschlafen lassen, aber ich muss jetzt wirklich los. Ich kann noch nicht sagen, wann ich heute Abend zurück sein werde. Ach, und warte nicht mit dem Essen auf mich, ich bringe mir einfach was von unterwegs mit.« Benne beugte sich zu ihr hinunter und küsste sie. »Genieß deinen Ferientag.«

Katja lag im Bett und hörte, wie er die Tür ins Schloss zog. Sie versuchte sich zu entspannen und das Gefühl auszukosten, heute keine Verpflichtungen zu haben, aber es gelang ihr nicht. »Wenn es keinen Spaß macht, im Bett liegen zu bleiben, kann ich auch aufstehen«, sagte sie in die stille Loftwohnung hinein. Ihre Stimme hallte laut durch den Raum – wahrscheinlich lag das an den Fliesenböden und den hohen Decken. Merkwürdig, das war ihr noch nie aufgefallen.

Barfuß tappte sie in die Küche und warf einen Blick in den Kühlschrank.

»TOP eins auspacken, TOP zwei Waschmaschine anwerfen, TOP drei einkaufen gehen«, murmelte sie. Immerhin gab es in der Tiefkühltruhe noch Aufbackbrötchen und Butter, in der Speisekammer fand sie Honig und Marmelade. Benne hatte die Espressomaschine angelassen und ein Paket H-Milch danebengestellt – Frühstück gesichert. Eine Viertelstunde später saß Katja am Esstisch, trank ihre zweite Tasse Milchkaffee und biss hungrig in ein warmes Honigbrötchen. In der einen Hand das Brötchen, scrollte sie mit der anderen Hand durch ihre Nachrichten. Ihre Mutter hatte ein paar neue Fotos aus der Schweiz geschickt, darunter ein Bild, das offenbar Stefan von ihr gemacht hatte. Mama hat lange nicht mehr so glücklich ausgesehen, dachte Katja, sie strahlt richtig in die Kamera. Wie würde wohl ein Foto aussehen, wenn mich heute Morgen jemand fotografieren würde? Die Antwort war leicht: Da würde man sicher kein glückliches Lachen sehen. Der Brief der Schulbehörde lag immer noch auf einer Ecke des Esstisches. Nur ein Stück Papier, und gleichzeitig die Androhung eines beruflichen Albtraums. Rasch trank Katja ihren Kaffee aus und tippte einen kurzen Gruß an ihre verliebte Mutter. Dann nahm sie das schnurlose Telefon aus der Ladestation und wählte die Nummer, die auf dem Brief der Schulbehörde stand.

»Melanie Zumkörner van der Vart, guten Tag.«

Katja holte einmal tief Luft und bemühte sich um einen möglichst neutralen Tonfall. »Guten Tag, Katja Hollenhorst. Ich habe von Ihnen den Vertrag für das nächste Schuljahr bekommen, allerdings gibt es da wohl ein kleines Missverständnis.«

»Dann geben Sie mir doch bitte zunächst einmal die achtstellige Vertragsnummer.«

Katja diktierte die Nummer, die oben im Betreff des Briefes stand. Sie hörte das Klappern einer Tastatur und dann ein gebrummtes »Aha, hmm. Nun, Frau Hollenhorst, ich habe Ihren Vertrag vorliegen, allerdings sehe ich hier noch nichts, was auf ein Missverständnis hindeuten würde.«

»Sie haben mich an gleich drei Schulen eingeteilt, aber die Schulen liegen so weit auseinander, dass mehr als eine Stunde Fahrzeit nötig sein wird, um die jeweilige Schule zu erreichen.«

»Nun, auf die Lage der Schulen habe ich persönlich keinen Einfluss. Unsere Abteilung entscheidet letztlich nach dem Bedarf. Welche Fächer werden benötigt, wo sind freie Stellen, wer hat sich beworben, und unter diesen Gesichtspunkten ist die örtliche Lage einer Schule …«

»Aber Sie können doch nicht glauben, dass man an einem Vormittag von Köln-Ehrenfeld nach Troisdorf und wieder zurück fahren kann.«

»Lassen Sie mich bitte aussprechen, Frau Hollenhorst. Die Lage einer Schule ist kein wirkliches Kriterium für unseren Personalschlüssel.« Erneutes Tastaturtippen. »Ich sehe hier gerade: Von Köln-Ehrenfeld nach Troisdorf, das sind nur knapp dreißig Kilometer. Ich glaube, Sie sind nicht die einzige Lehrerin, die morgens dreißig Kilometer zu ihrem Arbeitsplatz fährt. Wir haben hier bei uns in der Behörde mehrere Kollegen, die deutlich weiter weg wohnen.« Die Stimme von Melanie Zumkörner van der Vart hatte deutlich an Verbindlichkeit und Verständnis eingebüßt.

»Ja, wenn es nur um Fahrten zwischen Ehrenfeld und Troisdorf gehen würde, könnte ich das verstehen, aber ich bin an drei Schulen eingesetzt. Drei, verstehen Sie das? Was, wenn ich innerhalb eines Vormittags an allen drei Schulen arbeiten muss?«

»Sie sprechen hier die Gestaltung des Stundenplans an, aber der wird nun wirklich von den jeweiligen Schulleitern erstellt. Ich sehe in Ihrer Akte, dass Sie doch schon eine ganze Zeit lang als Lehrerin tätig sind, da werden Sie das doch bestimmt auch wissen. Ich schlage vor, dass Sie sich im neuen Schuljahr mit Ihren jeweiligen Vorgesetzten kurzschließen, vielleicht nehmen die ja Rücksicht auf Ihre persönlichen Bedürfnisse. Sollten Sie den Vertrag nicht annehmen wollen, reicht eine einfache schriftliche Antwort. Kann ich Ihnen sonst noch irgendwie weiterhelfen?«

Katja schüttelte sprachlos den Kopf. Am liebsten hätte sie irgendetwas Drastisches gesagt, beherrschte sich aber gerade noch rechtzeitig. »Nein, danke«, presste sie hervor. »Einen schönen Tag noch.« Katja beendete das Telefonat, bevor die

Sachbearbeiterin antworten konnte. Einen Nachteil haben schnurlose Telefone, dachte Katja, man kann keinen Hörer auf die Gabel knallen.

Sie legte das Telefon auf den Tisch und rieb sich mit beiden Händen über das Gesicht. Die Entscheidung der Schulbehörde war kein Versehen, das sich einfach durch ein Telefonat in Wohlgefallen auflösen würde, so viel stand fest. Vielleicht nehmen die ja Rücksicht auf meine persönlichen Bedürfnisse – im Leben nicht, dachte Katja verbittert. Für die Schulleiter bin ich einfach nur die neue Springerkraft, die für maximal ein Jahr vor Ort sein wird. Niemand, für den man sich besonders einsetzen muss. Und die neuen Kolleginnen und Kollegen werden mich gar nicht richtig wahrnehmen, weil ich ja gleich an drei Schulen arbeite. Für die bin ich nur eine Lehrerin, die für ein paar Stunden unterrichtet und es im schlimmsten Fall noch nicht mal schafft, rechtzeitig zu einer Konferenz zu erscheinen. Das wird so dermaßen schiefgehen, dachte Katja und stieß einen tiefen Seufzer aus.

Ein Nachmittag mit Kim

»Puh, du kannst froh sein, dass du nie geraucht hast. Nach diesem Brief von der Schulbehörde hättest du wieder angefangen – garantiert.« Kim nickte, als wollte sie ihre eigene Aussage noch einmal bekräftigen. »Und was diese ganze Inselgeschichte betrifft … hey, das war doch cool. Diese Annika hat rumgezickt, keine Frage. Vielleicht hatte die so einen Beschützerinstinkt, das gibt es ja manchmal. Bisschen blöd, dass du nichts mit Martin angefangen hast, der klingt wie 'ne absolute Nummer zehn auf Kim Schneiders persönlicher Männer-Hitliste.«

Katja prustete los. »Als ob du eine persönliche Männer-Hitliste hättest. Dann wäre ja Sascha, der Elektrotechnik-Nerd, ebenfalls darauf gewesen. Wo war denn seine Startnummer – irgendwo im Keller?«

Katja erhielt nicht sofort eine Antwort, sondern nur ein süffisantes Lächeln. »Süße, du ahnst ja gar nicht, wie angenehm manchmal ein Mann sein kann, der zutiefst dankbar ist, dass ein weibliches Wesen ihn erhört. Ich sag nur, stille Wasser sind tief. Und Sascha war sehr still.«

Katja schüttelte lachend den Kopf. Es tat so unendlich gut, mit einer Freundin herumzualbern. Und ganz ideal war dafür Kim Schneider. Mit Kim hatte sie studiert, Kim hatte sie beim Abnehmen begleitet, sie zum Laufen animiert und zum Klettern mitgenommen. Dabei hatte sich der Sport lediglich bei Katja bemerkbar gemacht. Kim behielt weiter ihre – wie sie es nannte – barocke Rubens-Figur, sie sei eben genetisch anders veranlagt. Katja verdächtigte dafür weniger Kims Gene als vielmehr Kims Vorliebe für Eis, Schokolade und Sahnetorten.

Kim sah das alles sehr gelassen, und einige überflüssige Pfunde hielten sie nicht davon ab, sowohl nabelfreie T-Shirts als auch eng anliegende Miniröcke zu tragen. »Wer Figur hat, darf auch Figur zeigen«, war einer ihrer Grundsätze. Dass ihre etwas über einen Meter sechzig kleine Gestalt stets von verbotenen hohen Pfennigabsätzen gestreckt wurden, gehörte ebenso zu ihrem sorgfältig kultivierten Image wie die blonden hochtoupierten Haare. Kim war einfach eine sehr auffallende Erscheinung, und wer sie nicht kannte, geriet schnell in Gefahr, sie in die Schublade ›blondes Dummchen‹ einzuordnen. Doch das wäre eine fatale Fehleinschätzung gewesen. Kim Schneider hatte ihr BWL-Studium in Rekordzeit abgeschlossen. Und während ihre Mitstudenten noch müßig über ihren weiteren Berufsweg nachgedacht hatten, hatte Kim eine Model-Agentur gegründet, die in kürzester Zeit international erfolgreich geworden war. Bei den großen Fashion-Weeks in Paris, Mailand und New York waren ihre Models stets ausgebucht. Obwohl sie viel unterwegs war, hatte sie immer ein Ohr für Katja und war – sobald sie sich mal mehr als nur fünf Stunden in Köln aufhielt – auch bereit für ein persönliches Treffen.

Kim ist genau die Art Freundin, die ich jetzt brauche. Sie kennt mich und meine Vergangenheit, und sie hat ein feines Gespür dafür, was man tun oder besser nicht tun sollte, dachte Katja.

»Süße, sollen wir den Espresso noch mit einem Cocktail ergänzen? Die sind hier wirklich ganz köstlich«, riss Kim sie aus ihren Gedanken. Katja schaute demonstrativ auf ihre Armbanduhr. »Wir haben gerade mal halb fünf am Nachmittag, ein bisschen früh für eine hochprozentige Happy Hour, oder?«

»Tja, noch so eine Auswirkung von meinem Tokio-Shooting. Mein Kopf sagt, ich sitze mit dir in der Kölner Sonne, mein Körper schreit: Holla, Kim, es ist weit nach Mitternacht, wird Zeit für einen Drink. Und was so einen Cocktail betrifft, da finde ich, kommt es immer auf die Umstände an. In deinem Fall beispielsweise würde ich sagen, wären sogar zwei Cocktails absolut gerechtfertigt.«

»So schlimm schätzen Sie meine Lage ein, Frau Doktor Kim?«

»Schlimmer, werte Frau Hollenhorst, viel schlimmer. Aber im Ernst: Dein Benne ist echt cool, hat sich gemacht, das Kerlchen. Ich meine damit beruflich wie äußerlich. Weg vom Zausel hin zum coolen Unternehmer. Aber bist du dir sicher, dass der noch weiß, dass du Lehrerin bist? Und vor allem, dass du gerne und mit viel Herzblut unterrichtest? Also, wenn ich Kinder hätte, ich würde mir eine Lehrerin wie dich wünschen. Bei unserem letzten Treffen, und das ist ja schon eine Weile her, war das vor Florida, nee, aber auf jeden Fall nach den Fotos in Norwegen, also an dem Abend wurde ich das Gefühl nicht los, dass Benne alles, was du aus der Grundschule erzählt hast, mega-peinlich war.«

»Nein, so ist Benne nicht.«

Statt einer Antwort stieß Kim nur ein zweifelndes »Ach ja?« aus.

»Nee, im Ernst, Kim. Ich hätte wirklich gerne mal mit dir geredet, während ich auf Langeoog war.«

»Das tut mir unendlich leid, ich hatte extra für Tokio eine andere SIM-Karte dabei, und mal ehrlich, ich wäre auch eine ganz schlechte Gesprächspartnerin gewesen, wir haben da wirklich bis zum Umfallen geackert. Aber verrate mir doch bitte, was du jetzt tun willst?«

»Ich weiß es nicht sicher. Ich möchte weiter als Lehrerin arbeiten, wahrscheinlich werde ich es einfach ausprobieren, ob ich das mit den drei Schulen auf die Reihe bekomme. Womöglich haben die Schulleiter ja auch genug Verständnis, um den Super-GAU abzuwenden.«

»Willst du mir gerade erklären, dass du darauf hoffst, dass drei verschiedene Rektoren genug Menschenverstand besitzen, ein- und dieselbe Frau nicht an einem Vormittag gleichzeitig einzusetzen? Wenn das so ist, dann glaubst du bestimmt auch noch an Einhörner und das Sandmännchen. Nein, besser du stellst dich dem Albtraum und gehst vom schlimmsten Fall aus.«

Das war etwas, was Katja an Kim auch mochte, sie behielt ihre Meinung nicht für sich. Was sie dachte, sagte sie auch.

»Du hättest wenigstens mal so tun können, als ob es Hoffnung geben würde«, sagte Katja und zwinkerte ihrer Freundin zu.

»Die gibt es immer, vor allem, weil du eine tolle Lehrerin bist, aber das habe ich heute schon erwähnt. Und jetzt werden wir uns was zu trinken bestellen. Du bist auch mit der U-Bahn gekommen? Gut, dann bestelle ich uns hinterher ein Taxi, das kann dich dann zu Hause absetzen. Wir brauchen jetzt Alkohol, und du musst mir noch einmal alles von diesem mega-romantischen Abend mit dem Strandkino erzählen, und zwar mit allen Details.«

Ein verkorkster Abend

Als Katja die Treppe zum Loft hochstieg, fühlte sie sich geradezu beschwingt – das lag zum einen an dem langen Gespräch mit Kim, zum anderen sicher auch an den beiden Cocktails, die sie getrunken hatte. Wobei sie schon darauf geachtet hatten, einen Cocktail mit geringerem Alkoholgehalt zu wählen, Taxifahrt hin oder her.

Sie hatte die Gespräche mit Kim vermisst und war froh, dass ihre Freundin wieder in Köln war. Kim war offen, ehrlich, herrlich witzig und selbstironisch. Ein Treffen mit ihr war wie die Stunde nach einem kurzen Sommerregen – alles wirkte frisch, sauber und klar. Birte würde sich auch gut mit Kim verstehen, dachte Katja. Birte und Annika. Die Erinnerung an die Zwillinge schmerzte, sie hätte die beiden gerne als Freundinnen behalten. Aber okay, wie würde Kim sagen – c'est la vie – so ist eben das Leben.

Katja schloss die Wohnung auf und hörte Musik aus dem Essbereich. Keith Jarrets *Köln-Concert* klang durch den Loft. Nanu, dachte Katja, es ist gerade erst sechs Uhr, was macht Benne denn schon zu Hause?

»Benne? Hallo, ich bin wieder da!«

Auf ihren Ruf hin kam Benne in den Flur. »Gott sei Dank, da bist du ja endlich. Himmel, du bist spät dran.«

Er sieht regelrecht gehetzt aus, schoss es Katja durch den Kopf. »Ich bin spät dran, was meinst du denn?«

»Hast du meine Nachricht nicht gelesen?«

Katja zog ihr Handy aus der Handtasche. »Oh, sorry, ich hatte das Handy auf stumm gestellt. Ich habe mich mit Kim getroffen.« Es war ihr ein bisschen peinlich, dass sie überhaupt nicht nachgeschaut hatte, ob jemand versucht hatte sie zu erreichen. Das lag natürlich auch an der gemeinsamen Taxifahrt mit Kim, normalerweise hätte sie spätestens auf dem Heimweg in der Bahn ihre Nachrichten abgerufen.

»O shit, aber egal, ich bin so gut wie fertig. Doktor Gereon kann jeden Moment hier sein, es ist so eine informelle, spontane Sache, aber eben doch enorm wichtig. Sei so gut und zieh dich schnell um.«

Das ging jetzt alles ein bisschen zu fix für Katjas Geschmack, und wenn etwas zu fix für sie ging, dann schaltete ihr Kopf praktisch auf Slow Motion, um ja nichts zu verpassen. Deswegen folgte sie auch nicht Bennes Bitte und hetzte ins Schlafzimmer, sondern blieb wie angewurzelt stehen, wo sie war. Sie schaute an sich herunter: weiße Sommerjeans, braune Ledersandalen, die ihre gebräunten Füße und die frischlackierten Zehennägel ausgesprochen vorteilhaft zur Geltung brachten, dazu eine zartblaue ärmellose Seidenbluse und ein dünner weißer Baumwollpulli über den Schultern. »An meinem Outfit gibt es nichts auszusetzen.«

»Nee, im Grunde nicht, aber ein Kleid wäre jetzt echt besser, und vielleicht die Pumps …«

Es klingelte und Benne seufzte. »Das ist er bestimmt. Fuck, der ist aber überpünktlich. Okay, vergiss das mit dem Umziehen.«

Hatte ich auch nicht vor, dachte Katja und stellte ihre Handtasche auf die Kommode neben der Tür.

»Katja, bitte, freie Oberflächen, das sieht einfach besser aus.«

»Seit wann darf ich denn meine Handtasche nicht abstellen, wo ich möchte?«

»Bitte!«

»Okay.« Katja seufzte und stellte die Tasche neben die Kommode auf den Boden. Ohne weiter auf Benne zu achten, ging sie zum Essbereich. Der große alte Esstisch war festlich gedeckt. Tischdecke, Stoffservietten, Wassergläser, Weißwein- und Rotweingläser, brennende Kerzen. Von wegen informell und spontan, Katja schnaubte empört. Wenn man bedenkt, dass Benne bei ihrem letzten Jahrestag eine Pizza für zwei mitgebracht hatte, die sie direkt aus dem Karton gegessen hatten, wirkte das hier schon mächtig übertrieben.

Sie schaute sich um, Benne hatte nicht nur den Tisch gedeckt, er hatte auch aufgeräumt. Das dürfte eine absolute Premiere in den letzten zwei Jahren sein, dachte sie. Auf dem kleinen Tisch, auf dem sie die *Kölner Rundschau* liegen gelassen hatte, stand jetzt lediglich eine Kerze in einem Windlicht. Überhaupt – überlegte Katja –, wo sind meine ganzen Sachen? Briefe, Bücher, Fachzeitschriften, alles war weg und ersetzt durch belangloses Dekozeug, das sie zum Teil nicht mal kannte. Das muss Benne heute extra aus der Stadt mitgebracht haben, dachte sie. Auch die Küche sah makellos aus, okay, das war nicht weiter schwer. Sie hatte in den letzten Tagen alles gründlich geputzt, Benne hatte nur das Frühstücksgeschirr in die Spülmaschine räumen müssen. Dann aber sah sie die Kühlschranktür, an der normalerweise alle möglichen Briefe und ein paar Zeichnungen mit Magneten befestigt waren – die Tür war leer.

Sie wirbelte herum. »Benne, wo sind …«

In diesem Moment hörte sie, wie Benne Dr. Gereon an der Wohnungstür begrüßte. Rasch ging sie zurück in den Flur. Benne, wir haben noch ein Wörtchen miteinander zu reden, dachte sie, bevor sie sich zu einen Begrüßungslächeln zwang. Benne und ihr Gast schienen nicht zu bemerken, dass es in ihr brodelte.

»Guten Abend, Frau Hollenhorst, ich danke Ihnen für die Einladung.« Dr. Gereon überreichte Katja mit einer leichten Verbeugung eine einzelne gelbe Rose. »Reizend sehen Sie aus, ganz reizend. Ich muss sagen, Ihr Arbeitseinsatz hat Sie offenbar kaum angestrengt.«

»Hallo, Herr Doktor Gereon, herzlich willkommen«, erwiderte Katja, »vielen Dank für die schöne Rose. Kommen Sie doch weiter. Benedikt hat sicher schon einen Aperitif vorbereitet.«

»Darf ich fragen, wo Ihr Bad ist? Ich hab mir gerade am Auto die Hände schmutzig gemacht.«

»Natürlich, hier die linke Tür, der Lichtschalter ist gleich neben der Tür.«

Gereon verschwand im Badezimmer und Katja nutzte die Gelegenheit, Benne wütend anzufunkeln. »Arbeitseinsatz – was meint er? Und wo sind meine ganzen Sachen? Zum Beispiel die Blätter vom Kühlschrank?«

»Boah, diese Kindersachen! Hab ich ins Arbeitszimmer geworfen«, flüsterte Benne zurück.

Katja setzte ein honigsüßes Lächeln auf, als Dr. Gereon aus dem Bad kam. »Ich stell rasch die Blume ins Wasser, und wenn Sie mich dann für einen kleinen Augenblick entschuldigen würden? Schatz, gieß doch schon mal den Aperitif ein.«

Katja versorgte rasch die Blume und ging ins Arbeitszimmer. Auf dem Tisch lagen verschiedene Zettel wild durcheinander, ihr alter Stundenplan vom letzten Schuljahr, der Brief von der Schulbehörde, ein paar Kinderzeichnungen. Sogar der blau-grüne Pappmaché-Dino, der sonst im Küchenregal wohnte, war hier gelandet. Mit einem leisen Aufschrei sah sie die Zeichnung, die Ari von ihr angefertigt hatte. Sie war achtlos zusammengefaltet und dabei verknickt worden. Behutsam strich Katja das Papier glatt. »Das ist ein K wie Katja«, murmelte sie zu sich selbst.

»Schatz, kommst du anstoßen?«

Katja holte tief Luft. So nicht, Benne.

Als sie zurück an den Esstisch trat, hörte sie Benne gerade fragen: »Ich hoffe, Sie mögen Arabisch? Ich habe da für uns ein paar Kleinigkeiten besorgt.«

Ich hoffe, Sie mögen Arabisch? Katja brummte ungehalten, Benne hatte einfach die Kebab-Bude unten an der Straße geplündert. Sie erkannte die Papierservietten, die auf einer Ecke der Arbeitsplatte lagen und die Benne mit einem heimlichen Zwinkern herunternahm und in den Abfall warf. Zugegeben, was er gekauft hatte, sah in den neuen Glasschälchen gleich doppelt lecker aus. Oliven, verschiedene Dips, eine Schüssel mit gemischtem Salat, Fladenbrot. Sesamringe, gebackener Schafskäse, Kebab-Fleisch und gegrillte Spieße, die in zwei eisernen Pfannen auf Stövchen warmgehalten wurden.

»Bitte setzen Sie sich doch, Herr Doktor Gereon. Was darf ich Ihnen zu trinken anbieten? Ich habe einen ganz annehmbaren Rotwein«, sagte Benne.

»Ein Glas trinke ich gern.«

Katja setzte sich zu Gereon an den Tisch, während Benne gekonnt den Wein einschenkte.

»Von Ihrem Verlobten habe ich schon gehört, dass sein Arbeitsaufenthalt in den USA überaus erfolgreich war. Ja, da wird sich Großes anbahnen. Und Sie, Sie waren nicht minder erfolgreich.«

»So, war ich das? Na ja, ich weiß nicht«, erwiderte Katja ausweichend und dachte: Wovon redet der? Was hat Benne nur erzählt?

»Nun mal nicht so bescheiden, Schatz. Wissen Sie, Herr Doktor Gereon, es gibt da ein Unternehmen in Norddeutschland, dessen Besitzerin mit Katjas Familie seit Jahren eng befreundet ist. Und dieses Unternehmen ist unverschuldet in Schwierigkeiten gekommen, aber Katja hat mit ihren Ideen vor Ort in kürzester Zeit das Ruder herumgerissen.« Benne setzte sich ebenfalls an den Tisch und prostete ihr und Gereon mit seinem Glas zu. Redet er gerade über Jette und die Strandkörbe, dachte Katja erstaunt. Offenbar! Und er war noch nicht fertig.

»Der Netincome war am Boden, aber die gezielte Ausrichtung auf den User-Benefit und vor allem die Diversifikation im Angebotsbereich hat hier die Rendite nach oben gedrückt.«

»Chapeau, Frau Hollenhorst. Da können sich die Kollegen drüben ja schon freuen.«

»Die Kollegen drüben, Herr Doktor Gereon?«

»Ja, unsere Tochter in Los Angeles, Ihr neues Marketing-Tätigkeitsfeld.«

»Ja, wissen Sie, Herr Doktor Gereon …«

»Ja, wissen Sie«, unterbrach Benne Katja hastig, »das alles ist noch so frisch für uns, inklusive dieses großzügigen Angebots, dauerhaft nach Los Angeles zu ziehen, dass es uns beiden noch ganz surreal vorkommt, nicht wahr, Schatz?« Und als ob das noch nicht genug gewesen wäre, trat Benne ihr unter dem Tisch auch noch leicht gegen das Schienbein.

Surreal trifft es auf den Punkt. In welchen schlechten Film bin ich denn hier geraten? Und das in meiner eigenen Wohnung, dachte Katja empört.

Mit einem Ruck stellte sie ihr Weinglas auf den Tisch. »Ich …«

»Sie freut sich irrsinnig, Herr Doktor Gereon.«

Genug. Katja beugte sich vor und säuselte in Richtung Gereon: »Wenn Sie entschuldigen würden, erschrecken Sie jetzt bitte nicht.« Dann drehte sie sich zu Benne um und sagte laut und mit klarer Stimme: »Benne, Schatz, halt endlich die Klappe!«

Benne zuckte zusammen und hätte dabei fast seinen Wein verschüttet. Und Gereon, der gerade im Begriff gewesen war, in ein Stück Fladenbrot zu beißen, hielt mitten in der Bewegung inne.

»Also, hier liegt offenbar ein Missverständnis vor«, begann Katja. »Erstens, ich habe Urlaub auf Langeoog gemacht und der Schulfreundin meiner Mutter geholfen. Im Klartext: Ich habe Strandkörbe vermietet. Zweitens: Ich arbeite nicht im Marketing, möchte ich auch gar nicht. Und von den USA höre ich gerade zum ersten Mal. Das mit den USA würde auch schwierig, weil ich – und das ist der dritte Punkt – ja morgens in die Schule muss. Ja, Sie haben richtig gehört. Für Benedikt passt das nicht zum schönen Schein, aber ich bin Grundschullehrerin, und das möchte ich auch bleiben.«

Gereon starrte sie mit halb geöffnetem Mund an. Bennes Gesicht hatte eine Farbe angenommen, die irgendwo zwischen Ajvar und Tomaten-Feta-Dip lag.

Katja nahm ihr Rotweinglas und warf ihre Serviette auf den Tisch. »Sie entschuldigen mich, Herr Doktor Gereon, sicher finden Sie mit Benne, o pardon, Benedikt, mit dem ich übrigens nicht verlobt bin, noch genug Themen heute Abend. Ach, und Benne, Schatz, schlaf auf dem Sofa.«

Ohne die Reaktion der beiden Männer abzuwarten, stand sie auf und ging ins Schlafzimmer. Sie schloss die Tür und drehte den Schlüssel um, dann lehnte sie sich von innen gegen die Tür. Soll doch Benne heute Nacht sehen, wo er bleibt, dachte sie wütend.

Durch die Tür hörte sie ein kurzes, sehr gekünsteltes Lachen von Benne und dann noch den Satz: »Der Umbruch, der Wandel, das ist alles ein bisschen viel für sie.«

Katja trat weg von der Tür, sie wollte nicht mehr hören, was Benne noch alles fabulierte. Sie ließ sich aufs Bett fallen und starrte mit brennenden Augen an die Decke. Wann ist das eigentlich passiert, dass sich Benne für das schämt, was ich tue? Damals, als wir uns kennengelernt haben, da hat er noch meine klaren Ziele bewundert. Kim hat recht, alles, was ich aus der Grundschule erzähle, ist ihm mega-peinlich. Wie gern würde ich jetzt mit Kim sprechen oder mit Birte und Annika, zum Beispiel in Harms Kneipe.

Katja lag da, allein auf ihrem Bett an einem Sommerabend. Lauschte dem Verkehr der Bundestraße und hoffte darauf, dass er irgendwann wieder für sie wie Meeresrauschen klingen würde.

Die Nachricht

Ein Klopfen an der Tür riss Katja aus dem Schlaf.

»Katja, mach die Tür auf, bitte.«

Sie schielte auf den Wecker. Es war schon sieben Uhr morgens, sie hatte tief und fest geschlafen.

»Katja, bitte, ich brauche frische Sachen aus dem Schrank, und ich muss in einer Stunde schon in einem Meeting sitzen.«

Für einen sehr gehässigen Moment war Katja versucht, einfach nicht zu antworten und so zu tun, als ob sie noch schliefe. Aber so tief ging ihr Groll auf ihn dann doch nicht.

Sie stand auf und schloss die Tür auf. Benne sah ziemlich zerknittert aus, das mochte an der Nacht auf dem Sofa liegen, aber es war auch Ausdruck seines schlechten Gewissens.

»Gott sei Dank, ich dachte schon, ich müsste in den Klamotten von gestern ins Büro.«

»Quatsch!« Katja schwang die Tür weit auf und trat zur Seite, um ihn ins Schlafzimmer zu lassen. Während Benne im begehbaren Kleiderschrank verschwand, ging Katja in den Küchenbereich und machte sich einen großen Becher Milchkaffee. Sie hatte erst die Hälfte ausgetrunken, als Benne umgezogen wieder auf der Bildfläche erschien. »Katja, es tut mir leid. Also, das mit Los Angeles. Ich hätte es dir vorher sagen müssen. Und ja, auch das mit dem Schulkrams am Kühlschrank.«

»Du hättest auch zuerst einmal fragen können, ob ich überhaupt auswandern will. Will ich nämlich gar nicht. Und was wird aus dieser Wohnung hier? Du gehst in die USA, allein will ich in diesem großen Loft nicht wohnen. Und dass ich Lehrerin bin, hat dich früher nicht gestört.«

»Na ja, ich dachte, du würdest halt mitkommen, weil doch auch das nächste Schuljahr so mies geplant ist. Und dann nie eine Festanstellung, sondern immer dieses Warten auf den nächsten Vertrag. Du hast echt was Besseres verdient.«

»Zwischen einem mies geplanten Schuljahr und einem komplett neuen Lebensplan inklusive eines Jobs, den ich noch nicht einmal gelernt habe, gibt es aber schon noch einen Unterschied – das dürfte dir auch klar sein, oder?«

»Ja sicher, aber es würde dir Spaß machen, ich bin mir sicher. Weißt du, manchmal muss man dich auch zu deinem Glück drängen.« Katjas Miene versteinerte, und er ruderte sofort wieder zurück. »Versteh das jetzt bitte nicht falsch. Ich meine ja nur. Man muss auch mal was Neues wagen.«

»Ach, Benne, wie sind wir nur an diesen Punkt gekommen? Warum haben wir das nicht gemerkt?«

»Heißt konkret was? Dass du auf keinen Fall mit rübergehen wirst?«

Himmel, Benne ist ja noch vernagelter, als ich dachte, merkt er nicht, dass wir hier gerade über zwei verschiedene getrennte Lebensentwürfe sprechen?

»Du, ich muss jetzt wirklich los. Wie gesagt, es tut mir leid, dass ich dich so überfallen habe, aber versprich mir, noch mal über alles nachzudenken.« Benne machte einen zögernden Schritt in Richtung Tisch, entschloss sich dann offenbar gegen einen Abschiedskuss und verließ mit einem verlegenen Lächeln die Wohnung.

So – und jetzt?, fragte sich Katja. Sie besann sich auf eine der Grundregeln ihrer Mutter: im Zweifelsfall erst mal frühstücken. Es gab noch etwas Roggenbrot, das Fladenbrot hatten Benne und Dr. Gereon komplett aufgegessen. Also, erst mal frische Brötchen holen, dachte Katja. Sie lief ins Schlafzimmer, um sich rasch anzuziehen. Das Wetter draußen sah gut aus, also Shorts, T-Shirt und Sneakers. Sie nahm ihren Rucksack aus dem Regal, warf Wohnungsschlüssel, Portemonnaie und Fahrradschlüssel hinein und verließ die Wohnung. Unten in der Tiefgarage stand ihr Fahrrad. Als sie damit vom Hof radelte, vermisste sie das E-Bike, das sie auf Langeoog benutzt hatte. Vielleicht kauf ich mir so ein Fahrrad ja auch mal, überlegte sie, während sie durch Ehrenfeld fuhr.

»Ein Croissant, ein Roggenbrötchen und noch ein großes Sechskorn-Brot. Bitte schön, das macht zusammen vier Euro fünfundachtzisch.« Die Verkäuferin schob Katja die Brötchentüte und das eingepackte Brot herüber. Katja griff in ihren Rucksack und kramte nach ihrem Portemonnaie. Mit der Hand spürte sie einen Umschlag. Erstaunt zog sie ihn heraus. Was ist das denn für ein Umschlag?, fragte sie sich. Ach klar, das Wechselgeld von Dominik, das hatte ich ganz vergessen.

»Nix für unjuht, junge Frau, aber die vier Euro fünfundachtzisch hätt ich jerne noch heute, da warten auch noch andere Kunden.«

»Entschuldigung, natürlich.« Katja kramte weiter, fand ihr Portemonnaie und bezahlte. Mit dem Umschlag in der Hand verließ sie die Bäckerei.

»Tschö, einen schönen Tach noch.«

Katja reagierte auf den Abschiedsgruß nur mit einem geistesabwesenden Nicken.

Draußen neben ihrem Fahrrad schlitzte sie das Kuvert auf. Fünfundsiebzig Euro in Scheinen, Dominik hatte ihr für das E-Bike einen wirklich günstigen Wochenpreis eingeräumt. Katja wollte das Geld schon wieder zurückstecken, als ihr ein kleiner Notizzettel auffiel, der auch noch im Kuvert lag. Darauf hatte Dominik offenbar sehr hastig eine Mobiltelefonnummer und zwei Sätze geschrieben. Über der Nummer stand *Ruf ihn an!* und unter der Nummer *Man muss vom Weg abkommen, um nicht auf der Strecke zu bleiben.*

Katja starrte auf den Zettel in ihrer Hand, der plötzlich bleischwer zu sein schien. Ruf ihn an! Sie hatte keinen Zweifel, wen Dominik damit meinte. Martins private Mobiltelefonnummer. Auf Langeoog hatte sie sich einfach so mit Martin verabredet, der Gedanke, Telefonnummern auszutauschen, war ihr gar nicht gekommen. Nun hatte Dominik den Ball in ihr Feld geschlagen. Sie konnte das ignorieren, aber sie hatte jetzt nicht mehr die Ausrede, sie hätte nicht gewusst, wie sie Martin erreichen sollte. Elf Ziffern – was, wenn sie diese Nummer anrief? Dominik kannte seinen kleinen Bruder sicher besser als alle anderen. Er war offenbar davon überzeugt, dass Martin sich über den Anruf freuen würde.

Katja faltete den Zettel sorgfältig zusammen und verstaute ihn in ihrer Hosentasche. Als sie gerade losfahren wollte, hupte es hinter ihr. Das Hupen riss sie aus ihrem Grübeln. Pass besser auf, ermahnte sie sich selbst, sonst wird das heute nichts mehr mit dem Frühstück.

***

Katja biss ein Stück Croissant ab und surfte gleichzeitig auf ihrem Laptop. Das Inselwetter für Langeoog. Dreiundzwanzig Grad, Sonnenschein, leichter Wind. Eine Webcam bot aktuelle Bilder vom Horndorfer Strand. Mit Wehmut erkannte Katja die Stelle, an der die Strandspiele stattgefunden hatten. Sie klickte sich ein paar Seiten weiter. Auch die Seehundaufzuchtstation bot eine Live-Kamera an, diese war auf eines der Becken gerichtet. Katja wollte schon weiterklicken, als eine junge Frau, bekleidet mit einer Gummilatzhose, ins Bild trat. In der Hand trug sie einen Edelstahleimer. Die Aufnahme war ohne Ton, deswegen wusste Katja nicht, ob die Frau etwas rief oder einen Pfiff ausstieß, auf jeden Fall flitzte, kaum dass sie am Beckenrand angekommen war, ein dunkler Schatten durchs Wasser. Die Frau trat zwei Schritte zurück und eine Robbe sprang aus dem Wasser.

»Hallo, Paul«, murmelte Katja und eine Träne rollte über

ihre Wange, »du bist aber groß geworden.« Die Robbe schnappte nach zwei Heringen und stürzte dann zurück ins Becken, als die Frau noch zwei weitere Fische ins Wasser warf. Katja fühlte sich wie eine heimliche Zuschauerin. Sie schloss mit einem Mausklick die Webseite.

Vor ihr auf dem Esstisch lag der kleine Notizzettel.

Man muss vom Weg abkommen, um nicht auf der Strecke zu bleiben. Was hatte Benne heute gesagt: Manchmal muss man mich zu meinem Glück drängen. Sie griff nach ihrem Handy und wählte mit zitternden Fingern die Mobilnummer.

Der richtige Mensch

»Martin, ich habe Paul gefüttert und bin jetzt drüben im Labor.«

»Alles klar, Tina. Ich fahre gleich zur Verwaltung, wir sehen uns dann morgen.«

Martin trat aus dem Neubau. Wenn wir doch nur schon fertig wären, dachte er unzufrieden, alles dauerte viel länger als erwartet. Immerhin war die Website endlich online. Die Live-Cam sendete Bilder vom Außenbecken, ein weiterer Fortschritt.

Und dann noch Paul. Er musste die Robbe in den nächsten Tagen auswildern, aber es gab auch schon erste Stimmen, die vorschlugen, die Robbe sozusagen als »Anschauungsobjekt« in der Station zu behalten. Ja, in anderen Aufzuchtstationen gab es tatsächlich ältere, ausgewachsene Robben, die nicht mehr ausgewildert werden konnten und die dort weiter gehalten wurden. Aber Paul ist so weit, ich werde ihn nicht in der Station als Maskottchen behalten, dachte Martin trotzig. Soll die Verwaltung sagen, was sie will. Schließlich ist es unsere Aufgabe, den Tieren dabei zu helfen, in ihre natürliche Umgebung zurückzukehren. Ich will hier keinen Robben-Zoo gründen.

Martin stieg auf sein Rad und fuhr auf dem Radweg in Richtung Meierei. Dass er hier mit Katja entlanggefahren war, fühlte sich bereits so an, als wäre es in einem anderen Leben gewesen. Mit Wehmut dachte er an diesen einen magischen Abend.

Hätte ich nur ihre Telefonnummer, dachte er, um sich gleich darauf einzugestehen, dass er sich wahrscheinlich auch dann nicht trauen würde, bei ihr anzurufen. Er hätte sich längst Katjas Handynummer von Annika oder Birte geben lassen können, aber es dann doch nicht getan. Was sollte das auch bringen? Katja hatte ihr Leben in Köln, ein Leben an der Seite dieses Angebers. Martin fluchte laut. Er konnte Katja einfach nicht vergessen, ihr Gesicht, ihr Lachen, den Glanz ihrer Augen. Dass Annika sich mit Katja gestritten hatte – und das ausgerechnet seinetwegen – machte die Sache auch nicht besser. Annika hatte es nur gut gemeint, aber er brauchte nun weiß Gott niemanden, der auf ihn achtgab. Aber so war Annika eben. *Ich glaube, sie war vor zwei Jahren, als Daniela mit mir Schluss gemacht hat, wütender als ich selber.* Als Annika klargeworden war, dass er ihr Gespräch mit Katja alles andere als hilfreich gefunden hatte, war sie ganz kleinlaut geworden. Er hatte sich vorgenommen, Katja zu besuchen und ihr alles zu erzählen. Aber als er dann vor dem kleinen Haus am Brombeerweg gestanden hatte, war da nur noch Jette gewesen, die ihm berichtet hatte, dass Katja abgeflogen war.

Ich muss versuchen, sie zu vergessen. Dass Katja nicht mehr auf der Insel ist, schmerzt mehr als die Trennung von Daniela. Dabei war gar nichts passiert, wir standen erst am Anfang, ganz am Anfang.

Er hatte vorgestern in einer Zeitschrift ein Zitat gelesen: Denk daran, dass eine Freundschaft von zwei Dingen abhängt: Erstens den richtigen Menschen zu finden und zweitens der richtige Mensch zu sein. Katja war der richtige Mensch, aber bin ich der Richtige für sie?

In seiner Umhängetasche klingelte sein Handy. Mist! Martin bremste. Bis er die Schnalle der Tasche geöffnet hatte, war das Telefon längst verstummt. Martin zog es heraus und schaute in die Liste der entgangenen Anrufe. Den letzten Anrufer kannte er nicht. Er tippte auf die Nummer und hörte es klingeln.

Kann das Leben so einfach sein?

Katja ließ das Telefon sinken. Niemand hatte den Anruf angenommen. War vielleicht auch besser so.

Sie legte das Telefon auf den Tisch und schloss die Augen. Was mache ich hier eigentlich gerade?

In diesem Moment klingelte es.

»Hollenhorst, hallo?«

Katja hörte erst einmal ... nichts. Nein, das stimmte so auch nicht. Was war das da im Hintergrund? War das eine Möwe? Und das Rauschen von Wind?

»Hallo?«

»Katja – Martin hier. Du hast gerade versucht mich anzurufen.«

Allein seine Stimme zu hören sorgte bei Katja für ein Kribbeln im Bauch. »Ja, ich ... also ich habe gerade ... ich hab deine Nummer auf einem Zettel gefunden, den mir Dominik in einen Umschlag gesteckt hat. Und erst heute früh habe ich den Umschlag geöffnet und die Nummer entdeckt.«

Sie hörte am anderen Ende ein leises »Heilige Scheiße«.

»Ähm, Martin, wenn du nicht telefonieren willst, dann kann ...«

»Nein, nein, leg bloß nicht auf. Ich ... ich wollte die ganze Zeit mit dir sprechen, aber ich habe mich nicht getraut, mir von Annika oder Birte die Nummer geben zu lassen. Ich weiß, du bist in Köln und da ist ...«

»Martin, Benne will nach Los Angeles umziehen, und ich habe ihm deutlich gesagt, dass ich nicht mit ihm nach Amerika will.«

»Ist das dein Ernst?«

»Absolut. Es gab viele Dinge, über die ich mir in den letzten Wochen erst klar werden musste. Aber das weiß ich ganz sicher: Meine Zeit an Bennes Seite ist vorbei.«

Am anderen Ende war Stille. Für einen Moment dachte Katja, sie hätte ein gemurmeltes »Halleluja« gehört, aber ganz sicher war sie sich nicht. Laut sagte Martin nur: »Oh, Katja.«

Erst jetzt wurde ihr klar, was sie seit gestern Abend die ganze Zeit gespürt hatte. Das mit Benne war vorbei, endgültig vorbei. Sie hätte nicht genau sagen können, wann es geschehen war, sie wusste nur, dass sie jetzt auf zwei verschiedenen Wegen durchs Leben gingen. Zwei Wege, die vielleicht gerade noch nebeneinander lagen, aber sich bald schon trennen würden. Die Wegkreuzung war schon in Sicht.

»Was soll ich nur tun, Martin?«

»Hör zu, es ist völlig verrückt, aber kannst du nicht zurück nach Langeoog kommen?«

»Nein, kann ich natürlich nicht. Ich habe hier einen Vertrag fürs nächste Schuljahr. Okay, der ist furchtbar, die haben mich für drei Schulen vorgesehen.«

»Drei?« Martin lachte. »Hast du drei gesagt? Selbst Super-Katja kann nicht gleichzeitig an drei Schulen arbeiten. Ach, ich weiß doch auch nicht. Aber ich weiß, dass ich dich wiedersehen muss. Ich verstehe immer besser, wie sich Birte fühlt. Aber sie wird jetzt endlich mit Holger zusammenziehen.«

»Holger zieht auf die Insel?«

»Nein, natürlich nicht, Birte zieht mit ihm nach Bremen, weil er dort einen neuen Traumjob bekommen hat.«

»Moment mal, Birte zieht nach Bremen, aber …«

»Katja!«, sagte Martin aufgeregt. »Katja, die brauchen eine Lehrerin hier auf der Insel.«

Katja hatte das Gefühl, dass ihr das Herz bis zum Hals schlug. Konnte es so einfach sein?

»Das klappt nie, Martin. Der ganze Verwaltungskram.«

»Okay, ich habe in einer halben Stunde ein Meeting, ich rufe vorher noch bei Birte an, die soll sich bei dir melden. Ach was, ich ruf gleich bei Jockel an, der kennt schließlich alle Ansprechpartner beim Landesamt und beim Personalrat. Ich ... ich muss auflegen, aber heute Abend, da rufe ich wieder an. Darf ich?«

»Ja, Martin, ruf an, wann immer du willst. Ich freue mich darauf.«

Katja legte das Handy auf den Tisch und hielt beide Hände gegen ihre Wangen. Eine freie Stelle an der Inselschule auf Langeoog. Die Insel, auf der Martin lebte. Ein unbändiges Glücksgefühl breitete sich in ihr aus.

Katja hielt es nicht auf dem Stuhl, sie sprang auf und tanzte juchzend durch die große Wohnung.

***

Der nächste Anruf von Langeoog kam noch am Vormittag. Katja hatte inzwischen ausgiebig in verschiedenen Foren nachgelesen, wie ein Stellenwechsel von Nordrhein-Westfalen nach Niedersachsen klappen könnte. Sie hatte mit Kim telefoniert, die ihren Plan mit einem lapidaren »Das ist das Vernünftigste, was ich in den letzten Jahren von dir gehört habe, Süße« kommentiert hatte.

Sie hatte sogar ein zweites Mal mit der Schulbehörde gesprochen und diesmal einen Sachbearbeiter am Telefon gehabt, der deutlich hilfsbereiter gewesen war.

Insgesamt sah es gar nicht schlecht aus, Beispiele gab es genug. Außerdem hatte sie bisher nur befristete Verträge gehabt und war nicht verbeamtet, zum ersten Mal erwies sich das als ein Vorteil, weil ein Wechsel dann mit weniger Bürokratie verbunden war.

Als ihr Telefon klingelte, hoffte Katja darauf, dass es noch einmal Martin sein würde, obwohl sie wusste, dass er jetzt in der Besprechung sein musste.

»Hollenhorst.«

»Hallo, Katja, ich bin's, Annika.«

»Annika?«

»Ich weiß, mit mir hast du wahrscheinlich am wenigsten gerechnet. Aber Martin hat mich angerufen, weil Birte drüben in Wittmund ist.« Die Worte sprudelten nur so aus ihr heraus. »Er hat mir gesagt, dass er nie wieder ein Wort mit mir reden würde, wenn ich nicht sofort und auf der Stelle zu Jockel gehe, wegen Birtes Stelle. Das habe ich natürlich getan, aber dann wollte ich vor allem erst mal mit dir telefonieren. Wenn du überhaupt mit mir reden willst?«

Annika klang so verzagt und kleinlaut, dass Katjas Groll einfach dahinschmolz.

»Ich war echt sauer auf dich, Annika.«

»Ich weiß, ich habe mich wie die letzte Zicke benommen. Es tut mir schrecklich leid. Aber wenn dir das irgendwie weiterhilft: Ich habe mich seitdem wirklich mies gefühlt. Vor allem, nachdem Martin mit mir ins Gericht gegangen ist.«

»Ich ahne, warum du so reagiert hast, Annika. Ich habe in den letzten Tagen viel Zeit zum Nachdenken gehabt. Aber jetzt sehe ich alles ganz klar. Mein Lebensstil hier in Köln, meine Beziehung zu Benedikt – so bin ich nicht, das passt nicht mehr zu mir. Aber ich musste erst nach Langeoog kommen, um das herauszufinden.« Sie schnaubte ungläubig. »Ist es möglich, dass ein einziger Sommer ein ganzes Leben verändern kann?«

Katja hörte Annika erleichtert auflachen. »Du wirst dich wundern, was auf unserer Insel alles möglich ist, wenn die Menschen es nur wollen. Jockel ist so hingerissen von der Idee, dass du an seine Schule kommen möchtest, dass es mich nicht wundern würde, wenn er persönlich im Landesschulamt vorbeifährt. Er setzt bereits Gott und die Welt in Bewegung, um alles klarzumachen. Zum Glück kennt er die richtigen Ansprechpartner.«

»Und was ist mit dir und deiner Familie? Seid ihr auch hingerissen, wenn ich wieder bei euch auftauche? Ich erinnere mich, dass kürzlich jemand zu mir gesagt hat ›Vielleicht wäre es das Beste, wenn du dich auch bei uns nicht mehr blicken lässt‹.«

Katja hörte deutlich, wie Annika schluckte. »Meinst du, wir könnten, trotz des Blödsinns, den ich gesagt habe, weiter Freundinnen bleiben?«

Jetzt war es Katja, die einen Kloß im Hals hatte, aber einen, der sich aus lauter Rührung gebildet hatte. »Ja, Annika, ja, das können wir.«

Both sides now

Mehrere Kerzen tauchten den Raum in ein warmes Licht. Nicht diese Dekolichter, die Benne für Dr. Gereons Besuch besorgt hatte, sondern richtige Kerzen in den alten dreiarmigen Leuchtern, die Katja schon als Studentin besessen hatte. Aus den Boxen klang Joni Mitchells *Both sides now.* Katja schaute zu Benne. Das Lied passte zu ihren Gefühlen. Sie hatte in ihrer Zeit mit Benne beide Seiten gesehen und erfahren; die Liebe zu diesem Mann, aber auch die Enttäuschungen.

Sie saßen zusammen auf dem Sofa, Rotweingläser in der Hand. Aber diesmal saßen sie hier nicht wie früher eng aneinandergekuschelt, sondern eine Kissenbreite auseinander. Nur eine Kissenbreite, und doch so weit entfernt. Ihre Wege begannen auseinanderzudriften.

»Du willst also nicht mit nach Los Angeles, sondern zurück auf die Insel?«, fragte Benne.

»Ja, Benne, ich glaube, nein, ich weiß, dass ich in Los Angeles nicht glücklich werden würde. Das ist jetzt deine Stadt, dein Leben, der Erfolg eurer Firma. Deine Arbeit in der neuen US-Niederlassung, das ist etwas, was dich glücklich machen wird. Und ich wünsche dir alles Glück der Welt. Doch es wird nie meine Welt werden.«

»Und die Schule auf der Insel, das ist deine Welt?«

»Sie könnte es werden, ja. Ich habe die Menschen dort kennengelernt. Ich glaube, dass ich dort mehr Zuspruch und Rückhalt erfahren werde als bei den Springerjobs hier in Köln.«

»Und das klappt auch sicher?«

»Jockel ist fest davon überzeugt. Er hat Bedarf gemeldet.

Der Personalrat wird zustimmen, das Landesschulamt hat ebenfalls grünes Licht signalisiert, meine Bewerbung haben sie bereits. Die habe ich heute online eingereicht.«

»Du hast keine Zeit verschwendet, Katja.«

»Hast du auch nicht, als du das US-Angebot auf dem Tisch hattest.«

»Touché. Das war es also … ich meine, mit uns.«

»Du hast es auch gespürt – oder?«

Schweigend trank Benne einen Schluck Rotwein, nahm sich Zeit zum Nachdenken, bevor er nickte. »Ja, auch wenn ich es nicht wahrhaben wollte.« Er beugte sich vor und küsste sie sanft auf die Wange. »Ich wünsche dir, dass diese Insel deine Welt wird, Katja.«

Die Insel

Das laute Dröhnen des Signalhorns schallte über das Wasser. Katja stand abseits der aufgeregten Touristen an der Reling und blickte Langeoog entgegen. Die Häuser schienen immer größer zu werden, und da war auch schon die Hafenanlage.

Dünne Schleierwolken bedeckten einen endlos weiten blauen Himmel. Ein weiterer Sommertag. Katja war müde von der Hektik der zurückliegenden Tage und der langen Anreise und gleichzeitig aufgedreht. Sie hatte mit Benne vereinbart, dass sie zunächst für zwei Wochen nach Langeoog fahren und sich in einer Pension einmieten würde. Benne wollte während dieser Zeit in Köln schon mal die Formalitäten mit dem Hausbesitzer regeln. Gegen Ende des Monats würde sie noch einmal noch Köln kommen, packen und den Umzug vorbereiten. Jockel hatte diesem Plan zugestimmt. Benne hatte angeboten, ein Umzugsunternehmen zu beauftragen. Sein Beitrag zu ihrem neuen Leben.

Ihr neues Leben. Alles war so schnell gegangen. Zwischendurch hatte sie Augenblicke gehabt, in denen sie beklommen gedacht hatte, dass sie ihre Entscheidungen voreilig getroffen hatte. Aber wenn sie dann abends stundenlang mit Martin telefoniert hatte, waren diese Zweifel wie weggeblasen gewesen. Martin war zutiefst überzeugt, dass sie auf die Insel gehörte.

Langsam schlenderte sie zum Ausgang, noch bevor der Kapitän die Durchsage machte und alle zum Ausgang stürzten. Minuten später ging ein sanfter Ruck durch das Schiff. Katja atmete einmal tief durch und straffte die Schultern, dann setzte sie den ersten Fuß auf die ausgelegte Gangway. Ich werde es einfach probieren. Schritt für Schritt, dachte sie.

Sie war noch keine zehn Schritte auf dem Kai gegangen, als jemand ihren Namen rief.

»Katja! Katja, hier drüben.«

Da standen sie: Jockel, Tanja, Elli, Birte, Annika, Dominik mit den Zwillingen an der Hand und Jette. Jockel trug ein großes Schild: *Herzlich Willkommen, Katja, auf Langeoog.*

Katja strahlte über das ganze Gesicht, da hörte sie hinter sich eine vertraute Bassstimme. »Willkommen in deinem neuen Leben, Katja.«

Sie drehte sich um und stand vor einem glücklich strahlenden Martin. »Die anderen sollten dich ablenken, damit ich mich anschleichen konnte, ich …«

Katja legte ihre Hände in seinen Nacken und küsste ihn. Nach dem ersten Kuss schaute sie ihm tief in die Augen. »Psst, nicht reden, einfach weiterküssen.«

Martin zog sie noch enger an sich. »Wenn du das so nett sagst«, murmelte er und unter den Pfiffen und dem Johlen der anderen küsste er sie leidenschaftlich.

Epilog

Der Strand war menschenleer. Die Sommertouristen hatten die Insel verlassen. In Rubbenhoog war es ruhiger geworden. Der Himmel war seit Tagen grau und der Sand unter ihren Füßen hart vom Nieselregen der letzten Stunden. Aber der Wind war kühl und frisch, die Luft schmeckte sauber und nach Meer.

Die alte Holzbank stand unverändert am Dünenrand, umgeben von den Dünenrosen. Katja hatte schon seit Wochen hierherkommen wollen, aber erst jetzt die Zeit dafür gefunden. Erst beim Nähertreten sah sie das Paar auf der Bank. Die beiden saßen da, hielten sich an den Händen und schauten aufs Meer. Katja wollte sich schon abwenden, als die Frau sie bemerkte und sie mit einem Winken einlud näher zu kommen.

»Sie müssen nicht gehen. Sie sind die neue Lehrerin, nicht wahr? Ich habe Sie gesehen, als ich unsere Urenkelin zur Schule gebracht habe.«

Katja konnte sich nicht daran erinnern, den beiden schon einmal begegnet zu sein. Das Paar war sicher schon über neunzig Jahre alt. »Ja, ich bin die neue Lehrerin, und ich wollte Sie nicht stören.«

»Ach was, wir haben uns nur mal wieder das Meer angesehen, nicht wahr, mein Lieber?«

Der Mann nickte und brummte etwas, das wie Zustimmung klang.

»Dann wünsche ich Ihnen noch einen schönen Tag«, sagte Katja und wollte schon weitergehen, als ihr plötzlich ein Gedanke kam.

»Entschuldigen Sie bitte die Frage, das ist jetzt vielleicht etwas neugierig, aber ist das womöglich Ihre Bank?«

Die Frau lächelte ihren Mann an und dann nickten beide. »Ja, die hat mein Johann hier als junger Kerl aufgestellt und immer wieder erneuert.«

»In Liebe vereint«, sagte Katja mehr zu sich selber.

»Es ist am Anfang nicht leicht gewesen. Unsere Familien hatten etwas gegen die Heirat, aber dann, nach dem Krieg, da sah alles anders aus. Ich heiße Karla und das ist mein Johann.«

»Ich freue mich sehr, Sie beide kennenzulernen.«

»Wissen Sie, Frau Hollenhorst, wir kommen nicht mehr so oft wie früher zu unserer Bank hierher an den Strand, das Alter – Sie verstehen?« Karla schaute ihren Mann an. Katja hatte bei diesem liebevollen Blick das Gefühl, dass die beiden keine Worte brauchten. Jedenfalls nickte Johann am Ende dieses stummen Austauschs.

Das Pärchen stand auf. Hand in Hand standen sie da und blickten aufs Wasser, dann drehte sich Karla um. »Verzeihen Sie einer alten Frau die indiskrete Frage: Haben Sie einen Liebsten in Ihrem Leben?«

Katja nickte.

»Das ist gut. Dann tun Sie uns doch den Gefallen und passen Sie gut auf unsere Bank auf. Nur für den Fall, dass wir das nicht so oft tun können, wie wir uns das wünschen.«

»Das werde ich«, versprach Katja.

Johann zwinkerte ihr vergnügt zu, murmelte einen Abschiedsgruß und dann gingen die beiden Arm in Arm zum Wasser hinunter. Katja setzte sich auf die Holzbank. Ihre Fingerspitzen strichen behutsam über das raue Holz, während sie dem Flug der Möwen zuschaute.

Ein lauter Ruf ließ sie zu den Dünen schauen. Martin kam vom Horndorfer Strand durch den Sand und winkte ihr lachend zu.

Katja stand auf und winkte zurück. Über die Schulter warf sie einen letzten Blick auf die Bank und das alte Paar, das nebeneinander am Wassersaum entlangschlenderte.

»Ja, ich habe einen Liebsten in meinem Leben«, murmelte Katja, »und ich passe auf eure Bank auf – versprochen!«

ENDE

Nachwort

Sommer, Sonne, Strand – Willkommen auf Langeoog!

Die Handlung in diesem Roman spielt größtenteils auf der Nordseeinsel Langeoog. Wir haben im Sommer eine wunderschöne und viel zu kurze Zeit auf der Insel verbracht und uns selbst davon ein Bild gemacht. Danach waren wir sicher: Das ist die Insel, auf der unsere Hauptperson Katja ihren Strandkorbsommer verbringt.

Wer die Insel gut kennt, hat es sofort bemerkt: In unserem Roman *Strandkorbsommer* beschreiben wir einen Ort, den es auf der Insel gar nicht gibt, nämlich Rubbenhoog. Der Schauplatz unseres Romans ist sozusagen Langeoog mit ein bisschen Extra. Was gibt es wirklich auf Langeoog, was haben wir erfunden? Fangen wir mit dem Erfundenen an. Unserer Fantasie entsprungen ist der Ort Rubbenhoog, den wir uns im östlichen Bereich der Insel vorstellen, ebenso der dazugehörende Horndorfer Strand. Es gibt keine Seehund-Aufzuchtstation auf Langeoog und unseres Wissens auch keine Pläne, eine solche im Osten der Insel zu erbauen. Harms Kneipe gibt es im Hauptort nicht, gäbe es sie aber, wir würden sofort hingehen! Frei erfunden sind natürlich auch alle Personen und deren Namen. Ähnlichkeiten mit realen Personen wären rein zufällig und unbeabsichtigt.

Viel länger dagegen ist die Aufzählung, was der Besucher wirklich auf Langeoog vorfindet. Angefangen mit der Fähre und den sonstigen Transportmitteln auf der Insel: die nostalgisch anmutende bunte Inselbahn, die Pferdefuhrwerke, die zahllosen Fahrräder. Die gemütlichen kleinen Straßen mit Klinkerbauten. Das Wahrzeichen von Langeoog, den alten

Wasserturm. Dann ist da natürlich, sozusagen in der Hauptrolle, der herrliche weitläufige Sandstrand mit den bunten Strandkörben. Die Nordsee, die Dünen, die Salzwiesen und das Wattenmeer. Naturliebhaber geraten schon bei dem Gedanken an die Tier- und Pflanzenwelt ins Schwärmen.

Ein wichtiges Zitat zum Thema Naturschutz im Wattenmeer lassen wir unsere Figur Martin in einem Video wiedergeben: »Natur Natur sein lassen«. Dieses Zitat stammt von der Website https://www.nationalpark-wattenmeer.de/schuetzen/naturschutz/ (abgerufen am 06.03.2022).

Wir können nur jedem ans Herz legen: Wer seinen eigenen Strandkorbsommer erleben möchte, ist auf Langeoog ganz bestimmt richtig.

Danksagungen

Die Idee zu diesem Buch entstand in einem ungewöhnlich sonnigen Frühjahr in unserem Strandkorb. *Strandkorbsommer* – das klang doch nach einem tollen Titel für einen Roman. Also fragten wir unsere Agentin Anna Mechler und informierten den Verlag.

Anna Mechler ist immer die Erste, die von unseren neuen Einfällen hört. Und wenn sie sagt „Ja, das ist gut", dann machen wir weiter. Danke, Anna, für deine Unterstützung.

Unser Verlag, die Bastei Lübbe AG, setzt großes Vertrauen in uns. Bei diesem Roman so viel, dass man sofort den Titel *Strandkorbsommer* für uns reservierte, ohne dass auch nur ein einziges Wort geschrieben war. Die jahrelange vertrauensvolle Zusammenarbeit mit dem Team von beHEARTBEAT macht das Schreiben von Anfang bis Ende zu einem Vergnügen. Danke insbesondere an Stephan Trinius und Anna-Lena Meyhöfer, aber auch an alle anderen im Team. Ihr seid die Besten!

Das Lektorat – wir würden diese Phase beschreiben als eine Zeit, in der ein schönes Buch noch besser wird. So ist das, wenn wir mit Dr. Clarissa Czöppan zusammenarbeiten. Danke, Clarissa!

Kann man sich auch bei einer Insel bedanken? Wir versuchen es einfach mal. Auf jeden Fall gebührt ein Applaus den freundlichen Menschen auf Langeoog, die uns bereitwillig mit Informationen versorgt haben.

Sophie greift nach den Sternen!

Barbara Erlenkamp
GLÜCKSSTERNE ÜBER
DEM KLEINEN CAFÉ
AN DER MÜHLE
Roman

272 Seiten
ISBN 978-3-404-18526-9

Eigentlich könnte Sophie sich auf ihrem Erfolg ausruhen. Die Gäste ihres kleinen Mühlen-Bistros sind voll des Lobes über die kreative Küche und die Reservierungsbücher stets gut gefüllt. Aber Sophie hat schon ein neues Ziel vor Augen: einen Gastro-Stern für ihr Restaurant! Ihren Chefkoch Louis braucht Sophie nicht lange von ihrer Idee zu überzeugen – mit ganz neuem Schwung macht sich Louis an die Arbeit, entwickelt neue Rezepte und Kreationen. Wird es Sophie tatsächlich gelingen, die unerbittlichen Restaurantkritiker von ihrer einfallsreichen Küche zu überzeugen?

Die kleine Straße der großen Herzen

Kerstin Garde
DAS VERTRÄUMTE
BISTRO IM
SANDDORNWEG

ISBN 978-3-404-18903-8

Eigentlich sollte Pauline sich aufs Probekochen in einem Sternerestaurant vorbereiten. Aber als sie erfährt, dass das »Krabbenstübchen« vor dem Aus steht, schmiedet sie sofort einen Plan, um das kleine Bistro ihrer Freundin Gina zu retten. Natürlich können die beiden Frauen auf die Hilfe aller Bewohner im Sanddornweg zählen! Wäre da nur nicht die schlechte Restaurantkritik, die ihnen die Suppe versalzt.
Obwohl Pauline eigentlich einen ganz anderen Plan für ihr Leben hatte, fühlt sie sich unglaublich wohl an der Ostsee – und in Ginas kleinem Bistro. Und als der sympathische Noah in ihr Leben tritt, ist es endgültig um sie geschehen ...

Lübbe

Ein wunderschöner Wohlfühl-Liebesroman mit ganz viel Münchner Charme!

Emilia Thomas
DAS KLEINE BUCHCAFÉ
AN DER ISAR

254 Seiten
ISBN 978-3-7413-0333-3

Marlene liebt Bücher. Darum hat sie auch Literaturwissenschaft studiert und nun endlich ihren Doktortitel in der Tasche. Nur einen richtigen Job findet sie damit nicht. Doch von irgendwas muss Marlene die Miete bezahlen. Notgedrungen nimmt sie daher eine Aushilfsstelle in einem Buchcafé an.

Der kleine Laden liegt idyllisch an der Isar, ist aber ziemlich in die Jahre gekommen. Nicht gerade ein Traumjob, aber schon nach kurzer Zeit blüht Marlene in ihrer Arbeit regelrecht auf, denn sie kann mit ihren Ideen dem Buchcafé ein neues buntes Leben einhauchen. Bis eines Tages Johannes das Café betritt und ihr Leben gehörig durcheinander wirbelt ...